战将风云

——从两湖走出来的国共两党高级将领征战纪实

蒋 斌◎著

中共党史出版社

图书在版编目(CIP)数据

战将风云：从两湖走出来的国共两党高级将领征战纪实 / 蒋斌 著. -- 北京：中共党史出版社，2016.5

ISBN 978-7-5098-3359-9

Ⅰ.①战… Ⅱ.①蒋… Ⅲ.①纪实文学—作品集—中国—当代 Ⅳ.①I25

中国版本图书馆 CIP 数据核字（2015）第 251909 号

出版发行：中共党史出版社
责任编辑：王世聪
复　　审：李亚平
终　　审：吴　江
社　　址：北京市海淀区芙蓉里南街 6 号院 1 号楼
邮　　编：100080
网　　址：www.dscbs.com
经　　销：新华书店
印　　刷：北京晨旭印刷厂
开　　本：170mm×240mm　1/16
字　　数：240 千字
印　　张：19
印　　数：1-10000 册
版　　次：2016 年 6 月第 1 版
印　　次：2016 年 6 月第 1 次印刷
ISBN 978-7-5098-3359-9
定　　价：39.80 元

前　言

星光璀璨，在那个年代。

璀璨的不是金星，不是火星，而是将星。

一将功成万骨枯，是无奈，也是必然。正如有生必有死，有黑暗必有黎明。有人的地方就是江湖，民国虽然已是民国，却不是黎民的民国，而是军阀的雄踞、枪炮的乐土。

江山代有人才出，军阀更替是民国的独角戏。从孙传芳、吴佩孚、张作霖的雄踞一时到蒋介石四一二政变异军突起，变的是执枪的手，不变的是黎民的苦、乱世的难。

乱世出枭雄，也出英雄。两湖有一群人站了出来，为民而生、为民而战是他们唯一的信念。他们或者是安源的一个矿工，或者是黄麻的一名农民，或者是长沙的一介市民，或者是武汉的一位学生……和平年代，也许就此平凡一生，但命运注定不会让他们就此平凡，而是选择让他们百炼成钢、血战成将。

有镇压，自然有反抗。夺旗，成军，浴血，败退，绝境，他们绝不低头：为民而战，可死，却不可言败。

内有重围已是绝境，外侵却又扑头而来，日本人的军刀却是直指中华，中国已是危急。

抽刀断水，举杯消愁，不如振臂救国难于当头。直入敌后，将日本人扯进人民的战海：运动战，地雷战，麻雀战，血战，死战……。敌不死，战不止。日不落，枪在手。

日本人败，战火又起，国共又是相争。对手依旧强大，已方势小如前。

强，未必胜；弱，未必败。武装可以到牙齿，不一定到头脑；势小的缺装备，但从不缺智慧和战意。

蓄锐，出击，反攻，说是简单，却是步步惊心，三步一伏，十步一战。

以弱击强，强败！

以战开国，成将！

将星闪耀，在那两湖的天空，述说着那些年、那些事、那些战、那些人。

目　录

两湖战将录

星　火

重　围

长　征

狼 烟

逐 鹿

两湖战将录

湖南共产党战将录

元　帅
yuanshuai

1 **彭德怀**（1898–1974）

湖南湘潭人。新中国成立后，历任中央人民政府人民革命军事委员会副主席、西北军区司令员、新疆军区司令员兼政委、中国人民志愿军司令员兼政委。1955年被授予元帅军衔。

2 **贺龙**（1896–1969）

湖南桑植人。新中国成立后，历任中共中央西南局第三书记、西南军区司令员、国家体育运动委员会主任、中央人民政府人民革命军事委员会副主席、国防委员会副主席。1955年被授予元帅军衔。

3 **罗荣桓**（1902–1963）

湖南衡山人。新中国成立后，历任中共中央华中局（后为中南局）第二书记、华中军区（后为中南军区）第一政委、最高人民检察署检察长。1955年被授予元帅军衔。

大　将
dajiang

1 **粟　裕**（1907–1984）

湖南会同县人。新中国成立后，历任人民解放军副总参谋长、总参谋长，国防陪副部长兼军事科学院副院长，军事科学院第一政委。1955年被授予大将军衔。

2 **黄克诚**（1902–1986）

湖南永兴人。新中国成立后，历任人民解放军副总参谋长兼总后勤部部长、政委、国防部副部长。1955年被授予大将军衔。

3 **陈 赓**（1903–1961）

湖南湘乡县人。新中国成立后，历任西南军区副司令员、云南省人民政府主席、云南军区司令员、中国人民志愿军副司令员兼第3兵团司令员、人民解放军副总参谋长。1955年被授予大将军衔。

4 **萧劲光**（1903–1989）

湖南长沙人。新中国成立后，历任海军司令员兼第一海军学校校长、国防部副部长。1955年被授予大将军衔。

5 **许光达**（1908–1969）

湖南长沙人。新中国成立后，任装甲兵司令员。1955年被授予大将军衔。

上 将
shangjiang

（以姓氏笔画为序）

1 **王震**（1908–1993）

湖南浏阳人。新中国成立后，历任中共中央新疆分局书记兼新疆军区代理司令员和政委、铁道兵司令员兼政委、人民解放军副总参谋长。1955年被授予上将军衔。

2 **邓华**（1910–1980）

湖南郴州（今郴县）人。新中国成立后，历任广东军区第一副司令员、东北军区代理司令员、人民解放军副总参谋长兼沈阳军区司令员。1955年被授予上将军衔。

3 **甘泗淇**（1904–1964）

湖南宁乡人。新中国成立后，任中国人民志愿军副政委兼政治部主任、人民解放军总政治部副主任。1955年被授予上将军衔。

4 **朱良才**（1900–1989）

湖南汝城县人。新中国成立后，曾任华北军区政治部主任兼华北军政大学政委、华北军区副政委兼政治部主任。1955年被授予上将军衔。

5 **苏振华**（1912–1979）

湖南平江人。新中国成立后，历任贵州军区政委、司令员兼政委，中共贵州省委书记兼省财政经济委员会主任。1955 年被授予上将军衔。

6 **李涛**（1905–1970）

湖南汝城县人。新中国成立后，历任人民革命军事委员会工程学校校长，军委技术部部长，总参谋部第三部部长、政委。1955 年被授予上将军衔。

7 **李志民**（1906–1987）

湖南浏阳县人。新中国成立后，历任陕西军区政委、中国人民志愿军第 19 兵团政委，参加第五次战役和秋季防御战。1955 年被授予上将军衔。

8 **李聚奎**（1904–1995）

湖南安化县人。新中国成立后，历任第四野战军副参谋长、东北军区后勤部部长、中国人民解放军后勤学院院长。1958 年被授予上将军衔。

9 **杨勇**（1913–1983）

湖南浏阳县人。新中国成立后，历任贵州军区司令员、省人民政府主席、解放军总高级步兵学校副校长、第二高级步兵学校校长。1955 年被授予上将军衔。

10 **杨得志**（1911–1994）

湖南醴陵县人。曾任中国人民志愿军第 19 兵团司令员，志愿军副司令员、司令员，南京军事学院战役系系主任，济南军区司令员。1955 年被授予上将军衔。

11 **宋任穷**（1909–2005）

湖南浏阳人。新中国成立后，历任第 4 兵团政委、中共云南省委第一书记兼云南军区政委、中共中央西南局第一副书记、西南军政委员会副主席、西南军区副政委。1955 年被授予上将军衔。

12 **宋时轮**（1907–1991）

湖南醴陵人。新中国成立后，任中国人民解放军总高级步兵学校校长兼政委。1955 年被授予上将军衔。

13 **陈明仁**（1903–1974）

湖南醴陵人。1949 年与程潜等率部通电起义。新中国成立后，历任湖南军区副司令员、第 21 兵团司令员、中南军政委员会委员、人民解放军第 55 军军长。1955 年被授予上将军衔。

14 **钟期光**（1909–1991）

湖南平江人。新中国成立后，任军事学院政治部主任。1955 年被授予上将军衔。

15 **陶峙岳**（1892–1988）

湖南宁乡人。1946 年任国民政府新疆警备总司令、西北行政长官公署副长官，释放关押在新疆监狱的一大批共产党员和进步人士，并亲自派人将他们护送到延安。1949 年率领新疆的 10 万国民党军官兵通电起义。起义部队整编后，历任解放军第 22 兵团司令员、西北军政委员会委员、新疆军区副司令员兼新疆生产建设兵团司令员。1955 年被授予上将军衔。

16 **萧克**（1907–2008）

湖南嘉禾县人。新中国成立后，历任人民革命军事委员会军训部部长，人民解放军训练总监部部长，国防部副部长。1955 年被授予上将军衔。

17 **傅秋涛**（1907–1981）

湖南平江人。新中国成立后，历任山东军区政委、人民革命军事委员会人民武装部部长、中国人民解放军总参谋部队列部部长、中央军委人民武装委员会副主任。1955 年被授予上将军衔。

18 **彭绍辉**（1906–1978）

湖南湘潭人。新中国成立后，历任第一高级步兵学校校长，西北军区参谋长、副司令员兼参谋长，人民解放军副总参谋长兼训练总监部副部长。1955 年被授予上将军衔。

中将

zhongjiang

（以姓氏笔画为序）

1 **丁秋生**（1915–1995）

湖南湘乡人。新中国成立后，曾任第 7 兵团兼浙江军区政治部主任，浙江军区副政委，华东军区、南京军区干部部部长。1955 被授予中将军衔。

2 **王紫峰**（1909–1987）

湖南耒阳人。新中国成立后，任山西军区司令员。1955 年被授予中将军衔。

3 **文年生**（1907–1968）

湖南岳阳人。新中国成立后，任湖南军区司令员、中南军区副参谋长、广州军区副司令员。1955 年被授予中将军衔。

4 **方强**（1912–2012）

湖南平江人。新中国成立后，历任中南军区海军司令员兼政委、海军副司令员。1955 被授予中将军衔。

5 **方正平**（1909–1994）

湖南平江人。新中国成立后，历任第 21 兵团政治部主任、中南军区海军副政委、海军南海舰队政委、广州军区副政委。1955 被授予中将军衔。

6 **孔石泉**（1909–2002）

湖南浏阳人。新中国成立后，历任第 15 兵团政治部副主任、广东军区政治部主任、华南军区政治部副主任、江西军区副政委、总政治部干部部副部长。1955 年被授予中将军衔。

7 **甘渭汉**（1908–1986）

湖南平江人。新中国成立后，历任第 20 兵团政治部主任，东北军区政治部副主任、干部部部长。1955 年被授予中将军衔。

8 **向仲华**（1911–1981）

湖南溆浦县人。新中国成立后，曾任华北军政大学副政委、人民解放军装甲兵副政委兼政治部主任、人民解放军副总参谋长、广州军区政委。1955年被授予中将军衔。

9 **汤平**（1903–1968）

原名王绍高，字季钦，湖南浏阳人。新中国成立后，历任中央财经委员会计划局财政处处长、人民革命军事委员会总后方勤务部财务部部长、中央军委财务部部长、人民解放军总后勤部财务部部长。1955年被授予中将军衔。

10 **刘先胜**（1901–1977）

湖南湘潭人。新中国成立后，历任苏南军区司令员、江苏军区司令员。1955年被授予中将军衔。

11 **刘志坚**（1912–2006）

湖南平江人。新中国成立后，历任中央军委情报部部长、解放军总政治部宣传部部长、总政治部副主任。1955年被授予中将军衔。

12 **刘转连**（1912–1992）

湖南茶陵人。新中国成立后，历任第48军军长兼赣西南军区司令员、第41军军长兼粤东军区司令员。1955年被授予中将军衔。

13 **刘金轩**（1908–1984）

湖南祁阳县人。新中国成立后，历任陕西省军区司令员、第64军军长。1955年被授予中将军衔。

14 **刘培善**（1912–1968）

湖南茶陵人。新中国成立后，任福建军区副政委兼政治部主任。1955年被授予中将军衔。

15 **刘道生**（1915–1995）

湖南茶陵县人。新中国成立后，历任第四野战军第12兵团副政治委员兼政治部主任、人民解放军海军副政委兼政治部主任。1955年被授予中将军衔。

16 **杨梅生**（1905–1978）

湖南湘潭县（今株洲市）人。新中国成立后，曾任第46军军长，湖南军区副司令员、司令员。1955年被授予中将军衔。

17 **李寿轩**（1906–1984）

湖南宝庆（今邵东）人。新中国成立后，任人民解放军铁道兵副司令员。1955年被授予中将军衔。

18 **肖新槐**（1907–1980）

湖南宜章县人。新中国成立后，任山西省军区司令员。1955年被授予中将军衔。

19 **吴信泉**（1912–1992）

湖南平江人。新中国成立后，任东北军区副参谋长、沈阳军区参谋长。1955年被授予中将军衔。

20 **何德全**（1897–1983）

湖南长沙县人。新中国成立后，历任中南军政大学副教育长、中南军区公安军副司令员。1955年被授予中将军衔。

21 **邱创成**（1912–1982）

湖南平江人。新中国成立后，任人民解放军炮兵副政委、副司令员。1955年被授予中将军衔。

22 **张震**（1914–2015）

湖南平江县人。新中国成立后，曾任中国人民志愿军第24军代军长兼政委、中国人民解放军军事学院院长、武汉军区副司令员。1955年被授予中将军衔，1988年被授予上将军衔。

23 **张藩**（1909–2002）

湖南浏阳人。新中国成立后，任华东军区空军副司令员，南京军事学院战役战术教授会和战役法教授会主任、副教育长兼科研部部长、副院长。1955年被授予中将军衔。

24 **张令彬**（1902–1987）

湖南平江人。新中国成立后，任人民解放军总后勤部副部长。1955年被授予中将军衔。

25 **张经武**（1906–1971）

湖南酃县人。新中国成立后，

任西南军区副参谋长、军委人民武装部部长兼军委办公厅主任、中华人民共和国主席办公厅主任。1955年被授予中将军衔。

26 **张翼翔**（1914–1990）

湖南浏阳人。新中国成立后，任华东军区副参谋长。1955年被授予中将军衔。

27 **陈正湘**（1911–1993）

湖南新化人。新中国成立后，历任人民解放军铁道兵团第一副司令员、华北军区副参谋长。1955年被授予中将军衔。

28 **欧阳文**（1912–2003）

湖南平江人。新中国成立后，历任粤东地区党委第一书记、中南军区公安部队政委。1955年被授予中将军衔。

29 **欧阳毅**（1910–2005）

湖南宜章人。1928年参加湘南起义，随朱德、陈毅部队到井冈山，参加了中央苏区历次反“围剿”。新中国成立后，任人民解放军公安部队政治部主任。1955年被授予中将军衔。

30 **周仁杰**（1912–2001）

湖南茶陵县人。新中国成立后，任中南军区海军副司令员兼参谋长。1955年被授予中将军衔。

31 **周玉成**（1904–1971）

湖南祁阳县人。新中国成立后，任华北军区后勤部财务部部长、总后勤部财务部部长。1955年被授予中将军衔。

32 **钟赤兵**（1914–1975）

湖南平江县人。新中国成立后，任中央军委民用航空局局长、防空部队政委、总后勤部营房管理部部长。1955年被授予中将军衔。

33 **饶子健**（1909–2000）

湖南浏阳人。新中国成立后，任第30军军长、华东海军第6舰队司令员兼政委、江苏军区副司令员、第60军军长、上海警备区司令员。1955年被授予中将军衔。

34 **姚喆**（1906–1979）

湖南邵阳人。新中国成立后，任绥远军区副司令员。1951年8月参加抗美援朝战争，任中国人民志愿军第23兵团副司令员。1955年被授予中将军衔。

35 **晏福生**（1904–1984）

湖南醴陵县人。新中国成立后，历任湘西军区司令员、湖南军区第二政委、广州军区副政委。1955年被授予中将军衔。

36 **郭鹏**（1906–1977）

湖南醴陵县人。新中国成立后，历任喀什军区司令员、新疆军区副司令员、兰州军区副司令员。1955年被授予中将军衔。

37 **唐天际**（1904–1989）

湖南安仁县人。新中国成立后，历任第21兵团政委兼桂北剿匪委员会主任、湖南军区司令员、中央军委财务部副部长、总后勤部副部长等职。1955年被授予中将军衔。

38 **唐延杰**（1909–1988）

湖南长沙人。新中国成立后，历任第20兵团66军军长、兵团副司令员、华北军区参谋长兼平津卫戍司令部参谋长。1955年被授予中将军衔。

39 **曹里怀**（1909–1998）

湖南资兴县人。新中国成立后，任中南军区空军司令员、广州军区空军司令员。1955年被授予中将军衔。

40 **彭明治**（1905–1993）

湖南常宁县人。新中国成立后，历任驻波兰人民共和国大使、河北省军区司令员、武装力量监察部副部长。1955年被授予中将军衔。

41 **赖毅**（1903–1989）

湖南平江县人。新中国成立后，任华东军区干部管理部第一副部长、南京军区政治部第一副主任。1955年被授予中将军衔。

42 **廖汉生**（1911–2006）

湖南桑植县人。新中国成立后，任中共青海省委副书记兼青海军区政委、西北军区政治部主任、国防部副部长、北京军区政委。1955年被授予中将军衔。

43 **谭希林**（1908–1970）

湖南长沙人。新中国成立后，任山东军区第一副司令员兼青岛警备司令部司令员、中国驻捷克斯洛伐克大使、训练总监部副部长。1955年被授予中将军衔。

44 **谭冠三**（1901–1985）

湖南耒阳人。新中国成立后，历任西藏军区政委，中共西藏工作委员会第二书记、监委书记，西藏自治区政协主席。1955年被授予中将军衔。

45 **谭家述**（1909–1987）

湖南茶陵人。新中国成立后，历任华北军政大学副校长、人民解放军防空部队副司令员兼参谋长(后兼高炮指挥部司令员)。1955年被授予中将军衔。

少　将

shaojiang

（以姓氏笔画为序）

1 **王云霖**（1910–1993）

湖南省衡阳市人。新中国成立后，任华北军区空军后勤部第二副部长兼卫生部部长。1955年被授予少将军衔。

2 **王永浚**（1908–2003）

湖南省衡阳县人。新中国成立后，曾任军委情报部2局局长、军委技术部副部长兼研究室主任、中国人民解放军总参谋部三部副部长。1955年被授予少将军衔。

3 **王其梅**（1914–1967）

湖南省桃源县人。新中国成立后，曾任中国人民解放军18军副政委兼昌都人民解放委员会主任、西藏军区副政委兼军区后方司令部政委、昌都警备区司令员和政委。1955年被授予少将军衔。

4 **方正**（1914–1997）

湖南省平江县人。新中国成立后，任中国人民解放军军事学院战术教授会教员、战史教授会主任、济南军区副参谋长。1955年被授予少将军衔。

5 **方之中**（1907–1987）

湖南省华容县人。新中国成立后，任华北军区军参谋长、河北省军区副司令员兼天津警备区司令员。1955年被授予少将军衔。

6 **方国安**（1913–2011）

原名方国南，湖南省平江县人。新中国成立后，任中南军大学第6分校政委、第25步兵学校政委、广西军区政治部主任、广东省军区政委。1955年被授予少将军衔。

7 **方国南**（1915–1997）

原名方衍康，湖南省平江县人。新中国成立后，曾任湖南军区后勤部政委、粤北军区副政委、广州市公安总队第二政委、湖南省军区副政委。1955年被授予少将军衔。

8 **邓东哲**（1916–1995）

湖南省茶陵县人。新中国成立后，曾任解放军空军军政委、福州军区空军副政委。1955年被授予少将军衔。

9 **邓克明**（1906–1983）

湖南省安化县人。新中国成立后，任江西军区司令员、福州军区副司令员兼江西省军区司令员。1955年被授予少将军衔。

10 **石新安**（1907–1978）

湖南省邵阳县人。新中国成立后，曾任贵州省军区政治部主任，贵州省军区副政委、第二政委。1955年被授予少将军衔。

11 **龙开富**（1908–1977）

湖南省茶陵县人。新中国成立后，曾任东北军区后勤部卫生部副部长，沈阳军区后勤部副部长、后勤部第二政委。1955年被授予少将军衔。

12 **龙书金**（1910–2003）

湖南省茶陵县人。新中国成立后，曾任广东省军区司令员兼广州市警备区司令员、湖南省军区司令员、新疆军区司令员。1955年被授予少将军衔。

13 **叶楚屏**（1916–2000）

湖南省平江县人。新中国成立后，曾任军委军训部办公室主任，中国人民解放军训练总监部部长助理兼办公室主任，军事科学院办公室主任、副秘书长，军事科学院顾问。1955年被授予少将军衔。

14 **白天**（1907–1973）

原名魏巍，别名浩然，湖南省隆回县人。黄埔军校第四期毕业。曾在国民党军83师任团长、师参谋长。七七事变后，任国民革命军93军参谋长。1941年加入中国共产党。新中国成立后，曾任川西军区副司令员、军事学院战役战术教授会主任、总参谋部军训部部队训练局副局长。1957年被授予少将军衔。

15 **匡斌**（1913–1971）

原名匡子笃，湖南省湘乡县人。新中国成立后，曾任第7步兵学校校长、中国人民解放军67军副军长、济南军区公安军司令员、江西省军区副司令员。1955年被授予少将军衔。

16 **朱绍田**（1912–1992）

湖南省桑植县人。新中国成立后，曾任中国人民志愿军铁道兵师政委、解放军第50文化速成中学政委。1955年被授予少将军衔。

17 **朱绍清**（1913–1989）

湖南省华容县人。新中国成立后，曾任中国人民解放军28军、31军军长、福州军区副司令员兼军长、福州军区副司令员。1955 年被授予少将军衔。

18 **刘鹏**（1912–1986）

湖南省湘乡市人。新中国成立后，曾任华北军区防空部队副参谋长、中国人民解放军防空军第 1 军副军长、福州军区空军副司令员兼高炮指挥部司令员。1955 年被授予少将军衔。

19 **刘子奇**（1900–1976）

湖南省浏阳县人。新中国成立后，任湖南军区郴州军分区司令员、湖南军区参谋长、广东省军区副司令员。1955 年被授予少将军衔。

20 **刘文学**（1909–1994）

湖南省醴陵县人。新中国成立后，历任华东军区防空部队政委，浙江军区政治部主任、副政委，上海警备区第三政委。1955 年被授予少将军衔。

21 **刘显宜**（1903–1976）

湖南省耒阳县人。1928 年参加工农革命军。新中国成立后，任中国人民解放军总后勤部运输部副部长、总后勤部车管部副部长。1955 年被授予少将军衔。

22 **江文**（1914–2010）

原名陈辉侃，别名江腾芳，湖南省浏阳县人。新中国成立后，任总参谋部通信部副部长、兰州军区副司令员、武汉军区副司令员、中国人民解放军总参谋部通信部主任。1955 年被授予少将军衔。

23 **汤池**（1909–1996）

湖南省浏阳县人。新中国成立后，任湖南军区后勤部副部长、部长。1955 年被授予少将军衔。

24 **苏鲁**（1902–1976）

原名苏达余，湖南省浏阳县人。新中国成立后，曾任山西省军区长治军分区司令员、中国人民解放军军械部第 495 仓库库长。1955 年被授予少将军衔。

25 苏鳌（1912–1975）

原名树钦，湖南省浏阳县人。新中国成立后，曾任中央军委军械部部长、西北军区骑兵司令员、西北军区公安部队副司令员、河南省军区副司令员。1955 年被授予少将军衔。

26 李贞（1907–1990），**女**

湖南省浏阳县人。新中国成立后，曾任西北军区政治部秘书长、中国人民解放军军事检察院副检察长、中国人民解放军总政治部组织部顾问。1955 年被授予少将军衔。

27 李信（1907–1985）

原名李声笙，湖南省浏阳县人。新中国成立后，曾任第 15 兵团政治部组织部部长、军政治部主任、总干部部一部部长、总政治部干部部副部长、中国人民解放军炮兵副政委。1955 年被授予少将军衔。

28 李基（1904–1993）

湖南省平江县人。新中国成立后，任湖南军区后勤部部长、总后勤部营房部副部长、工程兵特种工程指挥部后勤部部长。1955 年被授予少将军衔。

29 李光辉（1912–2003）

湖南省平江县人。新中国成立后，曾任湖南军区零陵军分区司令员、南昌步兵学校校长、闽北指挥部政委、高等军事学院政治部副主任。1955 年被授予少将军衔。

30 李俭珠（1908–1997）

湖南省茶陵县人。新中国成立后，历任中南军区公安部队政治部主任、广西军区第二副政委。1955 年被授予少将军衔。

31 李桂林（1913–1981）

湖南省平江县人。新中国成立后，曾任东北军区政治部保卫部部长，沈阳军区政治部副主任，中国人民解放军后勤学院政治部副主任、后勤学院顾问。1955 年被授予少将军衔。

32 **李振声**（1919–1974）

湖南省茶陵县人。新中国成立后，曾任中国人民解放军空军师政治委员、中南军区空军干部部第二部长、广州军区空军副政委、济南军区空军副政委。1955 年被授予少将军衔。

33 **李彬山**（1912–1995）

湖南省平江县人。新中国成立后，曾任 23 军副政委兼政治部主任、上海警备区第二副政委。1955 年被授予少将军衔。

34 **李辉高**（1904–1969）

湖南省浏阳县人。新中国成立后，曾任山东军区后勤部部长、济南军区后勤部部长、济南军区副参谋长。1955 年被授予少将军衔。

35 **杨世明**（1907–1986）

湖南浏阳县人。新中国成立后，曾任第 20 兵团师长、副军长，华北农垦兵团司令员，内蒙古生产建设兵团副司令员。1955 年被授予少将军衔。

36 **杨尚高**（1908–1983）

湖南省平江县人。新中国成立后，曾任西南军区后勤部政委、中国人民解放军总后勤部学校管理部部长、训练部部长，后勤学院副政委。1955 年被授予少将军衔。

37 **肖远久**（1902–1962）

湖南省祁阳县人。新中国成立后，曾任中南军区铁道部队第一副司令员、广州市公安总队总队长、广东省军区副司令员。1955 年被授予少将军衔。

38 **吴自立**（1902–1975）

湖南省平江县人。新中国成立后，曾任中南军区军运部部长、中南军区后勤部副部长、广东省军区副司令员、湖南省军区副司令员。1955 年被授予少将军衔。

39 **吴咏湘**（1914–1970）

湖南省湘阴县人。新中国成立后，曾任中国人民解放军副军长、军长，中国人民志愿军军长。1955 年被授予少将军衔。

40 **何辉**（1911–1996）

湖南省平江县人。新中国成立后，曾任天津警备区政治部主任、海军第二航空学校政委。1955 年被授予少将军衔。

41 **何志远**（1912–1992）

湖南省浏阳县人。新中国成立后，曾任中国人民解放军第 25 军政治部主任、济南军区人民武装动员部部长、山东省军区第二政委。1955 年被授予少将军衔。

42 **何能彬**（1912–1989）

湖南省平江县人。新中国成立后，曾任天津市公安总队总队长、中国人民解放军骑兵学校校长、武汉市公安总队总队长、湖南省军区副司令员。1955 年被授予少将军衔。

43 **何维忠**（1903–1981）

湖南省平江县人。新中国成立后，曾任西南军区后勤部副部长、西南军区财务部部长。1955 年被授予少将军衔。

44 **邱蔚**（1913–1957）

湖南省浏阳县人。新中国成立后，曾任河北省军区副司令员、中国人民解放军第 20 兵团军长。1955 年被授予少将军衔。

45 **佘非**（1911–2001）

湖南省平江县人。新中国成立后，曾任西南军区司令部航空处处长、军区空军政委，武汉军区空军政委。1955 年被授予少将军衔。

46 **张和**（1915–1967）

湖南省浏阳县人。新中国成立后，曾任西南军区后勤部政治部主任兼教导大队政委、军区后勤部干部部部长，中国人民解放军总后勤部军需生产部政委、部长、总后勤部工厂管理部部长。1955 年被授予少将军衔。

47 **张书祥**（1911–1986）

湖南省平江县人。新中国成立后，任江西军区宁都军分区分区司令员、中国人民解放军军事学院训练部战术教授会研究员。1955 年被授予少将军衔。

48 张平凯（1910–1990）

原名张试频，又名张夏远，湖南省平江县人。新中国成立后，曾任东北军区后勤部政治部主任、解放军后勤学院副政委兼政治部主任、山西省军区副政委。1955 年被授予少将军衔。

49 张正光（1916–2004）

原名张积厚，又名占全，湖南省平江县人。新中国成立后，任华北军区政治部青年部部长、干部部部长，北京军区副政委，总参谋部第三部第一政委。1955 年被授予少将军衔。

50 张闯初（1911–1996）

湖南省平江县人。新中国成立后，曾任福建省军区政委、江西省军区政委。1955 年被授予少将军衔。

51 张树芝（1915–2001）

湖南省华容县人。新中国成立后，历任西安警备司令部司令员，西北军区公安部队司令部第三副司令员，河南省军区副司令员，司令员，武汉军区副司令员，河南省军区司令员。1955 年被授予少将军衔。

52 陈浩（1914–2012）

湖南省茶陵县人。新中国成立后，任西南军区空军政治部主任、副政委，武汉军区空军副政委，江西省军区副政委。1955 年被授予少将军衔。

53 陈外欧（1910–1984）

湖南省茶陵县人。新中国成立后，曾任西北军校教育长、西北军区第一通讯学校校长、军委测绘局局长兼测绘学院院长。1955 年被授予少将军衔。

54 陈志彬（1917–2000）

湖南省茶陵县人。新中国成立后，历任湖南军区政治部组织部部长、政治部副主任、副政委，湖南省军区第二政委，广州军区政治部副主任，中共中央军委纪律检查委员会常务委员。1955 年被授予少将军衔。

55 范子瑜（1914–2002）

湖南省大庸县人。新中国成立后，曾任中国人民解放军总后勤部营房管理部部长、第二物资计划部部长、中华人民共和国商业部部长、中国人民解放军总后勤部副部长。1955 年被授予少将军衔。

56 幸元林（1914–1985）

湖南省醴陵县人。新中国成立后，历任湖南省军区邵阳军分区司令员，空军第 22 师师长，后勤学院队列部部长，新疆军区参谋长、副司令员兼北疆军区司令员。1955 年被授予少将军衔。

57 罗云（1900–1968）

原名罗克贵，湖南涟源人。新中国成立后，历任湖南军区零陵军分区司令员、湘南军区副司令员、湖南军区衡阳军分区司令员、湖南省军区副司令员。1955 年被授予少将军衔。

58 罗华生（1910–1991）

原名罗大庆，湖南省湘潭县人。新中国成立后，历任南宁军分区司令员、南宁军分区政委、第四航空学校副校长、铁道公安部队司令员、海军旅顺基地司令员、防空军高炮指挥部司令员、铁道兵副司令员。1955 年被授予少将军衔。

59 罗若遐（1907–1988）

原名岳公远，湖南省浏阳县人。新中国成立后，曾任中央军委通信部副部长，中国人民解放军军事学院通信联络教授会主任，高等军事学院通信联络教授会主任、战略教研室副主任。1955 年被授予少将军衔。

60 罗湘涛（1900–1968）

湖南省平江县人。新中国成立后，任华东军区后勤部军需部政委、南京军区后勤部军需部政委。1955 年被授予少将军衔。

61 郑效峰（1916–1993）

原名郑德风，湖南省耒阳县

人。新中国成立后，历任中南军区公安第九师政委、公安部队干部部部长，广东军区干部部部长，长沙工程学院副院长，湖南省军区政委，山西省军区政委。1955年被授予少将军衔。

62 **钟伟**（1915–1984）

原名钟步云，湖南省平江县人。新中国成立后，曾任广西军区参谋长、解放军防空军司令部参谋长、北京军区司令部参谋长、安徽省农业厅副厅长。1955年被授予少将军衔。

63 **钟明彪**（1910–2006）

湖南省平江县人。新中国成立后，曾任中国人民解放军52军政治部主任、53军参谋长。1955年被授予少将军衔。

64 **段苏权**（1916–1993）

湖南省茶陵县人。新中国成立后，历任东北军区空军司令员、华北军区空军司令员、中国人民解放军高等军事学院副教育长兼战略教研室主任、福州军区副司令员、军政大学副校长、军事学院政委。1955年被授予少将军衔。

65 **段焕竞**（1911–1998）

湖南省茶陵县人。新中国成立后，曾任江苏省军区司令员，南京军区副参谋长、副司令员。1955年被授予少将军衔。

66 **姜齐贤**（1905–1976）

湖南省湘乡县人。新中国成立后，历任中央军委卫生部部长、军委后勤学校教育长、中国人民解放军总后勤部兽医局局长兼政委、国务院农垦部副部长。1955年被授予少将军衔。

67 **贺东生**（1911–1998）

湖南省攸县人。新中国成立后，任第21步兵学校校长、广州军区公安军副司令员兼广东省军区副司令员。1955年被授予少将军衔。

68 **秦化龙**（1913–1991）

原名季康，湖南省平江县人。新中国成立后，历任华东军区、淞沪警备区政治部副主任、华东军区公安部队正治部副主任、主任、南京军区炮兵政委。1955年被授予少将军衔。

69 **袁也烈**（1899–1976）

湖南省洞口县人。新中国成立后，任华东军区海军司令员、政委，中国人民解放军海军副参谋长。1955年被授予少将军衔。

70 **徐德操**（1913–1974）

湖南省平江县人。新中国成立后，历任华北军区空军司令员、军委国防工程建筑部副部长、中国人民解放军工程兵副司令员兼国防工程建筑部部长和工程兵指挥学院院长。1955年被授予少将军衔。

71 **唐铎**（1904–1983）

原名唐灵运，湖南益阳人。新中国成立后，曾任中共军事工程学院党委委员，空军工程系党委书记、系主任，中共辽宁大学党委常委、党委副书记、副校长，辽宁省政协副主席。1955年被授予少将军衔。

72 **唐子安**（1912–1982）

湖南省湘潭县人。新中国成立后，任第19兵团第64军军长，沈阳军区副参谋长、参谋长、副司令员、顾问。1955年被授予少将军衔。

73 **唐健如**（1912–1996）

湖南省邵阳县人。新中国成立后，历任华东军区干部管理部任免处处长、江苏省军区干部部部长、江苏省军区副政委、济南军区后勤部政委、山东省军区第三政委兼山东生产建设兵团政委。1955年被授予少将军衔。

74 **资凤**（1895–1955）

湖南省耒阳县人。新中国成立后，曾任华东军区后勤部财务部政委。1955年被授予少将军衔。

75 **黄霖**（1914–1986）

湖南省浏阳县人。新中国成立后，曾任湖南军区益阳军分区司令员兼中共益阳地委书记、中南军区防空司部第一副司令员、粤中军区司令员、广州军区空军副司令员。1955年被授予少将军衔。

76 **黄连秋**（1912–1982）

湖南省平江县人。新中国成立后，曾任中国人民解放军第66军政治部主任、华北军区空军政治部主任。1955年授少将军衔。

77 **黄忠诚**（1913–2002）

湖南省麻阳县人。新中国成立后，历任中南军区海军西营基地司令员、中国人民解放军军事学院海军系副主任、海军学院副院长兼训练部部长、海军南海舰队副司令员。1955年被授予少将军衔。

78 **黄胜明**（1914–1996）

湖南省平江县人。新中国成立后，任中南军区复员委员会秘书处处长，中南军区后勤部生产部副政委、运输部政委，武汉军区后勤部副政委。1955年被授予少将军衔。

79 **黄曹龙**（1911–1979）

湖南省浏阳县人。新中国成立后，历任中国人民解放军总后勤部驻南宁办事处主任、总后勤部车管部副部长，兰州军区后勤部部长。1955年被授予少将军衔。

80 **曹玉清**（1906–1991）

湖南省新晃县人。新中国成立后，曾任66军198师师长、66军副参谋长。1955年被授予少将军衔。

81 **喻缦云**（1903–1994）

湖南省平江县人。新中国成立后，历任中国人民解放军总后勤部军需部部长、总后勤部物资计划部部长、总后勤部顾问。1955年被授予少将军衔。

82 **曾涤**（1913–1971）

湖南省浏阳县人。新中国成立后，历任新疆军区政治部副主任、副政委兼政治部主任，中共新疆维吾尔自治区党委书记处书记，中共中央组织部副部长。1955年被授予少将军衔。

83 **曾育生**（1913–1991）

湖南省溆浦县人。新中国成立后，历任西北军政委员会卫生部副部长、西北军区卫生部部长、军区后勤部副部长、中国人民解放军第四军医大学校长、云南省卫生厅厅长。1955年被授予少将军衔。

84 **曾敬凡**（1915–1989）

原名曾长久，湖南省茶陵县人。新中国成立后，曾任江西军区上饶军分区司令员、第42军第一副军长兼参谋长、湖南省军区副司令员。1955年被授予少将军衔。

85 **谢福林**（1917–1976）

湖南省平江县人。新中国成立后，曾任中国人民解放军22军副政委、中国人民志愿军军政委、黑龙江省军区政委、旅大警备区政委。1955年被授予少将军衔。

86 **蔡爱卿**（1913–1978）

湖南省岳阳县。新中国成立后，历任中南军区高射炮师师长、华南军区防空司令部副司令员、中南军区防空部队副司令员、广州军区防空军第二副司令员、山西省军区副司令员。1955年被授予少将军衔。

87 **裴周玉**（1912–2015）

湖南省平江县人。新中国成立后，曾任23兵团政治部主任、69军军政委、北京军区政治部副主任、新疆军区副政委兼新疆生产建设兵团第三政委。1955年被授予少将军衔。

88 **廖海光**（1915–1993）

湖南省酃县人。新中国成立后，曾任福州军区政治部主任、副政委。1955年被授予少将军衔。

89 **谭文邦**（1911–1987）

湖南省茶陵县人。新中国成立后，曾任中国人民志愿军42军政治部副主任、广州军区炮兵政委、湖南省军区政委。1955年被授予少将军衔。

90 **谭善和**（1915–1991）

曾用名谭毅峰，湖南省茶陵县人。新中国成立后，曾任西南军区工兵纵队司令员兼政委、中国人民志愿军工兵指挥所司令员兼东北军区工兵司令员、新疆军区副司令员、解放军工程兵司令员、乌鲁木齐军区政委。1955年被授予少将军衔。

91 **熊飞**（1911–2000）

原名熊桂生，湖南省湘潭县人。新中国成立后，曾任渤海军区政治部主任、胶东军区副政委、济南军区后勤部政委、山东省军区政委、广东省军区政委。1955年被授予少将军衔。

92 **熊晃**（1913–1996）

湖南省浏阳县人。新中国成立后，历任2军6师政委、新疆军区分区政委兼中共焉耆地委书记、新疆军区政治部主任、新疆军区副政委。1955年被授予少将军衔。

93 **黎东汉**（1914–2007）

湖南省浏阳县人。新中国成立后，曾任军委通信兵部干部处副处长、通信学院第一副院长、军事电讯工程学院院长、中国人民解放军通信部副主任、总参谋部通信部顾问。1955年被授予少将军衔。

94 **颜金生**（1918–1994）

湖南省茶陵县人。新中国成立后，曾任西北军区炮兵司令员兼政委、中国人民志愿军军政委、武汉军区政治部主任。1955年被授予少将军衔。

95 **颜德明**（1917–1985）

湖南省攸县人。新中国成立后，曾任中国人民解放军师长兼湖南沅陵军分区司令员、47军副军长。1955年被授予少将军衔。

96 **潘世征**（1916–1961）

湖南省宁乡县人。新中国成立后，曾任新疆军区后勤部政委兼卫生部部长。1951年赴苏联莫斯科中央医师进修学院学习。1955年被授予少将军衔。

97 **潘振武**（1907–1988）

湖南省常德县人。新中国成立后，曾任中南军区后勤部副政委、广州军区后勤部政委、驻苏维埃社会主义共和国联盟大使馆武官。1955年被授予少将军衔。

98 **戴文彬**（1909–1982）

湖南省浏阳县人。新中国成立后，曾任东北军区卫生部政委兼政治部主任、沈阳军区后勤部副政委。1955年被授予少将军衔。

99 **魏镇**（1895–1973）

湖南省邵东县人。保定军官学校和陆军大学毕业。参加过北伐战争。曾任国民革命军营长、团长、师长，第一校阅组主任，国防部高级参谋，湖南第六行政督察区专员，湖南省军管区副司令，邵阳警备司令。1949年参加湖南起义。后任中国人民解放军第21兵团副司令员、副军长，湖南省参事室副主任。1955年被授予少将军衔。获一级解放勋章。1973年逝世。

湖南国民党战将录

上将 shangjiang

1 **黄杰**（1902–1995）

湖南长沙人。曾任第八军军长兼税警总团长。1937年率部参加淞沪会战、徐州会战。国民革命军陆军一级上将（1960年授）。

2 **袁朴**（1904–1991）

湖南新化人。国民革命军陆军二级上将（1961年授）。曾任国民党第57师副师长。1937年淞沪会战时，率部在上海抗击日军。

3 **张镇**（1900–1950）

湖南常德人。曾任胡宗南部第8师副师长。1937年任首都宪兵副司令。国民革命军追赠陆军二级上将（1951 年追赠）。

4 **刘建绪**（1892–1978）

湖南醴陵人。国民革命军陆军中将加上将衔（1936 年授）。曾任国民政府第三战区第十集团军总司令。

5 **唐生智**（1889–1970）

字孟潇，湖南东安人。毕业于保定陆军军官学校。曾任首都（南京）卫戍司令长官，授予上将衔。

6 **程潜**（1882–1968）

字颂云，湖南醴陵人。曾任国民政府第一战区司令长官，国民革命军一级上将。1949 年 8 月初，程潜在湖南宣布接受共产党的和平协定。

中 将

zhongjiang

1 **黄鸾鸣**（1860–1923）

湖南平江人。民国初被授予中将军衔。曾任江南第 8 师师长、49 标标统。

2 **黄启东**（1891–1938）

湖南平江人，曾任国民革命军 23 师少将参谋长。1938 年在豫东、鲁西郓城之役与日军血战数昼夜，身受重伤仍高喊：“宁作战死鬼，不作亡国奴！”后因伤势过重壮烈牺牲。国民政府追认为陆军中将。

3 **余 韶**（1891–1962）

湖南平江人。曾任国民革命军 36 军少将参谋长。

4 **李 英**（1891–1941）

湖南平江人。抗日战争时期与日军作战有功，受国民政府嘉奖，授中将衔。曾任 16 军和第 1 军中将副军长。

5 **孔荷宠**（1896–1956）

湖南平江人。抗日战争初，以国民革命军中将军衔任江北区游击队副总指挥。

6 **黄 雍**（1900–1970）

湖南平江人。曾任国民党军委会中将高参。

7 **袁石安**（1904–1948）

湖南平江人。曾任西北行辕中将高参。

8 **邱维达**（1904–1998）

湖南平江人。曾任国民革命军74军中将军长。

9 **舒适存**（1898–1989）

湖南平江人。曾任国民革命军新6军中将副军长。

10 **姚幼民**（1903–1978）

湖南平江人。曾任国民党陆军通讯学校训导处少将主任。1949年7月去台湾，1954年晋升为中将。

11 **皮亚元**（1899–1986）

湖南平江人。曾任国民政府第二绥靖区中将主任高参。

12 **吴光朝**（1903–?）

湖南平江人。曾任国民政府重庆第三补给区中将司令。

13 **张世光**（1907–1980）

湖南平江人。曾任国民革命军88军中将军长。

14 **龙启渊**（1905–1997）

湖南平江人。曾任国民政府第二绥靖区司令部办公厅中将主任兼军法处长、威海卫市市长。

15 **曾 振**（1906–?）

湖南平江人。中央陆军军官学校六期毕业。1949年去台湾，曾任“国防部”参谋处中将副主任。

16 **李文**（1905–1977）

字质吾，号作彬，湖南新化人。黄埔军校第一期毕业。曾任国民政府34集团军总司令、陆军中将。

17 **李觉**（1900–1987）

湖南长沙人。抗日战争爆发后，曾任第70军中将军长兼19师师长。1937年淞沪会战时，率部与企图登陆的日军激战一个多月。

18 **洪行**（1900–1944）
湖南宁乡人。曾任国民党第 2 军新编 39 师中将师长。

19 **姚纯**（1894–1940）
字兼一，号汝阜，湖南萍乡人。曾任国民党 36 军副军长、中将军长兼渝南警备司令。

20 **夏楚中**（1904–1988）
又名楚钟，号贯难，湖南益阳人。曾任国民党第 70 军中将军长、第 3 战区第 32 集团军第 79 军军长、第 12 集团军副总司令、第 10 集团军副总司令、陆军第 4 方面军副司令官。

21 **陶广**（1887–1951）
号思安，湖南醴陵人。曾任国民党 28 军中将军长、第 10 集团军副总司令、第 3 战区第 1 游击区总指挥兼 28 军军长。

22 **陶柳**（1890–1949）
湖南醴陵人。曾任国民党第 28 军 62 师师长、第 28 军中将军长。

23 **曹日晖**（1904–1955）
湖南永兴人。曾任国民党第 90 军第 53 师师长、第 90 军中将副军长兼陕西汉中师管区司令。

24 **彭璋**（1891–1938）
又名赐夔，字皖荪，号皖舟，湖南双峰人。曾任国民党 50 师中将副师长。在安徽灵壁境内遭日军围击，壮烈牺牲。

25 **彭士量**（1904–1943）
号秋湖，湖南浏阳人。曾任国民党 29 集团军 73 军暂编第 5 师师长。在湖南石门战场殉国，追赠为陆军中将。

26 **彭巩英**（1905–1952）
湖南湘乡人。曾任国民党 49 军中将代理军长。

27 **彭位仁**（1895–1990）
湖南湘乡人。曾任国民党第 24 集团军副总司令兼第 73 军中将军长。

28 **彭林生**（1898–1951）

号云山，湖南祁东人。曾任国民党187师中将师长。

29 **蒋伏生**（1899–1979）

湖南祁阳人。曾任国民政府军事委员会中将参议。

30 **傅正模**（1904–1968）

字镜磨，湖南醴陵人。曾任国民党54军中将副军长兼昆明防卫司令部参谋长。

31 **廖耀湘**（1906–1968）

号建楚，湖南邵阳人。曾任中国缅印远征军第5军第22师副师长、新6军中将军长。

32 **谭道源**（1887–1946）

字逸如，湖南省湘乡人。曾任国民党驻赣第五绥靖区中将司令官。

33 潘裕昆（1906–1982）

字孔希，湖南浏阳人。曾任国民党第50师少将副师长、中将师长。

34 **陈牧农**（1900–1944）

号节文，湖南桑植人。曾任国民政府第93军中将军长。

35 **罗树甲**（1878–1944）

字衡平，湖南省耒阳人。曾任国民政府第18军副军长、军事委员会中将参议。在耒阳病中被日军所俘，不甘侮辱，服毒自杀。

36 **郑作民**（1902–1940）

湖南省新田县人。曾任国民政府第2军中将副军长兼第9师师长。桂南会战中，在广西昆仑关激战中牺牲。

37 **宋希濂**（1907–1993）

字荫国，湖南省双峰县人。黄埔军校第一期毕业。曾任国民党36师师长、78军军长、71军军长、34集团军副总司令。陆军中将。

38 **汪之斌**（1884–1949）

字星垣，土家族，湖南省湘西州永顺县人。保定陆军军官学校毕业。曾任 73 军 15 师师长、73 军军长。中将。

39 **刘斐**（1898–1983）

字为章，湖南澧陵人。日本陆军大学毕业。曾任国防部参谋次长、军令部中将厅长。

40 **刘戡**（1906–1948）

字麟书，湖南桃源人。黄埔军校第一期、陆军大学特别班第六期毕业。曾任国民党第 93 军中将军长、第 14 集团军副总司令、第 36 集团军总司令。在宜川战役中兵败自杀身亡。

41 **刘召东**（1905–1951）

湖南华容县人。曾任 20 集团军远征军总部中将参谋长。

42 **齐学启**（1900–1945）

湖南省宁乡县人。曾任国民党新编第 38 师少将副师长，在缅甸北部战俘营中被败类所刺，因伤口发炎溃烂而去世。后追晋为中将。

43 **杨宣诚**（1890–1962）

湖南长沙人。曾任南京军令部中将高参，主持全国对日作战谍报工作，最突出的成绩是破译日本偷袭珍珠港密电。

44 **方鼎英**（1888–1976）

湖南省新化县人。曾任国民政府第九战区战地党政委员会副主任委员。

45 **李必蕃**（1892–1938）

字子祺，湖南省嘉禾县人。曾任国民革命军第 20 军第 23 师中将师长。

46 **李国良**（1896–1940）

字兆彬，湖南长沙人。曾任国民政府军事委员会委员长天水行营军训处中将处长。因日机空袭，行营防空洞塌陷而遇难。

47 **李默庵**（1904–2001）

字霖生，湖南省长沙人。曾任第 14 军中将军长、晋北方面左翼指挥官、第 33 军团军团长、“南岳游击干部训练班”教育长、第32团集团军总司令。

48 **王劲修**（1900–1950）

湖南长沙人。曾任国民党第97军中将副军长兼沅陵警备司令。

49 **何宣**（1891–1946）

字啸夫，号桂生，湖南省益阳人。保定军官学校第三期、南京陆军大学第十期毕业。曾任第11集团军中将参谋长，46军副军长、军长。

少将

shaojiang

1 **张定**（? –1934）

湖南平江人，前清禀生。曾任国民革命军第6军机要处少将处长。

2 **陈楚贤**（1856–1938）

湖南平江人。1912年，民国临时政府成立后，任南京城区卫戍司令官、军事参议官、警备司令官。陆军少将军衔，获三等文虎勋章。

3 **黄驾白**（1886–1928）

湖南平江人。参加过武昌起义，曾升步兵旅长，授陆军少将。

4 **胡光武**（1898–1947）

湖南平江人。曾任国民政府陆军第2军军官教导团二大队少将副团长。

5 **袁开科**（1872–1929）

湖南平江人。曾任广东护国军第1独立旅第2团团长、安徽第1军兵站总监，陆军少将。

6 **程公侠**（1879–1944）

湖南平江人。曾任国民革命军总司令部主任副官，少将科长。

7 **方震欧**（1879–1921）

湖南平江人。曾任孙中山大元帅府参军、广西国民军右翼司令，陆军少将。

8 **李庚**（1884–1951）
湖南平江人。曾任国民党中央少将点念委员。

9 **李午云**（1885–1952）
湖南平江人。曾任孙中山秘书、少将参议。

10 **向恺然**（1890–1957）
湖南平江人。曾任国民党21集团军总办公厅少将主任。

11 **周翰**（1895–?）
湖南长沙人。历任湖南省公安局长、安徽省第4区行政督察专员兼保安司令、国民政府军事参议院参议。1946年晋升为少将。

12 **彭泽伟**（1911–1948）
湖南平江人。1948年在南京授少将。

13 **万国钧**（1892–1950）
湖南平江人。陆军少将，历任国民政府湖南内政部参事、湘鄂赣闽粤桂区烟毒检查团团长。

14 **李干清**（1896–1976）
湖南平江人。曾任国民党第30师少将师长。

15 **单心舆**（1896–1951）
湖南平江人。曾任国民政府河南少劳动督导团少将主任。

16 **彭 熙**（1897–1960）
湖南平江人。曾任国民党湖南省政府少将参议。1949年，随程潜起义。

17 **王大权**（1901–1960）
湖南平江人。曾任国民党187师少将副师长。

18 **皮宣猷**（1901–1966）
湖南平江人。曾任国民党74师师长。

19 **邹用元**（1901–1979）
湖南平江人。曾任国民党少将高参。

20 **江澄清**（1902–1952）

湖南平江人。曾任国民政府平江少将县长兼自卫总队队长。1948年，随程潜起义。

21 **卢碧湖**（1904–1985）

湖南平江人。曾任国民党上海市少将市长。

22 **余洒度**（1904–1934）

湖南平江人。曾任国民党61军少将政训处长。因宪兵查获其妻参与走私贩毒，余因此被蒋介石枪决。

23 **陈　溉**（1904–1955）

湖南平江人。曾任国民党104师少将副师长。1949年在四川随部起义。

24 **王联升**（1904–1955）

湖南平江人。曾任国民政府川湘鄂边区绥靖公署少将军政部长、代理军长。

25 **李琳**（1905–1953）

湖南平江人。曾任国民政府西南游干班政治部少将主任。

26 **喻梦希**（1903–1985）

湖南平江嘉义人。曾任国民党7兵团64军少将政工处长。

27 **周　兼**（1907–1996）

湖南平江人。曾任国民党第18兵团少将高参。1949年12月，率部在成都起义。

28 **吴锡照**（1908–1968）

湖南平江人。曾任国民政府交通警察总局少将参谋长。1949年在成都起义。

29 **毛　琦**（1908–1974）

湖南平江人。曾任国民政府重庆空军学校飞机修理厂少将厂长。

30 **徐三才**（1908–1969）

湖南平江人。曾任国民政府重庆市军法处少将处长。

31 **彭止戈**（1908–1982）

湖南平江人。曾任国民政府少将参谋处长。

32 **唐天德**（1909–1990）

湖南平江人。曾任国民党九战区司令部少将高参。1944年11月，任日伪长沙自治徘徊处处长、长沙市长。抗战胜利后，以“汉奸罪”判刑5年，保外就医期间出逃香港。

33 **凌则民**（1911–1942）

湖南平江人。曾任国民党96师补充团少将团长。抗日战争爆发后，奉命出国远征缅甸，与日作战，身中数弹后牺牲。

34 **袁剑飞**（1914–1970）

湖南平江人。曾任国民党第8军少将参谋长。

35 **李肱良**（1901–1996）

湖南平江人。曾任国民政府联勤总部粮食司少将副司长。1949年去台后任“国防部”少将参议。

36 **钟贡勋**（1906–1979）

湖南平江人。曾任国民政府“国防部”保密局南京少将站长。1948年去台，任台湾“国家安全局”设计委员。

37 **刘立忠**（1913–1994）

湖南平江人。1948年率206师青年军炮兵部去台湾，1954年5月任少将炮兵指挥官。

38 **黄瞰寰**（1911–1985）

湖南平江人。1949年去台湾，曾任联勤总部抚恤处少将处长。

39 **龚家伦**（1900–?）

湖南平江人。曾任国民政府九战区少将督察官员。

40 **方成德**（1897–1973）

湖南平江人。曾任国民政府甘肃河西警备总司令部少将新闻处长。1949年在甘肃酒泉起义，参加解放军进军新疆的后勤筹备工作。

41 **刘茂华**（1901–1988）
湖南平江人。曾任国民政府山东第二绥靖区司令部少将高参。

42 **方光英**（1886–1970）
湖南平江人。曾任国民政府南京特别自卫总队队长，1946年授少将军衔，后去台湾。

43 **吴建树**（1909–1989）
湖南平江人。曾任国民政府云南绥靖公署少将参议。

44 **方其壮**（1910–?）
湖南平江人。救国军副司令员。1949年去台湾，任“反共救国军”大陆执行部湘东第五纵队少将司令。

45 **黄寄野**（1891–?）
湖南平江人。曾任国民政府27集团军少将参议、国民党平江县18区分部书记。

46 **张守谦**（1895–?）
湖南平江人。曾任国民政府热河省委员、少将旅长，1949年去台湾。

47 **熊德树**（1918–?）
湖南平江人。曾任国民政府海军情报总署少将署长，1949年去台湾。

48 **李子良**（1908–?）
湖南平江人。曾任国民政府54师少将副师长，1949年去台湾。

49 **顾隆筠**（1907–?）
湖南平江人。曾任国民政府第13兵团第9军参谋长。

50 **胡行健**（1909–2008）
湖南平江人。曾任国民政府31军政治部少将主任。

51 **李苍霞**（1901–?）
湖南平江人。曾任国民政府供应局少将局长。1949年去台湾，后被蒋经国免职。

52 **苏文标**（1901–?）

湖南平江人。曾任国民政府第4军政治部少将主任。1950年去台湾。

53 **李崇诗**（1904–?）

湖南平江人。曾任国民政府国防部二厅少将主任。1949年去台，先后任国民党中央党务顾问、“国家安全局”顾问。

54 **李克毅**（1903–?）

湖南平江人。曾任国民政府新骑4师少将副师长兼政治部主任、国防部少将部附。

55 **单志诚**（1907–?）

湖南平江人。曾任国民政府南京工兵学校少将教务主任。1948年去台，不久退役从事史研究，有多种著作。

56 **喻利群**（1907–?）

湖南平江人。曾任国民党33师少将副师长，1949年去台湾。

57 **李昌莱**（1907–?）

湖南平江人。曾任国民政府通讯兵学校少将校长。

58 **陈　砥**（1909–?）

湖南平江人。曾任国民政府军政治部第八军官总队少将副总队长。1948年去台湾，任台北警备司令部刑事室少将主任。

59 **陈君祺**（1915–?）

湖南平江人。曾任国民革命军第2军少将副军长。

60 **黄文敏**（1917–?）

湖南平江人。1949年去台，曾任台湾“总统府”第二局少将高参。

61 **欧阳礼**（1919–?）

湖南平江人。成都中央军校毕业，曾任青年军206师少校参谋。1949年随部去台湾，任陆军34师少将师长。

62 **陈俸章**（1924–?）

湖南平江人。1949 年去台湾，曾任台北市大专院校军训中心少将副主任。

63 **唐伯寅**（1897–1952）

字剑椿，号剑湘，湖南湘潭人。曾任国民党第 19 师少将师长、江西南丰师管区司令、浙江临黄师管区司令。

64 **喻英奇**（1907–1950）

湖南保靖县人。曾任国民党第 66 军 160 师 478 旅少将旅长、独立旅第 20 旅少将旅长。

65 **雷忠**（1901–1938）

湖南省嘉禾县人。曾任国民革命军军委会游击第一支队少将司令官、皖北军事联络委员兼游击副总指挥。在安徽霍邱前线指挥时不幸被敌弹击中，以身殉国。

66 **戴季韬**（1891–1976）

又名宏顺，湖南省凤凰人。曾任国民政府陆军暂编第 5 师少将师长、第九战区桂郴师管区司令。

67 **李颐**（？–1944）

湖南省醴陵人。曾任国民革命军远征军第 6 军预备第 2 师第 5 团上校团长，在云南腾冲以身殉国。国民政府追授陆军少将。

68 **邵一之**（1904–1939）

又名镇堃，湖南省湘阴县人。曾任国民党陆军新编第 200 师 600 团团长，国民政府追赠陆军少将。

69 **申茂生**（1897–1974）

湖南省衡阳人。黄埔军校第一期毕业。曾任国民党中央训练团第 25 军官总队少将副总队附。

70 **吕旃蒙**（1905–1944）

湖南零陵（现属冷水滩市）人。曾任国民党陆军 31 军少将参谋长。

湖北共产党战将录

元 帅
yuanshuai

1 **林彪**（1907–1971）

湖北黄冈人。新中国成立后，曾任中南军政委员会主席、中南军区兼第四野战军司令员、中共中央中南局第一书记、中央人民政府人民革命军事委员会副主席。1955年被授予元帅军衔。

大 将
dajiang

1 **徐海东**（1900–1970）

湖北黄陂县人。新中国成立后，历任中央人民政府人民革命军事委员会委员、第一至第三届国防委员会委员。

2 **王树声**（1905–1974）

湖北麻城人。新中国成立后，曾任湖北省军区副司令员、司令员，中南军区副司令员，国防部副部长。1955年被授予大将军衔。

上 将
shangjiang

（以姓氏笔画为序）

1 **王平**（1907–1998）

湖北阳新县人。新中国成立后，历任察哈尔省人民政府第一副主席、华北军区副参谋长兼干部部部长。1955年被授予上将军衔。

2 **王宏坤**（1909–1993）

湖北麻城人。新中国成立后，任人民解放军海军副司令员。1955年被授予上将军衔。

3 **王建安**（1908–1980）

湖北黄安（今红安）县人。新中国成立后，任浙江军区司令员、中国人民志愿军第9兵团司令员兼政委。1956年被授予上将军衔。

4 **王新亭**（1908–1984）

湖北孝感人。新中国成立后，曾任西南军区政治部主任、济南军区代理司令员兼第二政委。1955年被授予上将军衔。

5 **刘震**（1915–1992）

湖北孝感县（今孝感市）人。新中国成立后，历任中南军区空军司令员、东北军区空军司令员、空军副司令员兼东北军区空军司令员。1955年被授予上将军衔。

6 **陈士榘**（1909–1995）

湖北武昌人。新中国成立后，历任军事学院训练部部长、教育长，中国人民解放军工程兵司令员兼人民革命军事委员会军事建筑部部长。1955年被授予上将军衔。

7 **陈再道**（1909–1993）

湖北麻城人。新中国成立后，任中南军区副司令员兼河南军区司令员、人民解放军武装力量监察部副部长兼武汉军区司令员。1955年被授予上将军衔。

8 **陈锡联**（1915–1999）

湖北黄安（今红安）人。新中国成立后，任人民解放军炮兵司令员兼任炮兵学院院长。1955年被授予上将军衔。

9 **周纯全**（1905–1985）

湖北黄安（今红安）人。新中国成立后，历任中南军区兼第四野战军后勤部部长、中国人民解放军总后勤部第一副部长。1955年被授予上将军衔。

10 **贺炳炎**（1913–1960）

湖北松滋人。新中国成立后，任青海军区司令员、西南军区副司令员兼四川军区司令员。1955年被授予上将军衔。

11 **郭天民**（1905–1970）

湖北黄安（今红安）人。新中国成立后，历任云南军区第一副司令员，人民解放军训练总监部副部长兼军事出版部、院校部部长。1955年被授予上将军衔。

12 **黄永胜**（1910–1983）

湖北咸宁县人。新中国成立后，历任第13兵团司令员，第15兵团司令员兼广东军区副司令员，华南军区、中南军区副司令员，广州军区司令员。1955年被授予上将军衔。

13 **韩先楚**（1913–1986）

湖北黄安（今红安）人。新中国成立后，任中南军区参谋长。1955年被授予上将军衔。

14 **谢富治**（1909–1972）

湖北黄安（今红安）县人。新中国成立后，历任中共川东区委书记，川东军区政委，中共云南省委第一书记，云南军区、昆明军区司令员兼政委。1955年被授予上将军衔。

中　将

zhongjiang

（以姓氏笔画为序）

1 **王必成**（1912–1989）

湖北麻城人。新中国成立后，历任浙江军区司令员、上海警备区司令员、南京军区副司令员。1955年被授予中将军衔。

2 **王近山**（1915–1978）

湖北黄安县（今红安）人。新中国成立后，历任川东军区司令员、中国人民志愿军第3兵团副司令员、山东军区副司令员、北京军区副司令员。1955年被授予中将军衔。

3 **王尚荣**（1915–2000）

湖北石首人。新中国成立后，历任第1军副军长兼青海军区副司令员，总参作战部副部长、代部长。1955年被授予中将军衔。

4 **田维扬**（1906–1977）

湖北枣阳人。新中国成立后，曾任第41军军长兼粤东军区司令员、人民解放军工兵司令部司令员。1955年被授予中将军衔。

5 **成钧**（1911–1988）

湖北石首县人。新中国成立后，历任福建军区第一副司令员、华东军区防空部队司令员兼政委、人民解放军防空部队副司令员。1955年被授予中将军衔。

6 **刘飞**（1905–1984）

湖北黄安县（今红安）人。新中国成立后，曾任皖南军区司令员、安徽军区司令员、南京军区公安军司令员、上海警备区副司令员。1955年被授予中将军衔。

7 **刘昌毅**（1914–1999）

湖北黄安县（今红安）人。新中国成立后，曾任人民解放军铁道公安部队副司令员，北海舰队司令员，济南军区、南京军区副司令员。1955年被授予中将军衔。

8 **杜义德**（1912–2009）

湖北黄陂县人。新中国成立后，曾任川南军区司令员、旅大警备区政委、沈阳军区副政委、海军副政委。1955年被授予中将军衔。

9 **杨秀山**（1914–2002）

湖北沔阳县（今洪湖市）人。新中国成立后，曾任南京军事学院高级系2班主任、军事师范学校校长。1955年被授予中将军衔。

10 **李天焕**（1912–1986）

湖北黄安县人。新中国成立后，历任人民解放军总参谋部警备部部长、公安部副部长。1955年被授予中将军衔。

11 **李成芳**（1914–1984）

湖北麻城县人。新中国成立后，任西南军区副参谋长。1955年被授予中将军衔。

12 **吴先恩**（1907–1987）

湖北黄安县人。新中国成立后，历任湖北人民政府委员、财委副主任兼财政厅厅长、中国人民志愿军后方勤务司令部副司令员、北京军区副司令员。1955年被授予中将军衔。

13 **余立金**（1913–1978）

湖北大冶县人。新中国成立后，历任华东军区军政大学副政委兼政治部主任、华东军区空军政委、南京军区空军政委。1955 年被授予中将军衔。

14 **张才千**（1911–1994）

湖北麻城人。新中国成立后，曾任第 44 军军长、南京军区参谋长。1955 年被授予中将军衔。

15 **张天云**（1913–1980）

湖北黄安县人。新中国成立后，曾任第 12 兵团 45 军军长、中国人民志愿军第 47 军军长、第 19 兵团副司令员。1955 年被授予中将军衔。

16 **张仁初**（1909–1969）

湖北黄安县（今红安）人。新中国成立后，曾任济南军区副司令员。1955 年被授予中将军衔。

17 **陈康**（1910–2002）

湖北广济县（今武穴市）人。新中国成立后，曾任第 13 军军长。1955 年被授予中将军衔。

18 **陈庆先**（1908–1984）

湖北黄陂县人。新中国成立后，曾任第 23 军军长，军事学院战役战术教授会主任、训练部部长、副院长。1955 年被授予中将军衔。

19 **周希汉**（1913–1988）

湖北麻城人。新中国成立后，历任滇南卫戍司令员、解放军海军参谋长。1955 年被授予中将军衔。

20 **周志坚**（1917–2005）

湖北礼山（今大悟）县人。新中国成立后，任第 31 军军长。1955 年被授予中将军衔。

21 **郑维山**（1915–2000）

湖北麻城人。新中国成立后，历任中国人民志愿军第 19 兵团副司令员兼参谋长、第 20 兵团代司令员。1955 年被授予中将军衔。

22 **胡奇才**（1914–1997）

湖北黄安县（今红安）人。新中国成立后，曾任辽东军区司令员、东北军区空军副司令员、辽西军区司令员、人民解放军工程兵副司令员兼参谋长。1955年被授予中将军衔。

23 **饶正锡**（1911–1998）

湖北钟祥人。新中国成立后，曾任第22兵团副政委，中共迪化(今乌鲁木齐)市委书记、市长，人民解放军总后勤部卫生部部长。1955年被授予中将军衔。

24 **秦基伟**（1914–1997）

湖北黄安县(今红安)人。新中国成立后，曾任云南军区副司令员、昆明军区副司令员。1955年被授予中将军衔，1988年被授予上将军衔。

25 **聂凤智**（1913–1992）

湖北礼山县(今大悟)人。新中国成立后，曾任华东军政大学教育长、华东军区空军司令员。1955年被授予中将军衔。

26 **顿星云**（1912–1985）

湖北石首县人。新中国成立后，曾任第5军政委兼新疆伊犁军区政委、人民解放军海军航空兵部司令员、人民解放军装甲兵副司令员。1955年被授予中将军衔。

27 **徐深吉**（1910–2000）

湖北黄安县(今红安)人。新中国成立后，历任华北军区副参谋长、军委空军副司令员。1955年被授予中将军衔。

28 **徐斌洲**（1912–1996）

湖北黄安县(今红安)人。新中国成立后，历任军事学院干部管理部部长、政治部主任、副政委。1955年被授予中将军衔。

29 **黄新廷**（1913–2006）

曾用名黄新亭，湖北沔阳县人。新中国成立后，历任成都军区副司令员、司令员，装甲兵司令员。1955年被授予中将军衔。

30 **程世才**（1912–1990）

湖北礼山县（今大悟）人。新中国成立后，曾任公安军第一副司令员、沈阳军区副司令员兼沈阳卫戍区司令员。1955 年被授予中将军衔。

31 **鲍先志**（1911–1988）

湖北麻城县人。新中国成立后，曾任第 11 军政委、山东军区政治部主任，华东军区政治部副主任、南京军区政治部主任。1955 年被授予中将军衔。

32 **詹才芳**（1907–1992）

湖北黄安县（今红安）人。新中国成立后，曾任湖南军区副司令员、中南军区公安部队司令员、广州军区副司令员。1955 年被授予中将军衔。

少　将

shaojiang

（以姓氏笔画为序）

1 **丁先国**（1909–2001）

湖北省麻城县人。新中国成立后，曾任中国人民解放军总后勤部副部长兼重庆办事处主任。1955 年被授予少将军衔。

2 **万振西**（1914–2006）

湖北省汉川县人。新中国成立后，任浙江省军区副司令员。1955 年被授予少将军衔。

3 **马龙**（1912–1977）

湖北省大冶县人。新中国成立后，曾任中国人民解放军军事学院海军系副主任，东海舰队副司令员、司令员。1955 年被授予少将军衔。

4 **马忠全**（1914–1995）

湖北省黄安（今红安）县人。新中国成立后，曾任南海舰队副司令员、北海舰队副司令员、海军副司令员。1955年被授予少将军衔。

5 **王义勋**（1910–1996）

湖北省阳新县人。新中国成立后，曾任华东军区公安师政委、南京军区公安军政治部主任、南京军区装甲副政委。1955年被授予少将军衔。

6 **王全国**（1912–1986）

湖北省洪湖县人。新中国成立后，曾任河南军区政治部主任、河南省军区第三政委。1955年被授予少将军衔。

7 **王诚汉**（1917–2009）

湖北省黄安（今红安）县人。新中国成立后，先后任西藏军区副司令员，成都军区副司令员、司令员，中国人民解放军军事科学院政委。1955年被授予少将军衔，1988年被授予上将军衔。

8 **王绍南**（1906–1979）

湖北省天门县人。新中国成立后，曾任中国人民解放军师长、第一步兵学校校长、第一高级步兵学校副校长、汉口高级步兵学校校长、中国人民解放军防化学部副主任。1955年被授予少将军衔。

9 **王政柱**（1915–2001）

湖北省麻城县人。新中国成立后，历任西北军区副参谋长、海军青岛基地司令员、海军南海舰队第一副司令员、中国人民解放军海军后勤部部长、军委总后勤部副部长。1955年被授予少将军衔。

10 **邓岳**（1918–2000）

湖北省麻城县人。新中国成立后，曾任沈阳军区、南京军区副司令员。1955年被授予少将军衔。

11 **邓少东**（1910–1993）

湖北省大悟县人。新中国成立后，曾任西藏军区副司令员、成都军区副司令员。1955年被授予少将军衔。

12 **邓家泰**（1914–2003）

湖北省荆门县人。新中国成立后，曾任装甲兵参谋长、南京军区参谋长。1955年被授予少将军衔。

13 **甘思和**（1915–1988）

湖北省黄安（今红安）县人。新中国成立后，曾任华北军区炮兵政委、北京军区干部部部长。1955年被授予少将军衔。

14 **石志本**（1907–1975）

湖北省大悟县人。新中国成立后，曾任察哈尔省军区副司令员、司令员，河北军区第二副司令员，北京卫戍区副司令员。1955年被授予少将军衔。

15 **石忠汉**（1912–1994）

湖北省孝感县人。新中国成立后，曾任中国人民解放军空军后勤部第二部长、部长、政委。1955年被授予少将军衔。

16 **帅荣**（1911–1997）

湖北省黄梅县人。新中国成立后，曾任第23兵团军政委、中国人民解放军军政委。1955年被授予少将军衔。

17 **叶建民**（1918–1998）

湖北省大悟县人。新中国成立后，曾任中国人民解放军师长，广州军区装甲兵司令员，广州军区副参谋长、副司令员。1955年被授予少将军衔。

18 **卢南樵**（1915–2002）

湖北省孝感县人。新中国成立后，曾任第二炮兵副政委。1955年被授予少将军衔。

19 **田厚义**（1906–1987）

湖北省大悟县人。新中国成立后，曾任湖南省军区副司令员。1955年被授予少将军衔。

20 **史可全**（1892–1979）

湖北省天门县人。新中国成立后，曾任甘肃省军区后勤部部长、兰州军区后勤部副部长。1955年被授予少将军衔。

21 **乔信明**（1906–1963）

曾用名汪明，湖北省大冶县人。新中国成立后，曾任南京市军事管制委员会房产管理处处长、华东军区空军后勤部政委。1955年被授予少将军衔。

22 **朱火华**（1916–1968）

湖北省麻城县人。新中国成立后，曾任中国人民解放军空军混成旅机务处主任、华东军区空军工程部部长、南京军区空军工程部部长。1955年被授予少将军衔。

23 **朱声达**（1914–1985）

湖北省江陵县人。新中国成立后，任甘肃省军区副司令员兼参谋长、陕西省军区副司令员兼参谋长、宁夏军区司令员、甘肃省军区副司令员。1955年被授予少将军衔。

24 **伍瑞卿**（1911–2004）

湖北省大悟县人。新中国成立后，曾任东北军区后勤部副部长、中国人民解放军政治学院院务部部长。1955年被授予少将军衔。

25 **刘何**（1911–1969）

原名刘登佩，湖北省礼山（今大悟）县人。新中国成立后，曾任沈阳军区炮兵政委，解放军炮兵政治部主任、副政委。1955年被授予少将军衔。

26 **刘少卿**（1911–2003）

湖北省黄冈县人。新中国成立后，曾任总参军训部副部长。1955年被授予少将军衔。

27 **刘华清**（1916–2011）

湖北省大悟县人。新中国成立后，曾任西南军区军政大学政治部主任、第10军副政委，第一海军学校副校长兼副政委。1955年被授予少将军衔，1988年被授予上将军衔。

28 **刘振国**（1917–1996）

湖北省孝感县人。新中国成立后，曾任中国人民解放军军政治部主任、西藏军区政治部主任、贵州省军区副政委。1955年被授予少将军衔。

29 **刘清明**（1914–1998）

湖北省汉川县人。新中国成立后，曾任解放军测绘学院院长。1955年被授予少将军衔。

30 **刘福胜**（1914–1994）

湖北省黄安（今红安）县人。新中国成立后，任武汉军区后勤部副政委。1955年被授予少将军衔。

31 **江腾蛟**（1919–2009）

湖北省黄安（今红安）县人。新中国成立后，曾任师政委、军政治部主任、广州军区防空军政委、空军军政委、南京军区空军政委。1955年被授予少将军衔。

32 **阮贤榜**（1909–?）

湖北省阳新（今通山）县人。新中国成立后，历任苏南军区常州军分区司令员、苏南军区参谋长、浙江省军区副司令员兼参谋长、安徽省军区副司令员。1955年被授予少将军衔。

33 **孙光**（1914–1967）

湖北省大悟县人。新中国成立后，历任宁夏军区副司令员，青海省军区副司令员、司令员，陕西省军区副司令员。1955年被授予少将军衔。

34 **杜国平**（1904–1992）

湖北省广济县人。新中国成立后，曾任公安部队师长，黑龙江省军区副司令员兼参谋长、副司令员、顾问。1955年被授予少将军衔。

35 **严光**（1915–2002）

湖北省大悟县人。新中国成立后，曾任安徽省军区司令员、江苏省军区副司令员。1955年被授予少将军衔。

36 **李人林**（1914–1995）

湖北省天门县人。新中国成立后，曾任国家建设委员会副主任、中国人民解放军基本建设工程兵办公室主任。1955年被授予少将军衔。

37 **李少元**（1915–1984）

湖北省英山县人。新中国成立后，曾任沈阳军区政治部副主任、军区副政委兼黑龙江生产建设兵团第二政委。1955 年被授予少将军衔。

38 **李文清**（1910–1999）

湖北省松滋县人。新中国成立后，历任川北军区副司令员、四川军区副司令员、成都军区副司令员。1955 年被授予少将军衔。

39 **李书茂**（1914–1993）

湖北省沔阳县人。新中国成立后，曾任青海省军区副司令员，兰州军区参谋长、军区副司令员。1955 年被授予少将军衔。

40 **李世焱**（1909–1990）

湖北省黄安（今红安）县人。新中国成立后，曾任皖北军区副政治委员、安徽省军区第二政委、上海警备区第二政委、南京军区装甲兵政委。1955 年被授予少将军衔。

41 **李庆柳**（1915–2001）

湖北省麻城县人。新中国成立后，曾任铁道兵工程学院政委。1955 年被授予少将军衔。

42 **李国良**（1908–1983）

湖北省天门县人。新中国成立后，曾任江西省军区参谋长、副司令员。1961 年晋升为少将军衔。

43 **李建良**（1910–1988）

湖北省荆门县人。新中国成立后，曾任济南军区工程兵政委、军政委。1955 年被授予少将军衔。

44 **杨焕民**（1912–1994）

湖北省孝感县人。新中国成立后，曾任中南军区空军副司令员、华东军区空军副司令员、兰州军区空军司令员、南京军区空军司令员。1955 年被授予少将军衔。

45 **肖永正**（1904–1994）

湖北省麻城县人。新中国成立后，曾任华北军区后勤部财务部部长、河北省军区副司令员兼后勤部部长。1955年被授予少将军衔。

46 **吴子杰**（1913–2003）

湖北省天门县人。新中国成立后，曾任新疆军区第4师师长、沈阳军区炮兵司令员、旅大警备区副司令员。1955年被授予少将军衔。

47 **吴林焕**（1915–1979）

原名吴基荣，湖北省大悟县人。新中国成立后，曾任湖北省军区副司令员。1955年被授予少将军衔。

48 **吴嘉民**（1909–1995）

湖北省阳新县人。新中国成立后，任苏南军区政治部主任、南京军事学院政治部副主任。1955年被授予少将军衔。

49 **何光宇**（1910–2008）

湖北省大悟县人。新中国成立后，曾任贵州军区第二副司令员兼参谋长、贵州省军区司令员，甘肃省军区司令员，兰州军区副司令员兼后勤部部长。1955年被授予少将军衔。

50 **何济林**（1914–1983）

湖北省沔阳县人。新中国成立后，任解放军兽医大学校长。1955年被授予少将军衔。

51 **何辉燕**（1913–1991）

湖北省大悟县人。新中国成立后，曾任铁道兵参谋长、大兴安岭会战指挥部指挥、铁道兵西南指挥部司令员、铁道兵副司令员。1955年被授予少将军衔。

52 **何德庆**（1916–1993）

湖北省黄安（今红安）县人。新中国成立后，曾任中国人民解放军军政大学副政委兼校务部政委、后勤学院副院长兼院务部部长。1955年被授予少将军衔。

53 **邹国厚**（1908–1999）

湖北省黄安（今红安）县人。新中国成立后，任河北省军区邢台军分区司令员、河北省公安总队总队长、河北省军区副司令员。1955年被授予少将军衔。

54 闵学胜（1914–2003）

湖北省黄安（今红安）县人。新中国成立后，历任铁道兵后勤司令部副司令员、后勤部部长，武汉军区参谋长、副司令员。1955年被授予少将军衔。

55 况玉纯（1913–1989）

湖北省黄安（今红安）县人。新中国成立后，曾任中国人民解放军总后勤部营房部副部长、后方工程建筑部副部长、营房部部长、后勤技术装备研究院政委。1955年被授予少将军衔。

56 汪克明（1906–1994）

湖北省阳新县人。新中国成立后，曾任第19兵团政治部组织部副部长、北京军区军事检察院检察长。1955年被授予少将军衔。

57 汪洪清（1911–1990）

湖北省汉阳县人。新中国成立后，历任河南省军区许昌军分区司令员、河南省纺织工业管理局副局长。1955年被授予少将军衔。

58 宋庆生（1910–1977）

湖北省天门县人。1932年参加红军。新中国成立后，曾任装甲兵技术部部长。1955年被授予少将军衔。

59 张广才（1900–1971）

湖北省黄陂县人。新中国成立后，曾任武汉军区副政委。1955年被授予少将军衔。

60 张汉丞（1913–2008）

原名杨业龙，湖北省麻城县人。新中国成立后，任第四野战军后勤部第二分部部长、军委海军后勤部部长。1955年被授予少将军衔。

61 张秀龙（1914–2015）

湖北省沔阳县人。新中国成立后，曾任舟嵊要塞区政委、司令员，浙江省军区副司令员。1955年被授予少将军衔。

62 **张国传**（1910–2009）

湖北省大悟县人。新中国成立后，曾任工程兵学院副政委、中国人民解放军工程兵副参谋长。1955年被授予少将军衔。

63 **张宗胜**（1913–1988）

湖北省大悟县人。新中国成立后，曾任20兵团68军204师政委、沈阳军区装甲兵副政委、沈阳军区后勤部副政委。1955年被授予少将军衔。

64 **张春森**（1907–1991）

湖北省广济县人。新中国成立后，曾任安徽省军区第四政委兼安徽生产建设兵团第二政委。1955年被授予少将军衔。

65 **张培荣**（1908–1990）

湖北省麻城县人。新中国成立后，曾任贵州省军区副司令员。1955年被授予少将军衔。

66 **张竭诚**（1917–2001）

湖北省黄安（今红安）县人。新中国成立后，曾任沈阳军区副参谋长、新疆军区副司令员兼新疆生产建设兵团司令员、乌鲁木齐军区副司令员、沈阳军区副司令员。1955年被授予少将军衔。

67 **张潮夫**（1910–2005）

湖北省大悟县人。新中国成立后，任江苏省军区副政委。1955年被授予少将军衔。

68 **陈文彪**（1910–1962）

湖北省汉川县人。新中国成立后，历任中南军区后勤部军械部部长兼政委、中南军区炮兵副司令员、总军械部副部长。1955年被授予少将军衔。

69 **陈华堂**（1911–1983）

湖北省天门县人。新中国成立后，曾任华东军区防空部队司令员、南京军区防空军司令员、福州军区空军司令员。1955年被授予少将军衔。

70 **陈金钰**（1914–2008）

湖北省广济县人。新中国成立后，曾任中国人民解放军第九步兵学校校长、石家庄步兵学校校长、河北省保定卫戍区副司令员。1955 年被授予少将军衔。

71 **陈美藻**（1914–1989）

湖北省黄安（今红安）县人。新中国成立后，任济南军区副政委。1955 年被授予少将军衔。

72 **陈福初**（1913–2006）

湖北省黄陂县人。新中国成立后，曾任中国人民解放军总参谋部三部六局局长、三部副政委兼政治部主任。1955 年被授予少将军衔。

73 **范忠祥**（1911–1993）

湖北省天门县人。新中国成立后，曾任解放军炮兵第 4 训练基地司令员、北京军区炮兵第一任司令员。1955 年被授予少将军衔。

74 **罗应怀**（1915–2010）

湖北省黄安（今红安）县人。新中国成立后，曾任福州、成都、北京军区副政委。1955 年被授予少将军衔。

75 **罗坤山**（1917–1992）

湖北沔阳（今仙桃）人。新中国成立后，曾任吉林省军区司令员、沈阳军区副司令员、昆明军区副司令员。1955 年被授予少将军衔。

76 **金世柏**（1907–2000）

湖北省黄安（今红安）县人。新中国成立后，任西康军区后勤部政委、参谋长，成都军区后勤部政委。1955 年被授予少将军衔。

77 **金绍山**（1915–1957）

湖北省大悟县人。新中国成立后，曾任西藏军区副政委。1955 年被授予少将军衔。

78 **周长庚**（1911–1970）

湖北省石首县人。新中国成立后，曾任军事医学科学院政委、总后勤部政治部副主任。1955 年被授予少将军衔。

79 **周世忠**（1918–1992）

湖北省黄安（今红安）县人。新中国成立后，历任通信兵部主任，武汉军区司令员。1955 年被授予少将军衔。

80 **周纯麟**（1912–1986）

湖北省麻城县人。新中国成立后，历任华东军区炮兵司令员、南京军区炮兵司令员。1955 年被授予少将军衔。

81 **周明国**（1914–2005）

湖北省大悟县人。新中国成立后，任南京军区炮兵副司令员、南京军区舟嵊要塞区副司令员。1955 年被授予少将军衔。

82 **周学义**（1912–1964）

湖北省黄梅县人。新中国成立后，曾任 13 军参谋长、副军长。1955 年被授予少将军衔。

83 **郑国仲**（1913–1992）

湖北省黄安（今红安）县人。新中国成立后，历任海军训练基地司令员、海军东海舰队司令员、海军副司令员。1955 年被授予少将军衔。

84 **胡大荣**（1914–2004）

湖北省黄梅县人。新中国成立后，历任胶东军区副司令员、浙江军区第二副司令员兼参谋长、上海警备区副司令员兼参谋长、南京军区副司令员兼军区工程兵主任。1955 年被授予少将军衔。

85 **胡正平**（1915–1994）

湖北省黄安（今红安）县人。新中国成立后，历任甘肃省军区副司令员、宁夏军区副司令员。1955 年被授予少将军衔。

86 **胡定千**（1910–2011）

湖北省孝感县人。新中国成立后，历任华东军区政治干部学校副校长、江西生产建设兵团副司令员、江西省军区副司令员。1955 年被授予少将军衔。

87 **查国桢**（1905–1980）

湖北省蕲春县人。新中国成立后，历任华北军区生产合作总社主任、总参谋部行政经济管理部部长、人民武装警察部队副司令员兼后勤部部长。1955年被授予少将军衔。

88 **赵文进**（1913–1998）

湖北省大悟县人。新中国成立后，曾任成都军区副司令员兼四川省军区司令员。1955年被授予少将军衔。

89 **赵正洪**（1913–1991）

湖北省黄梅县人。新中国成立后，曾任东北军区空军政治部主任、空军第六军政委。1955年被授予少将军衔。

90 **赵国泰**（1915–1974）

湖北省崇阳县人。新中国成立后，曾任志愿军50军150师师长、50军副军长兼参谋长、旅大警备区副司令员。1955年被授予少将军衔。

91 **祝世凤**（1905–1978）

湖北省麻城县人。新中国成立后，曾任江西军区九江军分区第二政委、江西军区干部部部长。1955年被授予少将军衔。

92 **胥治中**（1917–1994）

湖北省石首县人。新中国成立后，曾任解放军军政治部副主任、海军青岛基地政治部副主任。1955年被授予少将军衔。

93 **姚运良**（1912–1980）

湖北省大悟县人。新中国成立后，曾任31军副军长兼参谋长。1955年被授予少将军衔。

94 **贺健**（1911–2008）

湖北省黄安（今红安）县人。新中国成立后，历任25军副军长、鲁中南军区司令员、吉林军区司令员。1955年被授予少将军衔。

95 **袁克服**（1907–1982）

湖北省黄安（今红安）县人。新中国成立后，曾任总干部部抚保部部长。1955 年被授予少将军衔。

96 **袁学凯**（1914–2004）

湖北省黄陂县人。新中国成立后，曾任兰州军区空军副司令员。1955 年被授予少将军衔。

97 **夏耀堂**（1908–1972）

湖北省石首县人。新中国成立后，曾任西北军区后勤部副部长、兰州军区后勤部部长。1955 年被授予少将军衔。

98 **徐其孝**（1914–1997）

湖北省麻城县人。新中国成立后，曾任步兵学校校长、昆明军区副司令员。1955 年被授予少将军衔。

99 **徐绍华**（1910–1978）

原名徐光，湖北省黄安（今红安）县人。新中国成立后，历任高级步兵学校队列部部长、华北军区装甲兵司令员、山西省军区第一副司令员。1955 年被授予少将军衔。

100 **高志荣**（1914–1984）

湖北省麻城县人。新中国成立后，历任海军舟山基地司令员、华东军区海军副司令员、海军东海舰队副司令员。1955 年被授予少将军衔。

101 **唐凯**（1916–1999）

湖北省黄陂县人。新中国成立后，曾任军委民航局副局长、军事工程学院工程系主任、中国人民解放军工程兵副司令员。1955 年被授予少将军衔。

102 **唐金龙**（1912–1967）

湖北省汉川县人。新中国成立后，曾任第一战车学校副校长，中国人民解放军第 1 军副军长、军长。1955 年被授予少将军衔。

103 **涂锡道**（1916–1989）

湖北省黄安（今红安）县人。新中国成立后，曾任总后勤部军械部副部长。1955 年被授予少将军衔。

104 **黄立清**（1913–1988）
湖北省大悟县人。新中国成立后，历任西南军区第二工作团团长、西南军区干部部部长、沈阳军区防空军司令员。1955年被授予少将军衔。

105 **黄忠学**（1911–1992）
湖北省天门县人。新中国成立后，曾任北海舰队副政委、东海舰队政委。1955年被授予少将军衔。

106 **韩卫民**（1903–1981）
原名韩福安，湖北省黄安（今红安）县人。新中国成立后，曾任山西省军区榆次军分区司令员、山西省军区副司令员。1955年被授予少将军衔。

107 **韩东山**（1903–1986）
湖北省大悟县人。新中国成立后，曾任湖北军区第二副司令员兼参谋长、河南军区副司令员、武汉军区副司令员。1955年被授予少将军衔。

108 **喻新华**（1909–1993）
原名喻同金，湖北省麻城县人。新中国成立后，曾任华东军区后勤部政治部副主任、南京军区后勤部副政委。1955年被授予少将军衔。

109 **程悦长**（1911–1961）
湖北省黄安（今红安）县人。新中国成立后，曾任迪化（今乌鲁木齐）军分区司令员、新疆生产建设兵团副司令员、新疆军区副参谋长。1955年被授予少将军衔。

110 **程儒珍**（1900–1963）
湖北省黄安（今红安）县人。1927年参加了黄麻起义。一生从事后勤工作，新中国成立后，任湖北军区后勤部部长、中南军区后勤部油料部部长。1955年被授予少将军衔。

111 **傅传作**（1914–1982）
湖北省石首县人。新中国成立后，曾任西南军区空军司令员、武汉军区空军司令员、中国人民解放军空军政委。1955 年被授予少将军衔。

112 **童陆生**（1901–2001）

湖北省黄陂县人。新中国成立后，曾任中央军委 4 局局长、军事科学院院务部副部长。1955 年被授予少将军衔。

113 **曾祥煌**（1914–1981）

湖北省潜江县人。新中国成立后，曾任师政委、旅大警备区副政委、雷达工程学院政委。1955 年被授予少将军衔。

114 **谢正荣**（1918–1977）

湖北省黄安（今红安）县人。新中国成立后，曾任中国人民志愿军师长、副军长，成都军区副司令员兼四川省军区司令员。1955 年被授予少将军衔。

115 **谢甫生**（1902–1985）

湖北省大悟县人。新中国成立后，曾任海军政治部保卫部部长、海军检察院检察长。1955 年被授予少将军衔。

116 **蓝侨**（1911–1998）

湖北省广济县人。新中国成立后，历任中南军区公安部队副司令员兼广东军区副司令员，总参谋部警备部副部长、动员部副部长。1955 年被授予少将军衔。

117 **雷震**（1906–1993）

湖北省黄陂县人。新中国成立后，曾任中国人民解放军副军长、江西军区副司令员、第 33 文化速成中学校长、福建省军区司令员。1955 年被授予少将军衔。

118 **雷绍康**（1913–1974）

湖北省大悟县人。新中国成立后，曾任中国人民解放军军事学院战役战术教授会教员、合同战术教授会主任，军事学院军事科学研究部部长。1955 年被授予少将军衔。

119 **廖述云**（1915–1994）

湖北省石首市人。新中国成立

后，曾任中国人民解放军西南军区工兵师师长，西南军区工兵纵队副司令员，中国人民解放军工程兵副参谋长、工程兵副司令员。1955年被授予少将军衔。

120 **谭友林**（1916–2006）
湖北省江陵县人。新中国成立后，历任东北军区公安部队副司令员，工程兵副司令员、新疆军区副司令员，乌鲁木齐军区政委。1955年被授予少将军衔。

121 **熊伯涛**（1904–1975）
原名熊华轩，别名熊汉奎，湖北黄陂人。新中国成立后，曾任中国人民解放军公安部队副参谋长、北京卫戍区副司令员、公安部队副司令员。1955年被授予少将军衔。

122 **熊应堂**（1911–1996）
湖北省黄安（今红安）县人。新中国成立后，曾任25军军长、上海警备区副司令员。1955年被授予少将军衔。

123 **黎化南**（1909–1978）
湖北省长阳县人。新中国成立后，曾任中国人民解放军铁道后勤部部长、国防部办公厅副主任兼管理局局长、总参谋部管理局局长。1955年被授予少将军衔。

124 **黎锡福**（1909–1976）
湖北省黄安（今红安）县人。新中国成立后，曾任云南宁洱边防区司令员、云南省军区司令员、山东省军区司令员。1955年被授予少将军衔。

125 **樊哲祥**（1908–1995）
湖北省公安县人。新中国成立后，曾任中央军委防空军副参谋长、华东军区防空部队副司令员、广州军区空军副司令员。1955年被授予少将军衔。

126 **颜东山**（1909–1991）
湖北省大悟县人。新中国成立后，曾任中国人民解放军炮兵第20师政委、北京军区炮兵副政委。1955年被授予少将军衔。

127 **薛少卿**（1910–1991）

湖北省监利县人。新中国成立后，曾任空军工程学院院长、空军副司令员。1955 年被授予少将军衔。

128 **魏天禄**（1908–2011）

湖北省天门县人。新中国成立后，曾任华东军区海军后勤部政委、吴淞要塞区副政委、海军工程部政委。1955 年被授予少将军衔。

湖北国民党战将录

上将
shangjiang

1 **方本仁**（1880–1951）

湖北黄冈人。曾任国民政府军事参议院上将参议。

2 **徐会之**（1900–1951）

原名徐亨，湖北黄冈（今团风）人。曾任国民政府总统府上将参军。去台后因涉及"附匪"，于 1951 年 11 月被台湾当局杀害。

3 **何成浚**（1882–1961）

字雪竹，又作雪舟，湖北随县（今随州）人。曾任国民党驻鄂绥靖公署上将主任。

4 **徐源泉**（1886–1960）

又名克诚，湖北黄冈 (今属新洲) 人。曾任重庆国民政府军事参议院上将参议。

5 **朱绶光**（1886–1948）

字兰荪，湖北襄阳人。曾任国民政府军事委员会、国防部上将参议。

6 **蒋作宾**（1884–1941）

字雨岩，湖北应城人。曾任安徽省政府主席。1943 年 6 月 12 日追赠为陆军上将军衔。

7 **孔庚**（1871–1950）

字文轩，号雯掀，湖北浠水县人。曾当选制宪国民大会代表，后又被选为立法委员。1947年11月21日，授予退役陆军二级上将军衔。

8 **叶　蓬**（1901–1947）

湖北黄陂人。曾任汪伪中央训练团教育长、武汉行营绥靖公署上将主任（1943年10月10日汪伪政府授上将军衔）、南京“国民政府”陆军部长。

9 **吴兆麟**（1882–1942）

字畏三，号宽元，湖北鄂城（今鄂州）人。曾参加辛亥武昌起义，任湖北军政府参谋部部长、第一协统领。1938年日军侵占武汉，诱以高位，不为所动。病逝后，重庆国民政府追赠陆军上将。

10 **沈鸿烈**（1882–1969）

湖北天门人。曾任南京临时政府军事处参谋、陆军大学海军教官、东北海防舰队上将司令。

中　将
zhongjiang

1 **李继龙**（1898–1955）

湖北长阳人。曾任国民政府国防部中将部员、第79军中将副军长。

2 **何大熙**（1904–1951）

湖北长阳人。曾任国民政府湖北省军政干部学校中将教育长、湖北绥靖总司令部第1路总指挥。

3 **金亦吾**（1904–1951）

湖北京山人。曾任国民党第14兵团中将高参、湘鄂边区反共救国军指挥官。

4 **袁济安**（1893–1951）

湖北沔阳（今仙桃市）人。曾任国民党长沙绥靖公署中将高参。

5 **曹勖**（1901–1951）

原名维彬，字勉青，湖北京山

人。曾任国民党任湖北绥靖总司令部中将副总司令。

6 **彭旷高**（1902–1951）

湖北天门人。曾任国民党中央训练团办公厅中将主任、第3兵团副司令官，1949年12月26日在四川金堂参加起义。

7 **张经武**（1909–1955）

原名整军，湖北宜城人。曾任国民党新编第7军中将军长兼川陕鄂边区行政长官和反共军司令。

8 **石毓灵**（1890–1951）

湖北黄安（今红安）人。曾任国民政府军事委员会总监部军风纪第五巡察团督察组中将副组长、军事参议院中将参议。

9 **田西原**（1900–1951）

字应贞，湖北保康人。曾任国民政府军令部中将参议、陆军大学高级教官、中央训练团第1大队大队附。

10 **王胜泌**（1905–1952）

湖北大悟人。曾任国民党暂编第9军中将副军长，12月26日在四川金堂参加起义。

11 **程树芬**（1896–1947）

湖北黄冈（今属新洲）人。曾任国民党鄂东游击总指挥部副总指挥、第7军中将副军长、挺进军总指挥。

12 **张华辅**（1887–1950）

湖北应城人。曾任国民党中央政治会议武汉分会委员、训练副总监，1935年授中将军衔。

13 **戢翼翘**（1885–1976）

湖北房县人。曾任国民政府军事委员会北平分会委员、陆军军官训练团教官。1935年4月，授陆军中将衔。

14 **杨效欧**（1894–1937）

湖北随州人。曾任国民党第2军中将军长。1937年5月31日中毒身亡。

15 **万耀煌**（1891–1977）

湖北黄冈（今属新洲）人。曾任国民党第25军中将军长兼第5纵队司令暨第二绥靖区指挥官。

16 **刘骥**（1887–1964）

湖北钟祥人。曾任第2集团军中将参谋长。

17 **尹扶一**（1888–?）

湖北恩施人。曾任军政部参事、北洋陆军大学教育长、国民政府军政部参事。1936年8月26日授中将军衔。

18 **杨揆一**（1885–1946）

湖北鹤峰人。曾任国民政府军事委员会委员长驻鄂特派“绥靖”主任公署参谋长、湖北省政府委员，1936年10月晋升陆军中将。

19 **彭松龄**（1898–1967）

又名鹤遐，湖北黄歇镇人。曾任国民党第73军副军长。1937年5月21日授中将军衔。

20 **谢履**（1890–?）

湖北红安人。曾任参谋本部总务厅副厅长。1937年5月21日授中将军衔。

21 **张亮清**（1881–?）

湖北汉阳人。日本陆士毕业。曾任参谋本部第1厅厅长。1937年11月15日授中将军衔。

22 **刘家麒**（1894–1937）

湖北武昌人。曾任国民革命军陆军第9军第54师少将师长，在山西忻口抗日前线中弹殉国。1937年追赠中将军衔。

23 **黄格君**（1905–1977）

湖北汉川人。曾任国民政府华中长官公署中将参议兼武汉中将城防司令。

24 **林熏南**（1890–1980）

湖北黄冈（今属新洲）人。曾任中国驻日军事代表团中将顾问。

25 朱鼎卿（1902–1982）

湖北黄冈（今属新洲）人。曾任国民党第10集团军中将副总司令，徐州联勤第一补给区、汉口第九补给区司令。

26 程汝怀（1888–1951）

湖北黄安（红安）人。曾任国民党第4集团军第19军中将副军长，军事参议院中将参议。

27 袁亮甫（1895–1981）

湖北公安人。曾任国民政府国防部一厅中将厅长、湖北军管区副司令。

28 朱怀冰（1881–1968）

湖北黄冈（今属新洲）人。曾任国民党第97军中将军长、冀察战区副总司令兼政治部主任。

29 贺国光（1885–1969）

湖北蒲圻（今赤壁）人。曾任国民政府军委会陆军处处长兼武汉卫戍副司令、军委会办公厅主任，南昌行营参谋长、训练总监部副监、委员长参谋团主任，成都行营主任。

30 黄翔（1903–1990）

湖北长阳人。曾任国民党第92军中将军长。

31 汪光尧（1910–1957）

湖北蕲春人。历任国民党第五战区司令长官部军务处处长、第75师中将师长。

32 侯腾（1907–1963）

湖北黄陂人。历任国民政府驻美国大使馆武官、国防部第二厅中将厅长。

33 熊斌（1894–1964）

湖北黄安（今红安）人。曾任国民政府参谋次长，1936年授中将军衔。

34 曹振武（1892–1964）

湖北京山人。曾任国民党军委会军法执行总监部中将督察官及军风纪第二巡查团委员、军委会中将参议。

35 **邵百昌**（1898–1981）

湖北黄冈人。曾任陆军炮校教育长、江宁要塞司令、第四战区炮兵指挥官、吴淞要塞司令、京沪杭警备司令部副总司令兼炮兵指挥官。

36 **蔡文治**（1911–1994）

湖北黄冈人。曾任军调部参谋长、徐州陆军总司令部副参谋长、国民政府参军、国防部第四厅厅长。

37 **方霖**（1903–1983）

湖北蕲春人。曾任国民政府长沙绥靖公署总务处中将代处长、川康边反共救国军第3纵队中将司令。

38 **方暾**（1904–1985）

湖北罗田人。曾任国民党第118军中将军长，1949年12月24日在四川郫县通电起义。

39 **冯嶷**（1900–1952）

湖北黄陂人。曾任国民党武汉行辕办公厅中将主任兼第1处处长、徐州剿匪总部副参谋长。

40 **卢醒**（1911–1947）

湖北天门人。曾任国民党整编第74师58旅少将旅长，1947年5月16日在孟良崮战役中兵败自杀，7月30日被国民党追赠为陆军中将。

41 **汪世鎏**（1893–1967）

湖北嘉鱼人。曾任国民政府军委会兵役部中将参议。

42 **严敬**（1893–1969）

湖北汉阳（今属武汉）人。曾任国民政府军事参议院中将参议、汉口市民众自卫队司令。

43 **冯龙**（1909–1987）

湖北黄陂人。曾任国民党第57军中将军长，并兼任汉中警备司令部司令。

44 **张绩武**（1905–1991）

湖北罗田人。曾任国民政府津浦路南段护路司令部中将副司令和宿县城防司令。

45 **金中和**（1900–1968）

湖北江陵（今荆州市）人。1933年参加长城抗战，1948年任华北剿匪总部中将高参，1949年1月在北平参加起义。

46 **唐保黄**（1907–1947）

湖北应城人。曾任国民党第71军暂编51师少将师长，1947年10月17日在辽宁阜新阵亡。1948年1月被国民党追赠为中将。

47 **耿覲文**（1885–1957）

湖北安陆人。曾任国民党武汉行辕中将参议，1949年参与组织湖北人民和平促进会，维护武汉治安迎接武汉解放。

48 **周武彝**（1888–1989）

湖北广济（今武穴市）人。曾任国民党交通部驻上海中将专员兼京沪杭铁路局军事专员办公室主任、平津区铁路管理局副局长，先后参加北平、长沙起义。

49 **杨达**（1908–1993）

湖北沔阳（今仙桃市）人。曾任国民党湖北绥靖总司令部副总司令、暂编第9军中将军长，后在四川金堂参加起义。

50 **吴良琛**（1892–1979）

湖北汉川人。曾任国民党第13师中将师长、湖北省军管区副司令。1949年初与中共取得联系，在武汉保厂保产，迎接解放。

51 **何奇**（1908–1947）

湖北蕲春人。曾任整编第17师48旅少将旅长，1947年3月5日在陕西庆阳阵亡，5月22日被国民党追赠为中将。

52 **贾伯涛**（1902–1978）

湖北大冶人。曾任国民政府闽浙赣边区绥靖指挥部中将指挥官、华中剿匪总部政务委员会办公厅秘书长。

53 **夏斗寅**（1886–1951）

湖北麻城人。曾任国民政府成

都行辕中将总参议、新兵训练第1处处长。

54 晏子风（1903–1995）
湖北沔阳（今仙桃市）人。曾任国民党整编第2师中将师长。

55 晏勋甫（1892–1964）
湖北汉川人。曾任国民政府军令部第四厅中将厅长。1949年1月代理武汉市市长，5月在武汉起义。

56 晏道刚（1889–1973）
湖北汉川人。曾任国民政府西北行营中将参谋长。1948年底接受中共领导，参与解放武汉的准备工作，为武汉和平解放作出贡献。

57 徐会之（1900–1951）
湖北黄冈人。曾任国民政府川鄂湘黔绥靖公署政治部中将主任、总统府中将参军。

58 曾延毅（1893–1965）
湖北黄冈人。曾任国民党第35军中将副军长，参加百灵庙抗战、太原保卫战。

59 彭进之（1891–1950）
湖北沔阳(今仙桃市）人，一说武昌人。曾任国民党第90军中将军长、重庆卫戍总司令部参谋长。

60 彭毓斌（1890–1945）
湖北黄陂人。曾任国民党第34军中将军长、第7集团军副总司令，后兼任第2战区南区作战总指挥。

61 辜仁发（1890–1966）
湖北安陆人。曾任国民政府参军处中将参军、西北行营中将高参。

62 韩浚（1893–1989）
原名德照，又名仲锦，湖北黄冈人。曾任国民党第73军77师师长、第73军中将军长。

63 陶季贤（1891–1949）
湖北黄冈人。曾任国民政府中央训练团中将团员、湖北省参议会参议员。

64 **黄仲恂**（1898–1976）

湖北江陵（今荆州市）人。曾任国民政府湖北省政府委员兼湖北省军管区中将副司令，1949年12月在重庆迎接解放。

65 **傅光咸**（1889–1972）

又名再生，字剑侬，别号在璇，湖北石首人。1944年7月，傅光咸率部参加湖南衡阳会战，血战7天7夜，几乎战死沙场。曾任国民党华中剿匪总部第1纵队中将司令兼招抚专员。

66 **蓝香山**（1894–1984）

原名腾蛟，湖北黄陂人。曾任国民党东北保安司令长官部中将参议、湖北省公路局局长。

67 **熊秉坤**（1885–1969）

原名祥元，又名炎炳，字戴乾，湖北江夏（今武汉）人。曾任国民政府军事参议院中将参议。

68 **彭善**（1901–2000）

字楚珩，湖北黄陂人。曾任国民党湖北省保安司令部中将参谋长、第10集团军中将副总司令兼第6战区挺进军总指挥、武汉警备总司令部中将总司令。

69 **丁炳权**（1899–1940）

字御伯，湖北云梦人。曾任国民革命军第8军第197师中将师长兼长沙警备司令。曾参加武汉会战、鄂南游击战和南昌会战。

70 **李之龙**（1897–1928）

字在田，号赤显，湖北沔阳（今仙桃）人。曾任国民政府海军局中将代理局长，后又兼任中山舰舰长。

71 **郭俊**（1897–1927）

湖北安陆人。曾任国民党第1军第2师第6团团长。1927年1月，随北伐军东路军进入浙江衢州，在汤（溪）兰（溪）战役中中弹牺牲。后追授他中将军衔。

72 **严重**（1892–1944）

字立三，别号劬园，湖北麻城

人。北伐战争时任国民党第21师中将师长。

73 **彭孟缉**（1908–1997）

原名明熙，字真如，湖北江夏城（今武汉）人。曾任国民政府陆军总司令部中将炮兵指挥官。

74 **邓玉麟**（1881–1951）

湖北巴东人。参加过武昌起义、护国战争、护法战争，被授予中将军衔。

少将
shaojiang

1 **项丽源**（1912–1952）

湖北监利人。曾任国民政府湖北省保安司令部少将参谋处长、西南军政长官公署参谋处少将处长。

2 **覃守一**（1910–1952）

湖北长阳人。曾任国民党湖北绥靖总司令部长阳总队少将司令兼代长阳县县长。

3 **李建平**（1900–1951）

字育之，号诚中，湖北应城人。曾任国民政府军事委员会特派西康禁烟巡察执法监察部少将督察官、军事委员会少将高参。1948年秋接受中共指派搜集情报，1949年5月，在武汉迎接解放。

4 **李辉武**（1892–1951）

湖北咸宁人。曾任国民政府湖北省第2区行政督察专员兼保安司令、湖北省第1区行政督察专员兼保安司令。

5 **张保华**（1906–1953）

湖北宜城人。曾任国民政府军政部第3补训处少将总队长、鄂西师管区少将司令。

6 **周静吾**（1898–1950）

湖北当阳人。曾任国民党第41军少将参谋长、川鄂边区绥靖公署少将高参。

7 **聂国鼐**（1904–1951）

湖北云梦人。曾任国民党第8

军197师少将副师长、洞庭警备司令部少将高参。

8 **黄天玄**（1896–1951）

字人极，湖北蕲春人。曾任国民党第75军政治部少将主任、第6战区司令长官部少将参议、国民党暂编第8军少将高参。

9 **蒋作均**（1903–1951）

字予勤，湖北应城人。曾任国民政府军事委员会少将参议、第1战区司令长官部政治部1组少将组长。

10 **鲁坚**（1910–1951）

湖北枝江人。曾任国民政府湖北绥靖总司令部五、长、峰指挥所少将指挥官。

11 **刘明夏**（1905–1951）

字禹平，湖北京山人。曾任国民党第14军第94师少将师长、汪伪少将参赞武官。

12 **李石樵**（1891–1952）

名高培，湖北浠水人。曾任国民党湖北省干部训练所学员总队总队长、第6区行政督察专员兼保安司令。

13 **张笃佚**（1901–1951）

湖北安陆人。曾任国民政府新疆边防督办公署少将参谋处长、军令部少将参议、湖北省保安司令部副司令。

14 **丁冠英**（1902–1979）

又名莫群，号廷楷，湖北宜城人。曾任国民政府中央训练团庐山分团教育处少将副处长、第7编练司令部干训班少将副主任。

15 **万倚吾**（1898–1951）

名耀中，湖北黄冈人。曾任湖北省军训团少将教育长，1949年11月在重庆随江防舰队起义。

16 **万壑涛**（1905–1952）

字藻萍，湖北通城人。曾任整编第96军少将副参谋长兼政工处长。

17 **王治熙**（1906–?）

号淦南，湖北云梦人。曾任国民党华北剿匪总部少将高参、第6编练司令部少将高参。

18 **王胜泌**（1905–1952）

字溥泉，湖北大悟人。曾任国民党第25军13师师管区少将副司令、暂编第9军副军长。

19 **邓兴**（1903–1962）

字振民，湖北蕲春人。曾任国民党第8绥靖区少将高参、黔桂边区绥靖司令部少将高参。

20 **刘庄如**（1915–1980）

字永壮，湖北咸丰人。曾任国民党湖北绥靖第16旅副旅长、湖北绥靖总部行动总队少将总队长。

21 **刘声鹤**（1911–1948）

字寿龄，湖北沔阳（今仙桃市）人。1948年任国民党第100军44师少将师长，同年11月11日在淮海战役中兵败自杀身亡。

22 **刘庸之**（1911–?）

号佛初，湖北沔阳（今仙桃市）人。中央军校第8期步科毕业。1949年任第100军少将参谋长，1950年2月6日在广西平而关被俘。

23 **刘黎辉**（1906–1949）

原名清泰，字朗轩，湖北荆门人。曾任国民党湖北省保安第9旅少将旅长。

24 **汪泽**（1903–1984）

又名桂发，字光裕，湖北应城人。曾任国民党第97军高参兼政工处少将处长、副军长。

25 **宋少华**（1898–1983）

湖北黄安（今红安）人。曾任国民党暂编第9军暂编25师少将师长，后在四川梁山参加起义。

26 **严映皋**（1901–1994）

号德俊，湖北潜江人。曾任国民党第80军新编27师少将师长，1949年1月在北平参加起义。

27 **李世鹏**（1909–1991）

字云翼，湖北云梦人。曾任国民党第3兵团少将高参，后在成都参加起义。

28 **李超君**（1910–?）

又名超群，湖北黄安（今红安）人。曾任国民党重庆卫戍总司令部少将参谋处长，后在四川金堂起义。

29 **余跃龙**（1892–1980）

号季轩，湖北罗田人。曾任国民党华中军政长官公署少将部员。

30 **何新文**（1907–1952）

湖北黄陂人。曾任国民政府联勤总部工程署工兵司少将司长，1949年12月在云南参加起义。

31 **张先觉**（1905–1975）

原名靖，号天民，湖北郧西人。曾任国民党整编第36师少将参谋长。

32 **张伯权**（1912–1994）

又名维民，湖北汉川人。曾任国民党独立第95师少将师长，1949年1月在北平参加起义。

33 **陈家垕**（1910–1980）

湖北鄂城（今鄂州市）人。曾任国民政府第10绥靖区少将副参谋长兼第3处处长。

34 **胡受谦**（1895–1948）

湖北安陆人。曾任国民政府甘肃省保安处少将副处长。

35 **贾亦斌**（1912–2012）

字思齐，湖北兴国（今阳新）人。曾任国民政府军事委员会少将参议。

36 **徐宪章**（1904–1984）

字公权，湖北宜都人。曾任国民党第31军少将参谋长，1949年1月在北平参加起义。

37 **黄调元**（1891–1972）

又名才大，号翰青，湖北嘉鱼

人。曾任国民党川康绥靖公署少将高参。

38 **黄维一**（1907–1950）

号威义，湖北大冶人。曾任国民政府西南军政长官公署军官储备总队少将副总队长。

39 **梅展翼**（1900–1962）

又名远志，号鹏九，湖北黄陂人。曾任国民党第14军83师249旅少将旅长。

40 **崔贤文**（1911–?）

湖北夏口（今武汉）人。曾任国民党第5军45师少将师长，1949年1月10日在淮海战役中投诚。

41 **曾京**（1912–1990）

湖北沔阳（今仙桃市）人。曾任国民党武汉警备旅少将旅长、第100军197师师长。

42 **曾宪成**（1912–1951）

号一郢，湖北钟祥人。曾任国民政府国防部少将部员、暂编第8军副军长。

43 **彭少臣**（1914–1977）

号振翮，湖北云梦人。曾任国民党第118军少将参谋长，12月24日在四川郫县参加起义。

44 **蒋铭**（1907–1966）

字晓海，湖北天门人。曾任国民政府军政部第2补训处少将政治部主任。

45 **董惠**（1913–1976）

字云泽，湖北云梦人。曾任国民政府第118军54师少将师长，1949年12月24日在四川郫县参加起义。

46 **董益三**（1904–1989）

湖北荆门人。曾任国民政府第十五绥靖区司令部第二处少将处长。

47 **傅恒伯**（1892–1951）

字希威，湖北安陆人。曾任国民政府军训部少将参议。

48 **傅锡章**（1903–1968）
字俊民，湖北英山人。曾任国民党第94军5师少将副师长。

49 **鲍志鸿**（1906–1986）
湖北黄陂人。曾任国民政府军事委员会调查统计局第1处少将处长。

50 **管长治**（1908–1988）
号训彝，湖北蕲春人。曾任国民政府陆军大学少将兵学教官，1949年12月9日在昆明参加起义。

51 **陈德谋**（1903–1968）
湖北江陵人。曾任国民党政府军令部少将高参。

52 **张振国**（1905–?）
字正之，原名张汉卿，湖北沔阳（今仙桃）人。曾任国民政府第六、第九战区司令长官部少将高参、机要室主任，主管军事情报工作。

53 **程鸿烈**（1894–1968）
字雪晴，湖北江陵人。曾任国民党少将参谋长。

54 **徐复观**（1903–1982）
湖北浠水人。曾任国民政府重庆中央训练团少将教官和少将高参。

55 **王道**（1913–?）
字道胜，湖北武昌人。曾任山西太岳山区游击司令、第六战区第一纵队司令。

56 **张其雄**（1902–1926）
别号书仓，湖北广济（今武穴市）人。曾任国民革命军第8军政治部副主席兼秘书长，授少将军衔。

57 **林英灿**（1898–1939）
字子文，湖北黄冈人（今属新洲）。曾任国民政府陆军第152师少将参谋长、副师长，1939年阵亡于广东清远。

星火

驱逐！屠杀！蒋介石集团和汪精卫集团几近疯狂！打倒军阀、打倒帝国主义的大革命瞬间停止，曾经直指旧军阀的刀枪迅速指向往日的盟友——中国共产党和工农革命群众。为了回击国民党新军阀的猖狂进攻，中国共产党在全国范围内组织起义。八一南昌起义向国民党反动派打响了第一枪，从此，全国各地相继爆发革命武装起义，开始了工农武装割据的伟大斗争。

南昌起义：百将暴动夜

手中有枪，脖子上有红布巾，是同志！

手中有枪，右臂上有白毛巾，是同志！

手中有枪，电筒上有红十字，是同志！

第 20 军负责干掉第五方面军总指挥朱培德的警卫团、第 9 军第 79 团和第 80 团，叶挺的第 24 师负责解决第 6 军第 53 团和第 3 军的第 23 团、第 24 团。起义军总指挥贺龙布置着各部队的作战任务。

第 20 军教导团团长侯镜如带着手下的各总队长慢悠悠地走进了与教导团第一总队只有一墙之隔的第 9 军第 79 团，拜访 79 团的团长肖胡子。

肖胡子虽然是朱培德的嫡系，大风大浪见多了，听说第 20 军的教导团团长上门来拜访自己，却也是脸有得色：教导团的总队长大都是黄埔生，能在蒋介石面前说得上话的人，这纯粹是给自己脸上添彩了。

少年英才，肖胡子双手抱拳，可着劲地直夸，说不定哪天就用得上这条线。

侯镜如一脸谦虚：兄弟是刚上道，肖团长却是前辈，吃过的盐比我们吃过的饭还多，扎营打仗这事还得请肖团长多多指教。

肖胡子一笑，别的不敢说，扎营打仗这事还真是自己的拿手好戏。送人情得送在刀口上，时间、地点，物品，哪样都有讲究，既然对方好这口，那就投其所好。肖胡子带着侯镜如等人在营房内外四处转，人员、装备、火器如何配置讲得很是仔细，甚至连士兵王小三花了一个月才学会开枪的糗事都说了出来。

知己知彼，百战不殆，侯镜如松了一口气：79 团这块骨头虽然难啃，还是得被教导团敲碎。

31 日夜，布置好起义的朱德在城西大士院的迎宾楼宴请朱培德手下的军官，其中就有驻守大校场的团长“肖胡子”肖日文。驻守江西的敌军许多都是滇军部队。滇军出身的朱德在他们中有很高的声望，他的宴请对这些滇军将领来说是不能不给的“面子”。

第 24 师第 72 团第 3 营营长袁也烈让第 3 营在驻防东门附近的第 3 军第 24 团营房前停下，自己则找到第 24 团的团长，声称部队刚刚进城，找不到宿营地休息，打算借他们营房前面的空地露营，并要求借一间房子办公。

第 24 团的团长思考了一下，说借地方露营可以，但办公室没有。

袁也烈心中一喜，办公室不是问题，能够与虎同眠才是关键。袁也烈早晨已经来摸过底，知道攻击目标有两个营以上的兵力，第 3 营要想消灭对手，只能打突袭战。如果两军近身露营，以有心打无心，那将是一面倒的局势。

两支部队离得很近，一个在营房里，一个在营房外，相隔不到数十米。袁也烈让战士们穿着衣服睡觉，枪不离身，等待命令。

城内部队有条不紊地进行战前的部署，驻回马岭的第 25 师也是暗流涌动。战士谭家述、王云霖、张树才细心地擦拭着自己手中的枪，虽然不是太了解情况，但知道一件不同寻常的事情将要发生。

贺龙在等，等八月一日凌晨四点。时刻一到，数万名脖子上围着红布巾、右臂上扎着白毛巾、电筒上有红十字的军人将同时发难，缴国民党反动军队的枪、革他们的命。南昌的七月酷热无比，却也寒意逼人。地上一溜的西瓜皮，墙上则是一色的大标语：宁可错杀一千，不可使一人漏网。蒋介石、汪精卫发动政变、反共的短短三个月，六万多中国共产党员锐减了五万人。面对屠杀，中共中央决定发动南昌暴动，以暴制暴。

1 师师长贺锦斋与 1 团团长刘达五冲进军部， 称 3 营副营长赵福生已经到第五方面军总指挥朱培德的指挥部告密。敌军军长、师长以上的军官无人在南昌，各部队之间协调作战基本不可能。贺龙不认为赵福生会给起义军带来致命的打击，但一旦让敌军准备充分，却是件麻烦的事情。给敌人机会，就是给自己不方便。贺龙与周恩来商量，决定提前起义，在凌晨一点发动对敌军的进攻。

砰！砰！砰！三连发的枪声在深夜显得格外清楚，这是号召起义的信号。

听到枪响，第 20 军第 1 师师长贺锦斋带着两个团就直扑旧藩台衙门。守卫旧藩台衙门的警备团是朱培德的看家部队，装备精良，得到赵福生的密告，早就进入作战状态：所有士兵拎着枪和弹药猫在墙后，衙门的大门口更是摆了六挺机关枪。

看到起义军如潮水般向衙门涌来，门口的机关枪立即突突地响起来，编织成一道火网。起义军不停地有人中弹倒地，第 1 师的士兵没有丝毫犹豫，呐喊着往衙门的大门口冲去，手中的枪不甘示弱地射出心中的怒吼，有的则狠狠地将手榴弹扔了出去。警备团的人不断地发出惨叫声，有的更是硬生生地被弹片从墙上砸落在地，就连一直嚣张的机枪声都弱了许多。

第 1 师的士兵更是兴奋，猛虎扑食般往衙门口冲去。眼看快到门口了，门口的机枪忽然又突突地响了起来，雨一般密集的子弹射在冲锋的人群中。看家部队果然是看家部队，虽然狡猾，却果然有一手。

冲锋的人潮退了下来，警备团的势头开始起来，弹雨不停地向第 1 师的阵地泼来。贺龙的指挥部和敌人的阵地距离不到 20 米，贺龙和刘伯承站在石阶上观察情况，流弹不时从他们头上呼啸飞过。

第 24 师第 72 团第 3 营营长袁也烈听到凌晨的三声枪响，向身边的战士一挥手：“动手，杀他狗日的。”3 营的战士提着枪已经等了一段时间，听到命令，轻手轻脚地就向十来米远的第 3 军第 24 团营房摸去。

枪声彻耳，营房内却是静得可以听见自己的心跳声。袁也烈手一指，各连分头行动。几个战士同时发力，踹开房门，十来颗手榴弹飞了进去。爆炸声刚停，3营的战士冲进营房，提起手中的枪就是一阵狂射。

被人用枪堵在床上，想不死都很难，床上的人们急吼吼地喊道：“别打了，我投降!”

城内枪声大作，第20军教导团团长侯镜如拔出驳壳枪，对身边的各总队长下令：行动!

教导团的战士身手麻利地翻墙进了隔壁79团的营房，79团已经有些骚动，有的房间内已经有灯光闪烁。

教导团的战士心中却是一点不惊，79团的火力分布总队长早就讲得清清楚楚，自己要做的就是按照既定的计划消灭敌人。一总队直扑肖胡子的团部，打蛇打七寸，只要干掉肖胡子，79团就算去了半条命。三总队从院子正面进攻，手枪、冲锋枪、机关枪齐齐刷刷地织成一条火舌，从窗户里钻了进去，尖叫声、骂娘声混杂在一起，随后就是拉枪栓的声音，有人开始大呼：“顶住！张麻子你带几个人守住前门，王习平你带几个人堵住后门。”

二总队有人忍不住笑了出来：顶住？老子就在你身后，不知道你是用头顶，还是用肺顶。二总队的战士掏出手榴弹就往营房里面扔，人越扎堆，这玩意才越有价值。

营房中一片死静，尖叫声、骂娘的声音突然消失，顶住的声音也不见了，教导团的战士不管不顾，手枪、冲锋枪、机关枪、手榴弹不停地向营房内招呼。

枪声震天，教导团的战士借着声势冲了进去。电筒光下，床上、地下都是光着上身的士兵，死的全身鲜血，活的双手抱头、全身哆嗦。

俘虏一批批地被赶到操场上，枪支在操场中央堆成了小山，79团被教导团来了个一锅端。

旧藩台衙门久攻不下，士兵倒是伤亡不少，其他部队的捷报却是不断地传过来。贺龙急了，命令贺锦斋：“你带5连和7连上!”5连和7连老兵很多，贺龙两把菜刀起家时这些人就跟着他，都是血浪中杀出来的主。不到关键时刻，贺龙还真舍不得用他们。

刘伯承一看贺龙想用老兵冲锋，知道贺龙打出火气了，赶紧拉住他：云卿，老兵是个宝，要是硬生生地往前冲，即使拿下旧藩台衙门，伤亡也会很重，必须压制警备团的机关枪火力。

贺锦斋的眼睛一亮：鼓楼顶上架上机关枪，旧藩台衙门的机枪手还不得缩在门后。贺龙一挥手，机枪手李风端着机关枪，三步并作两步，沿着楼梯上了鼓楼。

山不在高，有仙则灵。枪不在多，够用就行。虽然只有一挺机关枪，位置却是极好，几梭子弹打过去，旧藩台衙门的机枪手立时吓得不轻：头伸出去容易，想缩回来，就得看人家的机枪手给不给面子。

旧藩台衙门的机关枪刚哑火，贺龙立即派组织力量穿街入巷、翻墙越脊，抄警备团的后路，5 连和 7 连的老兵乘势发起冲锋，不久拿下朱培德的总指挥部。

天亮了，武昌红旗飘扬，新的一天开始了。

秋收起义：中国的路

枪！

刺刀！沉重的脚步！

毛泽东伏在水塘的草丛间，心中已近绝望：只怕这一次是在劫难逃了！

想不到出师未捷身先死。

中共湖南省委前敌委员会书记毛泽东刚刚才逃过一劫。

毛泽东化装成安源煤矿的采购员，身穿白色的褂子和长裤，赶往铜鼓领导秋收起义。刚走到湖南浏阳张家坊村，民团查房巡逻队就围了上来，并奉命把他押到民团总部去处死。

毛泽东不慌不忙，从一个熟人手里借了几十块钱，塞给押送的民团士兵：弟兄们，拿着买包烟抽，兄弟我还要赶着做生意。

民团的士兵笑着接过钱，手一扬：走了，走了。民团士兵没什么前途，杀不杀共匪和咱当兵的也没什么关系，还不如弄几个烟钱实在。

民团的队长把枪一举，喝道："敢走，老子崩了你！跟老子到团部去！"队长有他的算盘，杀一个共产党，兴许能升个官。

毛泽东不动声色，眼看离民团总部不远了，找了个机会，撒腿就往水田地里跑。田边的水塘里杂草丛生，而且又长又密，毛泽东一头就扎进水塘里，找了根草根含在嘴里。

民团的士兵搜索了一天，终于走了。毛泽东拍拍湿漉漉的衣服，赶忙向铜鼓赶去，那里的人应该急了！

铜鼓的第3团（就是原来的浏阳工农义勇队）战士们确实急了，起义眼看就要开始，总指挥却还没有到。

1927年9月6日，湖南省委党定下暴动日期：9日开始破坏铁路，11日各县暴动，15日长沙暴动。早在8月30日，中共湖南省委会议决定，首先集中力量在条件较好的地区平江、浏阳、醴陵等县和安源发起暴动，进攻长沙，以毛泽东为书记的中共湖南省委前敌委员会作为秋收暴动的领导机构。

当时，在湘赣边界存在着几支革命的武装力量：一支是共产党员卢德铭任团长的国民革命军第二方面军总指挥部警卫团，因为没有赶上参加南昌起义而停留在那一带；一支是平江、浏阳等地的工农义勇队或农民自卫军；还有一支是准备起义的安源路矿的工人武装。

8月下旬，警卫团和平江、浏阳工农义勇队的负责人在湘赣边界的江西修水山口镇举行会议，决定合编为一个师：警卫团为第1团，驻修水；浏阳工农义勇队为第3团，驻铜鼓；平江工农义勇队分别补入这两个团。这几支部队就是毛泽东领导湘赣边界秋收起义时的主要力量。

9月10日，毛泽东到达铜鼓的第3团（就是原来的浏阳工农义勇队）团部，立即宣布把部队改编为工农革命第1军第1师第3团，向浏阳进发。而在这之前，起义已经开始。铁路工人破坏了长沙至岳阳和长沙至株洲的铁路；工农革命军第1师师部向平江方向推进；安源工农武装和矿警组成的工农革命军第1师第2团正向萍乡方向前进。

9月10日，天刚破晓，军号就吹得震响，驻守在铜鼓的第3团起义军将士分别从肖家祠、定祠、奎光书院等驻地涌向铜鼓定江大沙洲，在第1军第1师的猎猎军旗下，毛泽东站在一个高高的土墩上挥手："我们暴动了"！

在毛泽东亲自指挥下，起义队伍经石桥、上庄向白沙进军。战士汤伦精通武术，彪悍勇猛，勇于肉搏拼杀，起义军全歼白沙守敌第8军一个连哨和当地护卫团。

毛泽东一阵兴奋，但坏消息很快不断传来。第1团路过金坪攻打长寿街时，混入起义部队的邱国轩部乘机叛变，致使该团腹背受敌，损失200多人、步枪200多支，团长钟文璋失踪，部队被迫向浏阳转移。第2团攻占了老关、醴陵和浏阳。安源矿的工人中有许多使用炸药的能手，他们日夜赶制一种名叫"洋盒（音轿）古"的手榴弹。洋盒古是用布把炸药和铁屑捆包而成的一个圆球，上边拖着一根导火索，样子很像当地群众食用的扁头菜，因此得名。这种武器在和地主武装作战时大显威风，打得敌人叫苦不迭，说："洋盒古打死人，棺材装尸装不赢。"可惜部队麻痹轻敌，陷入优势敌人的包围，部队被打散，部分突围脱险，不少人牺牲。第3团在东门市遭到敌人包围，被迫向上坪撤退。

军队受挫，群众参与的热情也是极其低落。大多数农民担心起义失败后遭到国民党军队和土豪劣绅的疯狂报复，所以只是远远地在一旁看，而不愿意支持起义。

看到这种实际情况，毛泽东当机立断，改变原有部署，下令各路起义部队停止进攻，先退到浏阳文家市集中。这时，工农革命军第 1 师已由原来的 5000 多人锐减到 1500 多人。

起义严重受挫，毛泽东一时陷入两难的境地：停止进攻长沙就违背中共中央的命令，“逃跑”的罪名肯定少不了；继续进攻，敌人早就布好圈套等着起义军往里面钻，绝对是伸长脖子让敌人砍。即使退却，又应该往哪里退？

9 月 19 日晚，毛泽东在文家市里仁学校主持召开有师、团主要负责人参加的前敌委员会会议，讨论工农革命军今后的行动方向问题。工农革命军第 1 师师长余洒度认为必须服从中共中央的命令，即使失败，也要夺取浏阳、进攻长沙。

个人生死事小，革命成败事大。毛泽东决意负起“逃跑”的罪名，在会上掷地有声：敌强我弱，长沙决不能打！起义军放弃进攻长沙，向南转移到敌人统治力量薄弱的农村山区，寻找落脚点，保存革命力量，再图发展。

经过激烈争论，在总指挥卢德铭等人支持下，会议通过了毛泽东的主张，“议决退往湘南”。

部队一路向南，局势却依然严峻。秋收起义后，部队遭到几次挫折，战斗减员很大，加上长途行军转移，病员很多，特别是当时政治思想工作薄弱，军心涣散。从莲花到三湾，部队很混乱，尤其是第 3 团更乱，伤病员掉队的多，只有第 1 团第一营还比较整齐。

人心不稳，革命又怎么成功。毛泽东在三湾“泰和祥”杂货铺召开中共前敌委员会扩大会议。三湾是个小村子，只有十来户人家，坐落在永新县西乡的山区。部队到三湾后，分散在以三湾村为中心的几个小村子里宿营，毛泽东就住在三湾村的一户农民家里。在这种情况下，毛泽东决定再次对部队进行整编，加强党对部队的领导，加强部队的政治思想工作。

毛泽东把整个部队由一个师缩编为一个团，称工农革命军第1师第1团，下辖两个营，共有700多支枪。改编后，第1团团长陈浩，副团长韩壮剑（原名韩毅），参谋长徐庶；第一营营长黄子吉，党代表宛希先；第3营营长张子清，党代表何挺颖；辎重队队长范树德；卫生队队长只记得是姓王，党代表何长工。

毛泽东宣布：士兵愿意留则留，愿走的发给路费，将来愿意回来还欢迎；同时在部队内部不准打骂士兵，士兵有开会说话自由；在各级部队分别建立党的组织。班、排建立党小组，连队建立党支部，营、团建立党的委员会；连以上各级设党代表，由同级党组织的书记担任；全军由党的前敌委员会统一领导。部队的一切重大问题都必须经党组织集体讨论决定。

10月3日，在部队离开三湾出发前，毛泽东对刚刚进行了改编的部队作动员。他说："敌人在我们后面放冷枪，这没有什么了不起。大家都是娘生的，敌人有两只脚，我们也有两只脚。贺龙同志两把菜刀起家，现在当了军长，带了一个军的人。我们现在不只两把菜刀，我们有两营人、七百多条枪，还怕干不起来吗?"

这些话，在部队处境艰难、不少人情绪消沉的情况下是很能鼓舞人心的。在继续行军途中人们纷纷议论："毛委员不怕，我们还怕什么?""贺龙两把菜刀能够起家，我们几百人还不能起家吗?"

大约10月中旬，前委决定工农革命军就在罗霄山脉中段的井冈山地区建立革命根据地，开展游击战争。罗霄山脉地处湖北、湖南、江西、广东四省的交界，由北而南，形成江西、湖南两省的分界线。北段地势不如中段险要，而且太靠近大城市，敌人统治力量比较强。南段地势比北段好，但群众基础不如中段。中段地势险要，崇山峻岭，峭壁林立，林丰树茂，进可以攻，退可以守。由于离大城市较远，是敌人统治力量比较薄弱的地方，革命一举一动又可以影响到湘赣两省的南部，有很大的政治意义。这里有自给自足的自然经济，有较好的群众基础，井冈山地区更是积草屯粮、养兵集众、积蓄革命力量的好地方。

1927 年 10 月初，秋收起义部队在毛泽东率领下到达江边坪，开始创建井冈山革命根据地。井冈山在江西西部及湖南东部，是一个山区，到处青山绿水，鸟语蝉鸣。

袁文才、王佐都曾是井冈山地区的绿林头领，一直过着“三不管”的生活。他们以“劫富济贫，除暴安良”为旗帜，出没于茨坪和茅坪等地的高山密林中，共同打击土豪劣绅，抗击官府的进剿，得到了农民的欢迎。

毛泽东率领湘赣边界秋收起义的部队来到井冈山地区以后，了解到袁文才、王佐这两支队伍的情况，认为起义部队要在井冈山地区站住脚，并建立起巩固的革命根据地，就必须把这两支队伍团结过来，于是作出了从政治上、军事上对这两支队伍进行团结和改造的决定。

毛泽东亲自会见袁文才，向他说明了工农革命军进驻井冈山建设革命根据地的道理，并送给袁文才部队 100 条枪。

毛泽东态度诚恳，袁文才消除了原来的疑虑和戒心，表示一定要竭尽全力帮助工农革命军解决各种困难，建设好巩固的革命根据地，并回赠给工农革命军六百块银元以表示感谢。

在工农革命军团结了袁文才以后，毛泽东同志又派何长工同志来到王佐部队任党代表，派宋任穷、康健、张际春、高静山、蔡协民、谭梓生等党员干部进驻队伍，通过新旧对比教育和军事训练改造王佐的部队。此后，袁文才、王佐都参加了边界割据的领导工作，为创建和保卫井冈山革命根据地作出了重要贡献。

秋收起义是中国革命历史中的一个转折点，它开辟了中国革命前进的道路，这就是向农村进军，依靠农村建立革命根据地，借此积蓄和发展革命力量，逐渐包围城市并最后夺取城市的唯一正确的道路。

黄麻起义：男将打仗，女将送饭

杀共党！灭农会！

国民党30军的一个团刚进驻黄安县城，黄安县国民党政府和豪绅地主立即嚣张起来，将整个黄麻地区笼罩在一片白色恐怖之中。

只有举行更大规模的武装起义，用革命的进攻来粉碎敌人的反革命的屠杀，才能取得革命的胜利。中共鄂东特委中共湖北省委得知黄、麻两县有相当数量的武装力量和很好的群众基础，于是先后派符向一、刘镇一、吴光浩、王志仁等人到黄麻地区加强起义的领导，成立了以符向一为书记的中共黄麻特别区委员会，组成了以潘忠汝为总指挥的黄麻起义指挥部，积极进行起义的准备。

10月3日，黄安、麻城两县县委在黄安县七里坪文昌宫召开了两县党的积极分子会议。会上传达了湖北省委关于在黄、麻两县进一步发动大规模武装起义的决定，讨论制定了暴动计划并决定高举“9月暴动”武装斗争的旗帜，举行更大的武装暴动。

七里坪文昌宫会议后，詹才芳、王秀松、李先念等人以董必武的名义出布告、发传单，采取各种形式进一步地向贫苦农民宣传发动武装起义、实行土地革命的意义。经过20多天的发动，詹才芳等人在黄安首先领导发动了高桥、桃花等区的武装起义。农民自卫军扩大了400多人，王秀松、詹才芳为主要领导人。农民自卫军个个英气勃勃、斗志昂扬，做好了战斗准备，焦急地盼望武装起义的那一天。

1927年11月13日，起义军2万余人在七里坪集结。晚上10时，起义军向黄安城出发。11月14日凌晨4时，各路起义军队伍先后到达县城周围。按照总指挥部的命令，詹才芳、王秀松领导的高桥区农民自卫军和群众攻打黄安县城的南门。

黄安县城城墙有8米多高，4个城门配有8门土炮、10架机枪。只要一到天黑，城门关闭得严严实实，隔断一切来往行人。胆小如鼠的卫兵抱着大枪，就像幽灵似的在城墙上边来回晃动。哨兵不时地拉动枪栓，虚张声势，为自己壮胆。

按照总指挥部的命令，担负进城侦察敌情和里应外合任务的尖刀班12名农民自卫军队员在中午时分批到达黄安城外。他们有的化装成卖柴的，有的打扮成小商人，有的装作说书先生。城门外站岗的两个匪兵抱着枪，耷拉着脑袋，懒洋洋地蜷缩在城门边晒太阳。趁着这个机会，尖刀队员混在赶集的人群中大摇大摆地进了城，神不知鬼不觉地插进了敌人的心脏。

吴光浩率领70多个小伙子组成了攻城突击队，他们一个个精神抖擞，整装待发。詹才芳带领30人的突击队，趁夜色悄悄地摸到南门埋伏下来。突击队员们一动不动地趴在地上，身上挂着露水，冷风吹得他们直打颤。詹才芳看看怀表，已是4点10分了，队员们有的小声议论着，等得实在不耐烦了。詹才芳悄声告诉他们要耐着性子，压住心中的怒火，总攻的命令就要下达了。

“砰！砰！砰！”几声清脆的枪声打破了黎明前的寂静，接着城周围一片呐喊声，火光四起。总攻开始了！

詹才芳一跃而起，大喊“冲啊！”他高举手枪，带着突击队冲到城下，然后指挥队员们架云梯。队员王建安一手拿大刀，一手拿短枪，勇敢地冲在队伍前面。他率先爬上了西北城墙的云梯，见一个敌人正向自己瞄准射击，眼疾手快的他一枪撩倒了这个家伙。詹才芳跳上城墙，手中的大刀舞得虎虎生风，一口气杀死七个敌人。

詹才芳和队员们集中火力压倒了敌人哨兵的火力，队员们迅速地爬上了城墙，哨兵看见城墙被攻占，被不绝于耳的喊杀声吓破了胆，跳下城墙逃命去了。

詹才芳率队员打开了南城门，起义大军像决堤的洪水涌进城里。不久，其他3个城门被各路大军突破，战士们呐喊着冲进城里。城里的敌人没来得及抵抗，就乖乖地当了俘虏。这一仗活捉了伪县长贺守忠、司法委员、改组委员等贪官污吏多人。反动政府被摧毁。反动武装被消灭。起义军共缴获步枪百余支、子弹90箱、被子百余床，并打开监狱，释放了被捕的共产党员、农会干部和进步分子。

少年团团长罗应怀给潘忠汝牵过马，带领少年团和妇女给起义军送饭助威。正是：小小黄安，真不简单，铜锣一响，四十八万，男将打仗，女将送饭。

14日清晨，红日东升，金光万道。黄安县人民群众在战斗中迎来了第一个新生的黎明。

黄麻起义后的第四天，黄安县成立了黄安县民主政府，同时成立了中国工农革命军鄂东军。黄安为第一路，麻城为第二路。潘忠汝任总指挥兼第一路司令，戴克敏为党代表；吴光浩任副总指挥兼第二路司令，刘文蔚为党代表；詹才芳被任命为第一路军特务营营长。

黄麻起义的消息震撼了武汉、南京，国民党反动派认为如果不及时消灭黄麻的革命势力，其他几个县再闹起事来，将直接带动武汉、南京的民众造反。于是，武汉政府调遣12军的一个师前来镇压。

12月5日夜晚，敌军向黄安城发起攻击。工农革命军鄂东军和群众与敌激战四个小时，多次打退了敌人的进攻。但寡不敌众，北门被敌突破。敌人刚突进城里，立即枪杀无辜的群众。鄂东军死死地顶住敌人，掩护群众撤退。詹才芳带领特务营紧紧跟随在总指挥潘忠汝的身边，挑起了掩护部队和群众突围的重担。詹才芳随潘忠汝六出六进，掩护群众撤退。当詹才芳带领特务营第七次冲进城时，城内除了一小部分地方外，大部分地方都已经被敌军控制，一些部队和群众仍然没能撤出来。

潘忠汝带着一部分战士在东门城楼上继续还击敌人。这时，潘忠汝身上已多处负伤。忽然，一颗子弹打中了他的大腿，顿时血流如注，他“咚”地一下跌倒在地。

詹才芳看到总指挥受伤，立即命令特务营的战士顶住敌人，自己与吴世安等七八个同志一起将潘忠汝抬下城门。

“我不行了，才芳，快带队伍出城，保住革命的火种……”潘忠汝说着说着便闭上了双眼。

见总指挥牺牲，詹才芳满腔怒火油然而生，拾起潘忠汝的手枪，左右开弓，向冲过来的敌人射去。子弹打光后，詹才芳抡起大刀片，大声吼叫，像一头猛狮冲入敌群。敌人个个躲闪，生怕砍了自己的头和身子。詹才芳也不知砍倒了多少敌人。最后，他带领三名战士杀开一条血路，冲出了城。

起义军失败了，总指挥和许多战友牺牲了，党组织解体了。詹才芳痛彻肺腑。后来，詹才芳遇到了王健，在木城寨找到了吴光浩。

12 月下旬，县委和鄂东军的领导人在木城寨召开了会议，决定留少数人就地坚持斗争，将大部分人和枪转移到敌后打游击。会后，在黄安北乡闵家祠集合了 72 人。在吴光浩的带领下，詹才芳与陈再道等 70 位战友在木兰山扎下了根，革命星星之火燃烧起来了。

平江起义：潜伏者的凯歌

密捕“共匪”黄公略、黄纯一、贺国中！

电报一张纸，分量极轻，国民党军湖南独立第 5 师第 1 团团长彭德怀却震惊不已：事情居然泄密！到底是哪个环节出了纰漏？

黄公略、黄纯一、贺国中就在军中，但绝不能抓，他们不仅是部下，更是彭德怀准备发动起义时的同志。

国民党军湖南独立第 5 师师长周磐知道黄公略、黄纯一、贺国中是共产党员，却并不知道自己的左膀右臂彭德怀也是共产党员。

南昌起义后，彭德怀就想拉起队伍反抗国民党，可是时机一直不成熟。到了平江以后，部队接近了毛泽东所建立的井冈山根据地，这里又有深厚的革命群众基础，起义的成功率大增。彭德怀还是压抑住了自己的兴奋。

起义的希望很大，阻力却是不小。第 1 团党的力量比较薄弱，没有党的支持，士兵凝聚不起来；平江地区的反动势力却相对强大，不仅有民团，还有独立 5 师的第 2 团和第 3 团及师部的政训队。敌我力量悬殊，起义要想成功，除了有勇，还得有谋。

彭德怀出入县政府，与国民党县长喝酒、打牌。国民党县长和当地士绅请求部队出面下乡“剿匪”，彭德怀一口答应：这点小事，包在兄弟身上，不就几个泥腿子。

国民党县长和当地的士绅笑得合不拢嘴，有当局派来的正规部队，泥腿子还有什么活路？平江的泥腿子还真不是一般的狗胆包天。1928 年 3 月，十几万人拿着锄头、棒子就敢攻打县城，要不是老爷们枪多、国军弟兄多，早就吃了泥腿子的棒子。

说到国民党湖南独立第 5 师第 1 团，平江县委和游击队还真有些看不懂。这支部队出来“剿匪”，碰到游击队从来不追，朝天放几下空枪就往回走。说他们没子弹吧，他们走过的地上总会有三五支枪、几颗手榴弹什么的。看不懂归看不懂，游击队手里的弹药居然比以前多了。

游击队看不明白，湖南独立第 5 师第 1 团第 2 营的士兵却是心中有数。部队还没出发，团长彭德怀就向部队交代，这里的游击队不是土匪，而是农民。如果他们来骚扰，不要开枪，叫他们回去，彼此互不扰乱。

不开枪好办，让第1团士兵为难的是和团长谈话。团长经常下连队找人问话，那些问题让人很难回答。比如：你们的连长、排长打不打人？你们这个星期打牙祭（会餐）没有？你们寄钱回家没有？土豪劣绅好不好？资本家好不好？军阀好不好？日常生活的问题好答，其他的谁也不敢回答，只是说不知道。在士兵看来，团长以上的军官本身就是军阀，家里也说不定是土豪劣绅、资本家，如果讲错了，即使不杀你的头，也会把你送去坐牢。

士兵和自己隔心，彭德怀急得不行，却也不敢随便拉着一个人就说自己是共产党。为了团结全团广大官兵，彭德怀着手对这支旧军队进行了一些改造工作：一是取消军官的小厨房，官兵同吃一样的饭菜，士兵的伙食也随之有所改善。二是取消军官手里拿着的打人的鞭子。过去连、排长带部队出操上课，每人手里.总是拿着一根皮鞭子，动不动就挥起打士兵。

电报在手，急火在心中，事情已经泄露，起义不得不提前，问题是怎么发动士兵。彭德怀正在着急，中共湘鄂赣边特委滕代远找到他，说了两个字：闹饷！

闹饷的确是个好办法。手中无饷，心中慌慌，当兵的也是爹妈生的，不能只拿枪不吃饭，师部已经两个月没有发军饷，士兵早就一肚子火气。闹饷既可以发动士兵起来革命，又能瞒住敌人的耳目。闹饷的条件也还可以，经过彭德怀的努力和党组织的工作，共产党员邓萍、黄公略、贺国中、黄纯一、李灿等不仅控制了1团的主要营、连的兵权，同时掌握了3团3营的兵权。

18日晚，彭德怀、滕代远、邓萍、张荣生、黄纯一、李灿、李力、李光等人开会，决定以闹饷为手段举行起义。会上还作了如下的具体分工：滕代远负责政治工作及地方党组织的联系工作，并负责筹组地方革命政府；邓萍负责有关起义的标语、口号、传单、布告的拟定和印刷等事宜；彭德怀则负责指挥消灭民团、清乡队、警察局等反动武装，控制县署，释放“犯人”，并解决师部等各项准备工作。派人通知驻扎在嘉义镇的第3团第3营营长黄公略，嘱咐其以闹饷为借口起义，并派人到岳州给随营学校校长贺国中送信，要他立即将随营学校开来平江。

平江城的反动势力主要有两股：一股是师部政训处及所属特务连；另一股是国民党县政府及保安队。独立第5师的第2、第3团都驻扎在平江城外五六十里以外的地方，一时不可能对平江城构成威胁。彭德怀和滕代远一商量，决定兵分两路：1营2连去解决县政府和保安队，1营9连负责解决独立第5师师政训处和特务连。

3营代理营长黄纯一召集9连士兵集合，说:大家平常说要打倒军阀、打倒土豪劣绅，今天我们就到城里去捉那些克扣军饷的贪官、土豪劣绅。”

听到要去闹饷，士兵们掌声雷动，个个喜形于色。师政训处和特务连当时驻扎在福音堂的大院子里，黄纯一带着9连赶到福音堂后面的小山坡上，布置任务：2排堵住福音堂的大门，不准政训处的人和特务连的人跑出来；1、3排潜伏在师政训处驻地福音堂后面高坡上，居高临下，堵住敌人退路。

2排4班班长李聚奎带着全班士兵冲到大门口，二话不说，把卫兵的枪缴了。当时正是部队午睡时间，特务连的官兵和政训处的人员都在屋里休息，丝毫没有注意到大门口的异动。

李聚奎派一个士兵看守卫兵，带着其余的战士进入院子。刚到门口，特务连的值日排长走了出来，问道：“李聚奎，这是怎么回事?”

值日排长在9连当过见习官，认得李聚奎。李聚奎手中的枪一举，说：“见习官，今天兄弟对不住了。我们全团暴动闹饷，你们赶快把枪放下，空手出来。要不然的话，别怪兄弟们不客气。”

值日排长当时就乐了，说：“穷得叮当响，闹饷还能发几个钱，算特务连一份。” 值日排长一回头，冲着屋里大喊：“弟兄们别睡了！闹饷了！跟着1团闹饷去。”

“呼啦”一声，特务连的官兵全都起来了，操起家伙就往外走。政训处的人在一旁哼哼叽叽，说三道四，特务连的官兵拿起枪就顶住他们的头：“再说，老子崩了你的头。”

前后不到一小时，9连就拔掉了平江县反动势力的一个大钉子。任务完成后，黄纯一集合全连，宣布纪律：缴获的东西要交公，不准私拿，违者要军法从事，就地正法。

1营2连出发前，彭德怀带头系上了鲜红的布带，并亲自给全连士兵讲话。李灿派一队士兵攻击警察局、清乡队等地方，自己带着一队人马直扑县政府。

李灿带着队伍赶到县政府，县长刘作正在请客，土豪劣绅喝得满脸红光、热火朝天。李灿大喝一声，士兵把会客厅围了个严严实实，手中的刺刀发着耀眼的寒光。

看见士兵们一个个冷如冰霜，土豪劣绅全都吓得面如土色。县长刘作端着酒杯过来想搭话，李灿一脚就将他踹在地上，喊道："全他妈的给我绑上。" 刘作手中的酒撒了一地，浑身吓得直哆嗦。刚想爬起来，李灿一脚踩住他的脸："再动，老子踩烂你的脸。"

县长脸都被人踩在地上，土豪劣绅顿时就像中了定身术。士兵们解开腰上缠着的麻绳，把土豪劣绅一个个地捆成粽子。这时，彭德怀赶到会客厅。县长刘作眼睛顿时发亮，平常可没少和老彭喝酒打牌，于是连连叫屈："彭团长，冤枉啊！你可要替兄弟做主啊!!"

彭德怀冷笑一声，说："好！我为你做主!" 伸手往怀里一掏，掏出一打厚厚的纸扔在地上，说："你干的好事共产党早就给你记下了!"

2连的另外一队人马悄悄地向保安队摸去，保安队员正在午睡。2连的士兵将门一踹，冲进屋里，当即收缴到长短枪800多条。与此同时，起义部队打开牢房，把关在那里的800多名工农群众都放了出来。这些重新获得自由的工农群众激动万分，有的紧紧地抱着起义战士，有的含着泪水拉着起义战士的手，有的要求马上参加队伍。

战斗进行了大约一个半小时，解除了城内全部反动武装，俘敌千余人，缴获大量枪支、弹药，释放了被关押的五六百名政治犯。当天下午4时，第

1团第2营从思村、安定桥一带驻地开回平江县城，加入到起义行列。

23日，黄公略率第3团第3营前来平江会师。第3营走到离县城五里处的一个小镇休息时，黄公略独自到县城和彭德怀等人商讨工作。黄公略刚进城不久，该营就在第9连连长的煽动下叛变南逃了。同一天，贺国中率领随营学校师生从岳州安全抵达平江城。24日上午，士兵委员会在团部召开联席会议，选出彭德怀任红5军军长兼第13师师长，邓萍任参谋长，滕代远为军党代表（建议湖南省委同意）。红5军下辖第1、第4、第7团，共2500人。同时，建立了中共红5军委员会，邓萍为书记，彭德怀、滕代远、黄公略、黄纯一、李灿、贺国中、李光、张荣生和贺夷等为委员。李灿为1团党代表，黄公略为4团党代表，贺国中为7团党代表。

当天上午，红5军军委与中共平江县委举行联席会议，决定成立平江县工农兵苏维埃政府，实行全县总暴动；还决定以平江东乡的长寿街为革命根据地的中心。部队整编后，第1、第4、第7团分别向平江的东、南、北三方发展，并与邻县邻省取得联系，建立湘鄂赣边界革命根据地，进而与红4军取得联系，以造成整个罗霄山脉的割据。

24日下午，召开了有5万人参加的军民大会，宣布红5军正式成立。大会宣布建立平江县苏维埃政府，胡筠任主席，并处决了40余名反革命分子。29日，湖南省清乡督办署急调大军分数路进攻平江。彭德怀率领红5军与国民党军激战终日，为保存革命力量，30日黄昏主动撤出平江，转战在湘赣边界地区。9月，由于减员较大，部队也急需整顿，遂将3个团整编为5个大队，共700余人。10月，红5军和湘鄂赣边几个县游击队合编为3个纵队，近1000人。决定留黄公略率第2纵队在湘鄂赣边坚持斗争，彭德怀、滕代远率第1、第3纵队向南突围，到井冈山与红4军会合，改编为红4军第13团（对外仍称红5军）。

重围

工农武装割据成了国民党的眼中钉、肉中刺。他们想方设法要消灭革命武装，摧毁革命根据地。从 1930 年 10 月起，蒋介石组织庞大的“围剿”军开始向革命根据地和红军连续发动大规模的反革命“围剿”。“围剿”一次比一次激烈、残酷、规模大。正如毛泽东后来所说：“十年的红军战争史就是一部反‘围剿史’。”

第一次反“围剿”：前头捉了张辉瓒

1930年10月，蒋介石调集10万大军“围剿”中央革命根据地和红一方面军。12月16日，敌人分三路向中央革命根据地大举进犯，以毛炳文的第8师和许克祥的第24师为左路纵队，以谭道源的第50师为中央纵队，张辉瓒的第18师和公秉藩新编第5师为右路纵队，罗霖的77师控制于吉安，其余各部作为二线部队，待命“进剿”。

在三路进攻的敌人中，以张辉瓒指挥的右路军为重点。张辉瓒早年毕业于日本士官学校，后又到德国考察过军事，他的18师是总司令鲁涤平手下最能打仗的部队，号称“铁军师”。右路军自吉水、永丰向南进犯，原定12月20日到达东固附近。

公秉藩先到达东固，罗炳辉命令红12军和赤卫队稍微抵抗便主动撤离。公秉藩扑了个空，却也未向张辉瓒报告，而是让部队就地休息。12月21日早晨，张辉瓒指挥第18师迫近东固。他在大雾中听到有军队活动，立即命令部队发动攻击。公秉藩也吓得不轻，“共匪”来“偷营”了，二话不说，命令部队开枪还击，坚决守住阵地。

机枪对机枪，手榴弹对手榴弹，双方都是痛下狠手。双方激战了四小时，死伤众多。大雾退去以后，张辉瓒一眼看见对面是国民党的服装。一问，才知道是公秉藩的部队。张辉瓒气得不行，冲过去就要打公秉藩，怎么到了地方也不言语一声。公秉藩也是怒到极点，老子占了东固，谁让你疯狗一样上来就咬人。左右一看情形不对，拉的拉，劝的劝，将两个愤怒的人拉开。

公秉藩越想越气，带着部队就离开了东固，省得看人的脸色。张辉瓒也不阻拦，不信离了你屠夫公秉藩，我姓张的就吃带猪毛的肉。一赌气，也不与其联络，这样，敌军“围剿”主力右路纵队也就名存实亡了。

战机出现，毛泽东瞄上了谭道源的第50师和张辉瓒的第18师。这两支部队都是蒋介石“进剿”的主力，只要歼灭其中一支，都可以给蒋介石一个“惊喜”。毛泽东先盯上了谭道源，决定在小布设伏，狠狠地打他的第50师一下。

12月26日夜，按照上级命令，红3军轻装上阵，管制了灯火及一切反光物品，进入伏击阵地，准备包“饺子”、吃“谭子菜”。

谭道源第50师的先头部队进入包围圈，红3军一动不动；先头部队退出包围圈，战士们还是一枪不发。军长黄公略早就发话，钓鱼要么不钓，要钓就要钓大的。部队趴在地上等了半天，第50师的主力依然没有出现。后来才知道是一个反革命分子向敌人告了密，说小布的红军布了“天罗地网”。谭道源吓得做了缩头乌龟，把已经接近红军伏击圈的前卫也调了回去，仓皇溜走了。

小布设伏不成，军委又探得张辉瓒部正向龙冈方向蠢动。27日，朱德总司令来到红3军，在全军指战员大会上当面下达了消灭张辉瓒部的任务。

按照中央批示，红35师师长罗炳辉率红35师从藤田出发，边打边退，执行诱敌任务。为了示弱，他不仅命令战士们故意将大刀、马灯、破枪、草鞋丢了一路，甚至命令战士放弃冒着热气的饭茶就走。罗炳辉向龙冈“败退”，张辉瓒率18师贴着红35师就追了过来。龙冈东邻君埠，北靠上固，南与兴国县相连，西与吉安县相接，四面峭壁高峰，地势险峻，山路崎岖。热闹的龙冈街就坐落在中间的盆地里。街上周围有二三百户人家，街的西侧有条龙冈河，河的上游，离龙冈街不到四五公里的地方有个较大的村子叫城攻村。村子四面是海拔 350 米的万功山。

12 月 29 日，为转移目标、调动敌人，红军主力秘密转移到黄陂西面的君埠、汉下、上下固一带隐蔽集结。当日黄昏，毛泽东、朱德得到情报，张辉瓒的 18 师先头部队已于上午 10 时到达龙冈，其后续部队正在跟进，预料次日可能从龙冈继续东进。毛泽东、朱德非常高兴，立即拟定了布下天罗地网、全歼张辉瓒第 18 师的作战计划。

1930 年 12 月 30 日，天气异常寒冷。中将师长张辉瓒率领 18 师气势汹汹地向龙冈杀来。张辉瓒一直郁郁不得志，这次“围剿”，蒋介石亲自封他为前敌总指挥，让他踌躇满志，想立个大功，出出多年来的郁闷之气。天刚蒙蒙亮，黄公略指挥部队借助浓雾的掩护，悄然进入了预定的正面阻击阵地，迅速占领预定的制高点。红 3 军 7 师担任正面攻击，在黄竹岭前的木坑以北和亭子岭主阵地上与敌交火。8 师、9 师紧接 7 师向龙冈东面和东北面攻击前进，会同红 4 军、红 12 军和红 3 军团，形成对敌包围之势。

当张辉瓒第 18 师先行团行进到小别村的石拱桥时，黄公略迅速下达阻击的命令。霎时，枪声、炮声、手榴弹声响成了一片。

张辉瓒 52 旅的先头部队还没来得及反应，瞬间倒下了一大片，有的连魂都没有摸住便见了阎王。黄公略指挥红 3 军 7 师正面阻击敌人，坚决顶住敌人的攻击，命令 8 师、9 师从侧翼向敌攻击。

9 师接到命令后，师长徐彦刚十分着急。部队是以“三角”的队形展开进攻的，但是担任正面突破的 26 团却迟迟不能推进。徐彦刚把参谋耿飚叫到面前，说：“耿猛子，你到 26 团火线上去看一下是怎么回事，一定要命令部队立刻打进去!”

耿飚直奔 26 团阵地，来到阵地一看，立即明白了。

26 团王团长选择的冲击路线是一条只有一二尺宽的小路。小路左侧是一个池塘，右侧是两个山丘，两丘之间有条裂沟。敌人用机枪顺着沟对着小路扫射，正好封锁住冲击路线。

耿飚传达师长命令后，26团王团长委屈地说：“敌人火力太猛，我们在这里已经被压了两个钟头了！”

耿飚打量一下周围的地形，让王团长先组织火力对付敌人，并说这叫作“封住敌人火力，稳住自己阵脚”。

王团长高兴地说：“耿参谋，你很有一套啊。”

耿飚用马刀顺手削下几根树枝，猫下腰冲到山垭口，就势滚进池塘。流弹在头顶上吱吱飞过，但是坚实的小路很好地充当了遮蔽物。他用小棍把军帽顶起来，刚探出路面，军帽就被子弹穿了几个洞。虽然观察不到火力点，但可以判断出敌人离这里不远。

耿飚匍匐着前进，沿浅水区插上一排木棍，示意王团长：尖兵排沿着这排标志通过。战士们有样学样，虽然匍匐前进的动作不够标准，还是有惊无险地过了封锁区。

登上土丘，一眼就看见五六个敌人躲在土坎后面，正死死地盯着那条小路，土坎上架着一挺机枪和几支步枪。

尖兵排的战士早就憋了一口气，现在一看敌人就在面前，一排子弹就扫了出去。

“钉子”拔掉了，早就等急了的26团主力一跃而起，飞快地冲向敌人阵地，展开了凌厉的攻势。李聚奎指挥的27团也尾随他们进入战斗中。

这时，12军的侧后攻击已经奏效，红4军和红3军团的部队，也从北面的高山上，跑步压下来。

耿飚一路飞奔到指挥所，告诉师长，指挥所可以向前推进了。

敌人一次又一次地冲锋，一次又一次被击溃。黄公略亲自坐镇前沿指挥，岿然不动，不时组织部队向敌人的阵地发动反冲击，为合围顺利完成赢得了宝贵的时间。

在红3军的奋勇抵抗下，敌人寸步难行。不久，红4军、红12军分别从龙冈西北、东北两个方向以排山倒海之势包抄过来，将张辉瓒第 18 师锁在“口袋”里。红军的包围圈在紧缩，敌军阵地上如乱麻一团。

总攻开始了。刹那间，嘹亮的军号声震撼着山谷，敌人闻声丧胆，我军指战员则在军号声的激励下全力向敌人阵地冲去。

红 3 军配合红 4 军先后从东固、下固一线奔袭龙冈，捣毁了 18 师师部，活捉 18 师代参谋长周维黄、104 团团长李月峰、特务连连长张达泉。张辉瓒的警卫营营长恰好是红 3 军军长黄公略的老部下。他集合部队，全部向红军缴械投降。狡猾的张辉瓒见大势已去，穿上国民党士兵的军装就往山上跑。当他爬到半山腰一片油茶林时，几个打扫战场的红军战士一看上来个国民党士兵，一拥而上，将他捆了个结结实实。

张辉瓒被捉：“围剿”军总指挥鲁涤平心灰意冷，顿生退却之意。他在给蒋介石的报告中说：“龙冈一役，十八师片甲不还。”蒋介石斥责道：“十八师失败，是乃事之当然，不足为怪。我兄每闻共党便张皇失措，何胆小乃尔！使为共党闻之，岂不为之所窃笑乎？”

鲁涤平被蒋介石狠批了一顿，迫不得已，下令各部继续进攻。谭道源奉命向东韶转进，还没到东韶县城即遭到红军主力围攻，3000 余人被歼。谭道源率残部向南丰方向逃窜。敌左路纵队毛炳文慑于红军威力也悄悄撤退。

红军在 5 天之内连续取得龙冈、东韶战斗的胜利，共歼敌 1.3 万余人，这是中央红军建立后歼敌最多、战果最大的一次战役。龙冈战役胜利后，毛泽东豪情满怀，写下了那首著名的《渔家傲·反第一次大“围剿”》：

万木霜天红烂漫，天兵怒气冲霄汉，雾满龙冈千嶂暗。齐声唤，前头捉了张辉瓒。

二十万军重入赣，风烟滚滚来天半。唤起工农千百万，同心干，不周山下红旗乱。

第二次反“围剿”：飞将军自重霄入

1931 年 2 月，蒋介石命令其手下第一员大将、军政部长何应钦兼任陆海空军总司令南昌行营主任，指挥对中央革命根据地的第二次“围剿”。何应钦吸取了上次的教训，采取“步步为营，稳扎稳打，分进合击，重重包围”的战略方针，一天只前进几里或十几里，每占一处，即构筑工事，大肆抢掠、烧杀，企图造成苏区经济困难，制造白色恐怖。

蒋介石虽经历一次失败，但还是看不起红军，又因新军阀之间矛盾尖锐，他还舍不得拿出、一时也拿不出自己的嫡系部队来打。所以，这次来“围剿”的军队仍然全是杂牌军。杂牌军中以蔡廷锴的第 19 路军、孙连仲的第 26 路军和朱绍良的第 6 路军为最强，王金任的第 5 路军师数量多。杂牌军离开南昌很快，进入苏区后前进却很慢。一进入苏区边境，就到处做工事，步步为营。

到 4 月下旬，敌人已逐步推进至富田、广昌、建宁一线之间。当时，红一方面军只有三万人，处于绝对劣势地位。

面对严峻的形势，围绕采取何种战略方针，苏区中央局展开激烈争论。出现了几种不同意见：一种意见认为敌我兵力悬殊，应当分兵退敌。分兵不仅可以使敌人包围落空，还可以转移目标；另一种意见认为应以红军主力将敌军引出根据地，甚至可以转移到四川建立根据地。毛泽东主张坚持诱敌深入的方针，先往根据地腹部撤退，在退却中寻找敌人弱点，再集中兵力给予毁灭性打击。

在讨论中，毛泽东的主张居于少数地位，只有朱德表示赞同。于是，毛泽东建议扩大讨论范围，听取各军军长、政委的意见。在扩大的苏区中央局会议上，黄公略、罗炳辉、林彪、罗荣桓等大批军政首长支持朱毛的建议。中央局于是决定采取诱敌深入的方针。

毛泽东认为四路敌军以蔡廷锴的第19路军、孙连仲的第26路军和朱绍良的第6路军为最强，先打他们没有必胜的把握；王金钰的第5路军是新来的，地形不熟，战斗力不强，先打第5路军有全胜的把握。会议最后确定先歼灭从富田出动的王金钰军公秉藩第28师和由王金钰兼师长的第47师。

根据这一方针，从4月下旬开始，红军秘密集结于东固地区等待时机。东固位于中央苏区腹地，在5个县的接界处，而且距5个县城都只有50多公里。这里地形险要、隐密，均为崇山峻岭，只有5条羊肠小道通向外界，是个藏兵、运兵的绝佳地点。

5月14日黄昏时分，红军总部突然截获国民党军通话。国民党军在苏区长驱直入，没遇到任何有效抵抗，公秉藩第28师师部与留守处进行联络时公然用明码通知："我们现驻富田，明晨出发去东固。"公秉藩师是北方来的杂牌军，士兵们不习惯南方生活。每个兵身上除了米袋之外，还带着许多面粉，那是从老乡家抢来的。一宿营，士兵就三个一伙五个一群地自己做面食吃。毛泽东迅速决定，红军主力从国民党郭华宗师和蔡廷锴师之间的空隙中秘密西进，钻过"牛角尖"，然后突然以两侧包抄的方式攻击其后背。毛泽东将指挥部设在白云山，对黄公略、林彪和彭德怀部署任务："黄公略的红3军、林彪的红4军从正面进攻，彭德怀的军团从腹背夹击。"

5月15日午夜子时，各军按照指令快速挺进。预定打响总攻第一枪的仍然是担任中路阻击任务的红3军。凌晨时，毛泽东亲自赶到红3军军部。黄公略请示："总政委还有什么交代？"毛泽东说："我一直在琢磨从东固到中洞是否确实只有两条路？还会不会有其他路径？我们去请教一下'三老'（老猎户、老药农、老驮商）。"黄公略找人一问，在东固到中洞的南侧还有一条鲜为人知的山间小路。经过商量，两人果断决定改变原定行军路线，寻小路直插中洞，提前到南侧山岭埋伏。

5月16日清晨，公秉藩师从固陂圩出发，在中洞稍作休息后，继续朝东固前进。

全师殿后部队刚离开中洞，突然一声炮响，山谷震荡，数千颗手榴弹从天而降，山谷到处一片火海，公秉藩师被压制谷底，上万名红军战士从山岗密林中、草丛中跳出，猛虎般扑下山来。

一杆杆钢枪齐刷刷地伸向前方，就像突然从地上冒出来一片树林似的。枪刺闪着光，枪口喷着火，一下子就伸到敌人鼻子底下，敌人连机枪都来不及架起来，就成了俘虏。公秉藩师一个军官一边往地下扔枪一边大惑不解地说："娘呀！你们是从天上掉下来的？"

不到半天，第二次反"围剿"首战告捷，歼灭敌第28师全部和第47师1个旅的大部，缴枪5000余支。

公秉藩师部无线电队全部人员和全部机器完整地被红军缴获。公秉藩是第二次到东固山，第一次张辉瓒给他当了替死鬼，他没有什么损失。这次没有人与他争功，却被红军包了"饺子"，他混在士兵中当了俘虏，后来又领了三块银元的遣散费，逃出苏区。

5月16日，国民党第43师郭宗华部配合富田的敌人，由白沙向东固推进。郭宗华部发现红军警戒部队以后，立即停止前进，就地加紧做工事。红3军团派出小股部队不断袭扰敌人，和郭部对峙，主力却悄悄地围攻富田的敌人。在富田的敌人被红军歼灭后，郭宗华部在18日晚仓皇向白沙撤退，红36师连夜跟踪追击，简直像打土豪时那样。红军一进村，敌人不抵抗撒腿就跑。有一个送饭的炊事班战士挑着挑子追着敌军跑，竟俘虏了敌人一个迫击炮连。

富田歼敌获胜以后，在朱德、毛泽东的指挥下，红一方面军连续作战，乘胜向东横扫，扩大战果。

5 月 21 日，红一方面军总部获悉敌第 27 师一个旅从东韶乡到达中村，立即下达了围歼该敌的命令。谭震林率领红 12 军，与红 3 军团、红 3 军、红 4 军一道，连夜冒雨急行军赶到中村。经过激战，于 22 日将该敌歼灭。

中村战斗后，在谭震林和罗炳辉的率领下，红 12 军连续行军 150 里，向广昌发动猛攻。战至黄昏，攻入城内，歼敌第 5 师一部，师长胡祖玉受重伤毙命，大部趁夜弃城北逃。

第二次反“围剿”从 5 月 16 日起至 31 日结束，历时半月，红一方面军西从赣江边上的固坡、富田打起，一直向东打到建宁，横扫 700 里，五战五捷，歼敌 3 万余人，缴枪 2 万余支，痛快淋漓地打破了敌人的第二次“围剿”，巩固和扩大了中央革命根据地。

第三次反“围剿”：牵着敌人打弱旅

第二次大规模的“围剿”失败后，蒋介石带着德、日、英等国军事顾问到达南昌，亲自就任“围剿”军总司令，以何应钦为前线总司令，调集 23 个师另 3 个旅，约 30 万人的兵力，准备对中央革命根据地发动第三次大规模的“围剿”。

蒋介石采取了“厚集兵力，分路围攻，长驱直入”的作战方针，企图首先击破红军主力，捣毁革命根据地，然后再深入进行“清剿”。

这一次，蒋介石动用了他黄埔起家的老本，将其嫡系 5 个师调集江西。担当这次“围剿”主力军的是陈诚的第 14 师、罗卓英的第 11 师、赵观涛的第 6 师、蒋鼎文的第 9 师、卫立煌的第 10 师，共计兵力 10 万人。另外，蒋介石又调动其他各路杂牌军队 20 万人。

30 万装备精良的大军对付区区 3 万装备很差的红军，蒋介石认为胜券在握，因而大放豪言:“本总司令将亲临前线，这次‘围剿’如不获全胜，死也不回南京。”

国民党的“围剿”大军有 30 万，红军只有 3 万人左右，且刚刚打过恶战，还没有来得及休息和补充。面对敌人重兵压境的紧急情况，毛泽东决定采取诱敌深入的作战方针来对付敌人的进攻。

7 月 1 日，国民党军开始对中央革命根据地进行大规模的进攻。遵照红一方面军总部的部署，在地方武装、赤卫军、少先队的配合下，红军以一部兵力，迟滞敌人的进攻，主力从闽西地区出发，绕道千里，于 7 月 28 日回师至赣南兴国西北地区集结。

蒋介石发觉红军主力转移到兴国地区后，立即命令其主力分路由北向南、由东向西进攻，企图将红军逼到赣江东岸一网打尽。

大敌当前，红一方面军总部决定采取“避敌主力、打其虚弱”的战术。

7 月 31 日，红一方面军总部发布了《夺取富田新安的命令》。《命令》指出:“本方面军以绕入敌背捣其后路，使敌动摇震恐，然后消灭其大部队之企图，决定先夺取富田、新安圩。”

按照既定计划，部队向富田地区进发。红 1 军团向富田移动，准备攻打富田；红 3 军团向新安圩集结，准备攻打新安圩。

8 月 3 日凌晨 2 时，攻击将全面开始。风云突变，红一方面军总部得知红军行动意图已被敌人发现，蒋介石的嫡系部队陈诚、罗卓英的两个师已经抢先占领富田，阻止红军北进。

敌变我变。毛泽东、朱德及总部领导紧急商讨后，为避免与敌之精锐作战，于是改变作战计划，令部队退回兴国的高兴圩。

国民党各路军队云集在兴国周围地区，将三万红军包围得密不透风，红军处于北、东、南三面受敌和西临赣江的困境。

部队集中一天后，方面军总部决定向东面兴国的莲塘、永丰的良村、宁都的黄陂方向突进。为了迷惑敌人，总部决定以红35军和红12军第35师等部伪装主力，向赣江方向佯动，牵制敌人，使主力能够顺利转移。

在细雨迷蒙中，红军主力乘敌人频繁调动时出现的混乱，从崇贤、兴国两地敌军之间的结合部迂回穿行。部队一律轻装，一切能发声、反光的物品都作了无声无光处理，连白马都涂成了黑的。为了不走漏一点消息，行军中遇到岔路，一律不设路标，而由标兵代替。在夜色掩护下，3万人马衔枚疾走，像一条巨龙一样，无声无息地“游”出了敌人大军中间只有15里的一个空隙，隐蔽在高兴圩以北蓬塘、良村的丛林里。

8月6日，红军在兴国县的莲塘对国民党上官云相第47师发起进攻。上官云相的47师是北方部队，不习惯南方气候。官兵们脚穿高筒皮靴，不利于山地作战。红军发动突袭后，敌47师顿时乱了阵脚，根本组织不起有效的抵抗。

上官云相急电郝梦龄，要其率第54师师部及两个旅火速撤回良村，一块前往莲塘救援。

上官云相的部队很快被击溃，有一部分冲出红军的包围，逃向良村方向，黄克诚奉命率第3师追歼该敌。

这时，逃窜的敌人向南昌行营敌总司令部求救，蒋介石急忙派出飞机，对红军进行阻截轰炸。红军当时没有防空武器，只能用奔跑和快速转弯的方法对付敌机的袭击。敌机十分嚣张，飞得很低，在战士们的头顶上盘旋投弹。

黄克诚一边大声呼喊战士们分散隐蔽，一边向前奔跑躲避。没有跑出几米远，一颗炸弹便落在了他的脚下。战士们大吃一惊，以为黄克诚牺牲了。可是，趴在地上的黄克诚并没有听到爆炸声。原来，这是一枚哑弹，铁疙瘩把地上砸了一个一米方圆的深坑。

郝梦龄气喘吁吁地率两个旅赶到良村，就陷入红军的包围之中。部队溃不成军，大部被歼，旅长王育德被俘，师长郝梦龄落荒而逃。谭震林与罗炳辉不顾疲劳，和兄弟部队一道，于 11 日攻克黄陂，歼灭敌毛炳文第 8 师约四个团。至此，红一方面军从 8 月 7 日至 11 日五天中，取得了三战三捷的胜利，给“围剿”之敌以沉重打击。

蒋介石发现红军主力东去，气急败坏，在官邸转来转去，坐立不安，急令所有向南、向西的部队调头向东疾进，妄图歼灭红军主力。

面对敌军压境，朱德、毛泽东召开会议研究御敌的对策。彭德怀、黄公略、谭震林、罗炳辉等各军首长都参加了会议，就军事行动展开了热烈的讨论。谭震林主动请缨，提出智迷敌人、牵着敌人鼻子走的方案，并要求承担引诱敌人向北转移的重任。会议决定：由红 12 军（欠 35 师）伪装主力向乐安方向佯动，吸引敌人的注意，诱惑和调动敌人，将敌人牵走，主力则从敌军之间 20 里间隙的大山中秘密通过，返回兴国地区休整。

遵照朱德和毛泽东的部署，8 月 15 日夜，红军主力踏着朦胧月色，穿越敌人间隙往兴国开拔。

为了诱惑敌人，谭震林、罗炳辉率领 34 师、36 师往北行动，走走停停，保持若即若离、紧紧牵住的状态。白天，谭震林命令部队打着旗子，拉开距离，一个连拉成一个营的架势。走到尘土多的地方，战士们故意跳跃前进，荡起尘土满天飞扬。敌人的飞机从空中瞭望，见到烟尘滚滚、红旗招展，以为是红军主力，不停地向下扔炸弹。炸弹轰隆，战士们却很高兴地说：“敌人帮助我们送假情报去了。”

晚上，谭震林指挥战士到处打手榴弹，在洋铁桶里放鞭炮，司号员乱吹号，搞得敌人彻夜不安、不知虚实。

为了给主力部队创造更多的歼敌战机和进一步迷惑敌人，根据国民党部队行装笨重、补给困难的特点，谭震林和罗炳辉带着部队专门往难走的地方走。哪座山高就翻哪座山，哪里道路险峻就从哪里走，而且行踪不定，一会儿东，一会儿西，牵着敌军四处跑，把一二十万敌军拖得精疲力尽、狼狈不堪。

坐镇南昌的蒋介石判定红军主力“北窜”，将攻打后方乐安，感到南昌城防空虚，慌了手脚，便指挥各路“围剿”大军救援南昌，对红 12 军加紧追击。深入根据地中心区“围剿”的敌人阵脚大乱，仓皇撤退。

红 12 军在东韶附近埋伏起来，黑夜派出一支部队奔袭东韶。东韶的敌军误认为红军主力到达，吓得弃城就逃，红 12 军收复了黄陂、小布地区。

直到 8 月底，蒋介石才回过神来，知道又中了毛泽东的调虎离山计，只好再令部队西移。几万大军跋山涉水，怨声载道。蒋介石力不从心，仰天长叹，只能怏怏而退。

9 月 6 日，黄公略率领红 3 军经茶园岗，绕出长龙，进抵老营盘。因大水冲垮桥梁，部队被堵在老营盘、黄土坳、墩丘一线宿营。黄公略怕敌人逃跑，在来不及与总部联系的情况下，按计划进入老营盘阵地。一旦敌军经过，出其不意从侧后予以猛烈袭击。

凌晨 5 时许，黄公略下达进攻命令，红 3 军犹如猛虎下山，老营盘之敌国民党军蒋鼎文的独立旅仓促应战。红 3 军从北、西、南三面发起猛烈攻击，枪弹、手榴弹暴雨般地向敌人倾泻。此役，黄公略率部在老营盘歼灭一个独立旅约 4000 余人。

到了 9 月中旬，“围剿”中央苏区的敌人已成惊弓之鸟，无心恋战，各寻生路，纷纷退出苏区。毛泽东指挥红军在兴国县与东固交界的方石岭、张家背等地截住国民党蒋鼎文第 9 师一部和韩德勤第 52 师全部。经过半天激战，将敌全部歼灭。

至此，第三次反“围剿”战斗已取得决定性胜利，共歼敌 3 万余人，缴获长短枪 1.4 万余支、机枪 175 挺、迫击炮 5 门。

第四次反“围剿”：思想就是力量

1932 年底，蒋介石又调集 50 万兵力，以何应钦为“剿共”总司令，以蔡廷锴指挥的 19 路军为左路，以余汉谋指挥的粤军为右路，以陈诚指挥的“嫡系”12 个师为中路，对中央根据地进行第四次“围剿”。

此时，毛泽东由于受王明排挤离开了红军的指挥岗位，反“围剿”由周恩来总政委、朱德总司令、刘伯承总参谋长等人指挥。在周恩来、朱德的领导下，仍然根据毛泽东的军事思想，运用前三次反“围剿”的经验，乘敌军“围剿”部署尚未完成，诱敌深入，尔后集中优势兵力聚而歼之。

“围剿”一开始，敌人主力即由西北向东南齐头并进，步步紧逼。到 1933 年 2 月初，中路军陈诚以十个师的兵力分三个纵队向南丰、广昌前进。12 日，红军进攻南丰。敌军为救援南丰与红军主力决战，派第 1 纵队的 52、59 师取道永丰、乐安向宜黄南部急进，其整个左翼顿时裸露于红军的面前。

红军总部当机立断，迅速命令红军主力自南丰撤退，隐蔽集中四五万优势兵力于黄陂以北地区，然后从两翼包抄北上。

按照总部的部署，红军主力兵分左、右两翼。红 1 军团、红 3 军团和第 21 军为左翼，进至黄陂一线设伏，整个左翼部队由林彪、聂荣臻统一指挥；

红5军团和第22军为右翼，负责阻击敌人和掩护红军右侧。

敌第1纵队代指挥官李明接到陈诚的命令后，立即率领本部从乐安出发，又命令59师从崇仁出发，杀气腾腾地往广昌、宁都方向直扑过来。

军团首长分析敌情后，命令部队隐蔽待敌，准备将敌52和59师歼灭于黄陂大龙灯地区。

黄陂地区山峦叠起，古木参天，在摩罗嶂一带有一条弯弯曲曲的峡谷地带，是敌人的必经之路。红军主力就埋伏在这狭谷的登仙桥、大龙坪、胶湖、黄陂、霍源等两侧的山上。第10、第11师埋伏于登仙桥大路东北方向的山上，由军团聂荣臻政委和林彪直接指挥；第9师隐蔽在大龙坪以南的山坡上；第7师在胶湖附近。第9、第7两师由保卫局长罗瑞卿和军团参谋长徐彦刚指挥。

27日13时，战斗首先由7师与敌前卫旅在胶湖打响，一开始就俘虏敌人一个连长。这连长吓得不行，倒豆子一样把52师情况说了出来，并称52师师部和一个旅在大龙坪。

擒贼先擒王，保卫局长罗瑞卿和军团参谋长徐彦刚当即命令李聚奎率9师直插大龙坪，袭击敌人师部，争取活捉敌师长。

李聚奎让参谋长耿飚率25团向大龙坪猛插，自己率主力从正面进攻。刚到大龙坪边一条小河，李聚奎就看到小桥上有个穿雨衣拿望远镜的胖子，身旁还有马匹、护兵。

25团团长说："这是条大鱼，不知是不是敌人的师长。"

李聚奎说："管他是谁，只要是大鱼，先捉了再说。"他指挥部队一线摆开，以急袭的方式向大龙坪包抄猛袭，仅仅40分钟，战斗就结束了。

打扫战场后，集合队伍清点人数，我方仅伤亡46人，但战果很大，歼灭了敌52师直属队及1个整编旅，俘虏敌师长李明及以下官兵3000余人。

侦察参谋彭明治押着敌52师师长李明送往后方，看押李明的战士用一张报纸给他做了顶高帽子。李明觉得戴高帽子太丢面子，便要求不戴高帽，换一张写上姓名、头衔的纸条贴在身上。彭明治同意他的要求，他连连称谢。

陈诚得知第 1 纵队第 52、第 59 两师在黄陂被歼的消息后，急忙调整部署，改变计划，将原来的三路“分进合击”改为“中间突破”。以第 2 纵队为前纵队，第 1 纵队第 11 师和第 59 师残部、策 3 纵队第 5、第 9 师为后纵队。企图由黄陂、东陂地区向广昌进攻，歼灭红军主力。

3 月 20 日，敌前纵队进到罗坊、甘竹一线，后纵队第 11 师进到草台岗，第 9 师进到东陂附近。两个纵队之间相距近 100 华里，再一次出现对红军有利的战机。方面军总部决定在草台岗地区歼灭敌第 11 师。

左翼红 1、红 3 军团及红 21 军团及独立第 5 师在聂荣臻和林彪的率领下，抵达东陂、草台岗西侧一带山区。敌后纵队之第 9、第 11 师刚抵草台岗、东陂附近，即被我军分割包围。

霹雳山是草台岗的制高点，地势险要，只有占领主峰控制住隘口，才有胜利的希望。彭绍辉指挥部队连续发动三次进攻，仍不能攻上主峰。

这时，彭德怀来到前沿阵地，他在电话中说：“彭绍辉，你们行动要特别冷静，一定组织好火力，利用一切机会猛攻。”接着又说：“必须拿下制高点霹雳山，这是取得反‘围剿’胜利的关键。”

彭德怀放下电话，爬上山头，让身边司号长田长江吹号，命彭绍辉迅速拿下主峰。

听到号声，彭绍辉奋不顾身指挥战士，一鼓作气地冲上了霹雳山的主峰。

主峰东侧三个小山头上的敌军不甘示弱，疯狂向霹雳山主峰发起攻击。彭绍辉冒着敌人的枪弹，赶到最前沿阵地，指挥部队阻击敌人，坚守主峰阵地。

深夜 10 时，突破霹雳山敌阵地的战斗打响了，彭绍辉指挥部队发起冲锋。为配合其地面部队，敌机进行俯冲投弹。因两军相距很近，飞机投弹不准，有的炸弹甚至落到国民党军阵地上。敌军官兵喊叫声、咒骂声乱作一团，慌慌张张后撤躲藏，连机枪扔在阵地上都不管了。

见此情景，彭绍辉当机立断，第一个跳出战壕，率部向敌人发起猛烈攻击，俘获大批敌人，并将敌前沿阵地撕开了一个大口子。为了扩大突破口，彭绍辉又带头冲锋，猛攻敌人主阵地。警卫员急忙上前劝阻："师长，注意安全！靠前太危险！"

两军相逢勇者胜，主要指挥员的模范行动更是无声的命令。深知这一点的彭绍辉不顾警卫员的劝阻，继续往前冲。在他的带领下，指战员们如下山猛虎，奋勇向前，势不可挡，不到20分钟，就占领了敌军主阵地，重伤敌师长肖乾，歼灭了大量敌人。

剩余的残敌仓皇向山下逃跑。彭绍辉随即命令战士们勇猛追击，他自己则顺手从地上捡起一支敌兵丢弃的三八式步枪，和战士们一起向山下冲击。突然，从一块岩石后面射出一梭子弹，彭绍辉一侧身挡住了身边的警卫员，自己左臂却连中两弹，手中的步枪掉在了地上。

警卫员慌忙帮他扯下已被鲜血染红的衣袖，一看，臂骨被击成几截，鲜血直往下淌，于是赶忙叫卫生员找担架要将他抬下阵地。彭绍辉忍着剧烈的疼痛，对警卫员说："这点伤算不了什么，不要声张，以免影响战斗。"

警卫员看着彭绍辉鲜血直流的断臂，哭道："首长，你伤成这样，要立即下阵地治疗才行，否则……"

彭绍辉用右手托着左手断臂，对警卫员命令道："哭什么哭？这是战场！这点轻伤，怎么能影响我指挥战斗！"

警卫员无奈，只好哭着帮助卫生员给彭绍辉包扎伤口。包扎完毕，彭绍辉把断臂往脖子上一挂，右手提着枪，大声说道："跟我上！"说罢继续率部追击敌人。

攻占草台岗必须先占领黄柏岭。黄柏岭是紧靠草台岗南面的制高点，山坡陡峭，易守难攻。红4军第10、第11师强攻多次，都被敌人居高临下地挡回。红1军团中，有三位师长负伤。战斗至下午3时，黄柏岭还未得手。

林彪一咬牙，命令预备队红9师师长李聚奎："9师从正面山垭口突过去，两个小时内拿下黄柏岭。"

李聚奎想了想，回答说：“正面强攻肯定不行，敌人有两挺机枪就可以把山垭口封住。不如以一个团在山垭口佯攻牵制敌人，另派两个团从垭口左边的山梁上突袭。”

林彪同意李聚奎的意见，称只要拿下黄柏岭，李聚奎爱怎么打就怎么打。

回到 9 师，李聚奎马上布置任务：25 团在翼侧负责掩护，并派少量部队对山垭口佯攻；李聚奎带 26 团，师参谋长耿飚带 27 团，分别从左侧的两条山脊攻击。

李聚奎和 26 团政委刘华香冲在前面，领着 9 师的战士猛虎扑食般向敌山头冲去，打得敌人抬不起头来。

攻到离敌人盘踞的山头只有 30 来米时，就听到敌人大喊：“别打了！别打了！我们投降!”

敌人投降，许多冲锋的红军战士纷纷停了下来，并停止射击。只听“轰”的巨响，狡猾的敌人乘机扔下一捆捆的手榴弹，在红军战士中爆炸。

看到战士们倒在血泊中，李聚奎又急又恨，光着膀子，拿起驳壳枪，就要带部队和敌人拼命。

26 团政委刘华香一把拉着他的胳膊说；“师长，你不能上！部队还要靠你指挥，我上!”

李聚奎用力一挣，甩开刘华香的手：“同志们倒在我面前，我要亲手杀了这帮人。”

两个参加过宁都暴动的老战士在一旁插话：“师长，我们带手榴弹和马刀从山凹里爬上去踢他们的屁股。”刘华香一拦，两个老战士一插话，李聚奎冷静了下来，同意了他们的建议。

家有一老，胜过一宝。不到十分钟，山头上爆炸声连连不断，山上乱作一团。李聚奎大喜，带着部队就往上冲。

刚到山头，一支支的枪就顺着山坡往下滚。这一次，守军真的投降了。

黄柏岭战斗消灭了蒋介石的嫡系部队国民党第 52 师大部和第 59 师一

部，击毙了3个团长，打死敌人2000多人，俘虏敌人1700多，还缴获了大批武器弹药。

草台岗战斗以后，敌“围剿”的各部队纷纷后撤，中央革命根据地取得了第四次反“围剿”的胜利。

长　征

重围，血路，杀出重围的红军面临的不仅有国民党几十万大军的围、堵、追、截，更有跋涉数万里的饥饿、凶险、疾病、伤痛和随处可遇的死亡。

娄山关战斗：雄关迈步从头越

1935年2月18日至19日，中央红军巧妙地二渡赤水，重入贵州。紧接着又乘敌不备，长驱直入，兵分几路直插贵州北部的桐梓城。随即，红军进攻遵义的北大门——娄山关。

娄山关东西有山，高峰凌霄，形势险要。山腰有破城墙。一条弯弯曲曲的公路蜷曲在幽谷深山中，是黔川的唯一通道。娄山关自古被称为黔北第一险隘，历来为兵家必争之地。贵州军阀王家烈、侯之担命他们的“双枪兵”(一支步枪、一支鸦片烟枪）在娄山关一带构筑了许多工事，由黔军杜肇华旅和第15团防守。

中央军委指出夺取娄山关是“开展战局的关键”，给红3军团下达了“坚决消灭娄山关之敌，乘胜夺取遵义城”的命令。

彭德怀军团长命令红12团从中路、红13团为前卫，向娄山关守敌发起进攻。

红3军团直属队党总支书记刘志坚在桐梓附近给红12团全体指战员作了战前动员，讲明了敌情和攻打娄山关的重要意义，特别强调说明这一仗与红军生死攸关，非打胜不可。整个部队精神振奋，部队中鼓动口号声此起彼伏，“歼灭娄山关的敌人！占领遵义城！”

全团上下个个磨刀擦枪，积极做战前的准备工作。战士们求战心切，恨不得马上和王家烈的“双枪兵”干一场。为了打好这一仗，团政委钟赤兵也做了战前的宣传鼓动工作，召集各级领导开会，进行战斗部署，还提出了“轻伤不下火线”、“重伤不哭”、“不占娄山非好汉”等响亮的口号。

团政委钟赤兵问红 12 团 2 营营长邓克明：“怎么样？邓老虎？”邓克明说：“打不下来，你们就叫我邓老狗！”

红 13 团团长彭雪枫、政治处主任甘渭汉率领红 13 团向娄山关急行军。刚到红花园，红 13 团就和赶赴桐梓增援的黔军杜肇华旅（王家烈的主力部队之一）第 6 团遭遇。

黔军杜肇华旅第 6 团边打边撤，从南溪口退守娄山关，依靠隘口两侧高地扼险固守，阻止红军正面进攻。得知红军想攻打娄山关，黔军师长柏辉章立即命宋华轩率领第 10 团增援娄山关右翼，等 15 团驻守板桥防止红军从东侧抄袭后路，还命令第 6 团团长刘鹤鸣“固守娄山关三日”，以掩护吴奇伟部由贵阳渡乌江驰援遵义守敌。

红军抵达南溪口后，红 13 团团长彭雪枫、政委苏振华率领部队攻关。

娄山关关口地势险要，四周崇山峻岭，两面悬崖峭壁，一条公路从中挤过，看去活像个丫口或漏斗。两座高山，居高临下，真是“一夫当关，万夫莫开”。尽管这样的地势利守，不利攻，红 13 团依然打得猛、冲得快，从山脚到山顶，经过激战，很快占领了山丫口两侧的制高点大小尖山。

在强大火力掩护下，1 营战士攀悬崖进攻制高点点金山。两个冲锋梯队喊声如雷，投出排排手榴弹，端着刺刀冲入敌阵，经过激烈肉搏战，终于打垮守敌，攻占点金山高地。

黔军不甘心失败，拼凑“敢死队”反扑。黔军军官以手枪督战，逼“双枪兵”冒死攻山，与红军在点金山和大尖山一线展开了反复拼杀的拉锯战。至下午 4 时，红军连续发动五次冲锋，击毙敌督战官，乘势攻占了娄山关两侧的十多座山头，完全突破敌防线，牢牢控制了关口。刘鹤鸣收拾残兵败卒，退守关南黑神庙一线。

2月25日拂晓，姚杰团长和钟赤兵政委率领1000多人直逼娄山关。清晨6时许，红12团向娄山关的高地点金山发起了猛烈的攻击。

敌人自知娄山关是遵义的大门，不肯轻易拱手相让，他们凭着“一夫当关，万夫莫开”的险要关口，与红12团反复争夺每一个山头。

红12团3营战士刚冲到黑神庙，就遭到敌人约一个团兵力的反击。由于敌众我寡，3营被敌人从黑神庙压了回来。

姚团长和钟赤兵当机立断，命令部队上刺刀，与敌人展开激烈的肉搏战，直杀得王家烈的“双枪兵”鬼哭狼嚎，尸横遍野。上午，红12团就完全占领了点金山制高点。

“督剿”总指挥王家烈听说点金山失守，暴跳如雷，立即组织兵力，企图夺回点金山。钟赤兵站在阵地前沿，一手解着上衣的纽扣，一手指着山下的敌人，操着浓重的湖南口音对战士们说：“同志们，狠狠地打哟！把那些亡命徒消灭光。要有我无敌，有我就有阵地!”

抽足了大烟的“双枪兵”从下面的公路一窝蜂地往上涌。红军战士沉住气，等敌人爬到半山腰时，一顿手榴弹、步机枪猛敲狠揍，打得敌人哇哇乱叫，落荒而逃。“杀啊!”“砍呀!”红军战士向敌人冲杀过去。

突然，钟赤兵的身子猛的一晃，摔倒在地上，一股殷红的鲜血从他的左腿上冒了出来。钟赤兵挣扎着爬了起来，摇晃着想向前冲。警卫员彭登云眼疾手快，一把搂住他的腰，不由分说地把他按坐在一块石上，撕下衬衫，替他包扎伤口。

红12团2营教导员谢振华刚到黑神庙半坡一个山凹处，就遇上2营前卫4连指导员丁盛。丁盛向他报告，前面敌人火力很猛，3营受阻，同时告诉他随3营行动的钟赤兵政委负伤后还未下来。

谢振华当即向丁盛交待：“必须把敌人压下去，5连、6连马上支援你们。”还特别强调：要不惜一切代价把钟赤兵抢救下来。接着，他同战士们一起，冲向敌人的反击部队，把敌人打下去了。

谢振华急忙赶到黑神庙附近的半山坡，只见钟赤兵躺在路旁山洼的草地上。由于失血过多，他已经处于半昏迷状态。

看着身负重伤的钟赤兵，谢振华不胜难过和愤慨，一面吩咐身边的6连指导员陈福太派人赶快把钟赤兵安全抬下去，一面举枪高呼："同志们，敌人反扑上来了，坚决把敌人压下去。"

25日晚，为夺取娄山关战斗的最后胜利，中央军委命令张宗逊、黄克诚率领红10团从娄山关东侧由小箐、牛王屯迂回打击板桥驰援之敌15团；命令邓国清、张爱萍率领红11团远出娄山关西翼，由小水田经混于场直插高坪大桥，截断板桥和遵义的联系，断敌退路。

26日清晨，炮声轰鸣。盘踞关南的敌军精锐第4团排成密集队形向关口发起集团冲锋；国民党刘鹤鸣第6团残部也蜂拥攻关，企图夺回点金山高地。敌旅长杜肇华令第10团宋华轩部、第16团金祖典部分别从左右两翼包抄关口。在轻重机枪掩护下，国民党军发动六次冲锋，占领了娄山关口以南沿公路的军事哨和小哨。红12团居高临下，击溃敌人多次反扑。敌人仰仗兵多弹足，又多次向娄山关猛攻。红军正面出击，左右迂回包抄，前后夹攻，沿公路向南纵深追击。

战斗从清晨持续到下午5时，红军牢牢地占领了关口，在关口至板桥一线歼灭和击溃敌人四个团，满山遍野摆满了敌人的尸体、武器、轿子和烟枪。杜肇华眼见情况不对，率领部队就往后撤。红军乘胜猛追，在高坪、董公寺一线又歼敌四个团。很快，我军以猛虎下山之势，把敌人压了下去。尔后红12团2营沿公路穷追逃敌，给敌人造成很大杀伤。沿途只见路边、沟底和稻田埂上，到处是敌人的尸体、伤兵、武器和烟枪，还有撕下来的臂章、包袱、背篓、文件，甚至有敌军官乘坐的轿子……可笑的是，有的俘虏跪在地上，乖乖地向红军缴枪，却苦苦哀求："老总，能不能把烟枪给我留下。"

嘉陵江战役：大规模强渡江河的模范战

1935年3月，红四方面军为打破国民党军的“川陕会剿”计划，向四川、甘肃边界发展，决定集中四个军，在总指挥徐向前、政委陈昌浩指挥下，发起嘉陵江战役。

为夺取渡江作战的胜利，红四方面军各部进行了充分准备，并于3月5日、11日在克仪陇、苍溪，扫清了渡江障碍。方面军随即制定了偷渡与强渡相结合的西渡嘉陵江计划：以余天云、李先念的红30军为抢渡主力，在塔子山地区渡江，然后直插剑阁、剑门关方向；副总指挥王树声率红31军为北路，渡江后抢占剑门关，防堵邓锡侯的川北之敌和胡宗南的陕敌；陈海松的红9军为南路，攻击阆中、南部，保障红30军的南翼安全；王宏坤的红4军为二梯队，担负战役展开的任务。总部炮兵营置于塔子山顶，火力掩护红30军强渡。

3月28日夜晚，红四方面军总部和徐向前总指挥下达了渡江命令。塔子山上的几十门大炮和轻重机枪一起开火，掩护着满载渡河勇士的六七十只木船，飞速驶向对岸。尽管江防敌人死命阻击，红军还是有一部分木船登陆，并迅速占领了滩头阵地。徐向前命令红30军89师政委杜义德担任方面军过江指挥，立即率部架设浮桥并且严令在大部队过河以前骡马和辎重不得上桥。

杜义德指挥部队趁势架起浮桥，让大部队快速通过嘉陵江，他自己留在桥头掌握部队过江进程。

红 9 军 25 师的任务是自行解决渡江器材，在阆中以北实施偷渡。当时国民党军已将东岸的船只弄到西岸，红 9 军弄到的船只集中到了中路，师长韩东山到各团转了一圈，仍未找到办法。这时参谋跑来告诉他，一个小战士提出用打谷桶当船。韩东山认为可行，命令部队四处收集打谷桶，把两根扛子绑上四个桶，用它将全师渡过嘉陵江。

拂晓前，杜义德率领的 89 师全部随红 30 军主力和红 9 军一部强渡成功后，立即从中路突破敌人的防线。杜义德带领战士们沿着崎岖的山路，急速前进，很快占领了敌人沿江阵地的制高点，并迅速向纵深推进。

在行军路上，王建安积极组织部队开展政治思想工作和宣传鼓动工作，及时调集文艺力量，沿途刷标语、喊口号、演快板剧，表彰英雄部队和英雄人防，非常活跃，口号声和“坚决消灭敌人”的呼声此起彼伏。150 多里的山路急行军，自始至终，群情激奋，没有一个人掉队。

部队一到梓潼，立即投入战斗，迅速攻占了县城，形成了对江油的包围。

江油设有坚固的工事，守敌倚仗优势的火力负隅顽抗。红四方面军由于连续行军作战，部队十分疲劳，一时难以攻下江油。但是，在红军的包围攻击下，江油敌军告急，四川“剿匪”总司令刘湘如坐针毡，他深知江油一破，成都便危在旦夕，于是，急令 28 军军长邓锡侯率 18 个团的兵力从中坝增援江油。

得知川敌邓锡侯率部队来援，红四方面军派出红 4 军、红 9 军 25 师、红 30 军 80 师撤围打援。红 4 军由军长许世友带着几个师长前去察看地形。部队由政委王建安、副军长刘世模、政治部主任洪学智等带领，向鲁家梁子前进。在王建安等人的指挥下，部队占领了由中坝进入江油的关隘——塔子山和鲁家梁子，摆开了阻击援敌的阵势。

在方面军各部队全面投入战斗的同时，杜义德奉命率领红 30 军 89 师向西北推进，4 月 10 日攻克青川后，又马不停蹄地往青川以北川甘交界的摩天岭，阻击伺机南下的胡宗南部。

几乎就在杜义德率领部队冲上摩天岭的同一时间，敌人也露了头。杜义德迅速指挥经过急行军、气喘吁吁的、还没有站稳脚跟的部队投入战斗。战士们喘着粗气，亮着刺刀，硬生生地冲进敌群。经过激烈战斗，把胡宗南部先头部队的一个营全部歼灭在摩天岭下。

杜义德带领部队从摩天岭阵地撤出以后，迅疾攻打平武城。在敌人密集的火力下，攻城战斗进行得十分激烈。眼看久攻不克，正在前沿指挥战斗的杜义德急红了眼。他“噌”地一下就跳出了掩蔽工事，抽出别在腰间的驳壳枪，大手一挥，扯起大嗓门吼：“共产党员跟我上！”

眼看拉不住师政委杜义德，突击营营长急令司号兵：“快吹冲锋号！”嘹亮的冲锋号吹响了。战士们看到政委一马当先冲在前面，纷纷一跃而起，跳出掩体，向守敌发起总攻。

杜义德身先士卒地从缺口登上了城墙，挥着手枪喊：“同志们，冲啊！”惊天动地的喊声，仿佛是嘹亮的冲锋号。

正在这时，隐蔽在城墙下的敌人机枪又“嘎、嘎”地响了起来。“政委，小心！”紧跟在杜义德身后的通信员惊叫起来。话音没落，一颗子弹已经从杜义德左胸锁骨下穿过，洞穿了他年轻而又结实的身体。鲜血涌出，立即把军衣染红了。杜义德摇晃了一下身子，从城墙上重重地摔下。

杜义德醒来的时候，已经在红军野战医院里了。总指挥徐向前听说杜义德身负重伤，立即赶去看望这员虎将。杜义德紧咬牙关，蜡黄的额上，不停地滚落着豆粒大的汗珠。徐向前蹲在担架边，紧拉着杜义德的手，对杜义德说：“杜义德，你给我挺住！阎王爷不敢收你，我这里还要你呢。”徐向前吩咐派红四方面军最好的医生去为杜义德治疗：“一定要把杜义德救活！”

那时的红军医院，不仅简陋，还缺医少药。每次换药，杜义德都是疼得死去活来。幸亏杜义德年轻，“阎王爷”真的还不“收”，终于挺了过来。

4月18日，邓锡侯的救援军大队进入伏击圈。一声令下，埋伏的红军一齐开火，打了敌军一个措手不及。很快，红军从四面发起冲锋，开始截断川军。

这一路川军装备较好，火力很强。虽然被打了个措手不及，但很快稳住了阵脚，开始展开兵力抢占山头制高点。双方缠斗在一起，每个山头都打成了残酷的攻防战。江油城中的敌人也出动支援，但被红 9 军部队截断歼灭。川军在飞机的掩护下发动了一次比一次凶猛的反扑，红 4 军和红 30 军 88 师联合奋战，阵地经常进行大刀纷飞的肉搏战，到处是尸横枕藉。红军连续击退了敌人的进攻，战斗一直持续到了傍晚，88 师部队发起了反攻，而红 9 军 25 师也向敌侧后猛插，川军阵脚终于乱了。红军开始全线反击，“活捉邓锡侯”的口号声震天动地。川军溃逃而去，红军乘势进攻，占领了江油。

不甘失败的敌人又调集了三个团的兵力，在飞机、大炮的掩护下，发起第二次集团冲锋。激战中，一部分敌人突破了红 4 军左翼与 88 师连接的阵地，威胁着红 4 军左翼的安全。

王建安立即与军长许世友紧急磋商，决定把预备队 28 团派去夺回左翼阵地。王建安亲自赶到 28 团，对团长王近山说：“全军成败，看此一举。你胜我安，你败我危，红 4 军的安危系于 28 团。”

王近山用嘶哑的嗓子回答道：“请政委放心，夺不回阵地，我不活着回来见你!”说完，王近山马上率领 28 团向突入左翼阵地的敌人发起反攻，乘敌立足未稳，一鼓作气冲上左翼阵地，与敌人展开肉搏。经过一场浴血厮杀，敌人被杀得大败，狼狈逃窜。红 4 军左翼阵地失而复得。

当天下午，敌人又发起数次冲锋，均被红 4 军打垮，死伤不计其数。为了不给敌人喘息的机会，王建安又与军长许世友研究决定，乘敌无力再战之机，出兵追击敌人。经过简短的动员和出击准备，傍晚，红 4 军以迅雷不及掩耳之势，向敌人压去。敌人措手不及，阵脚大乱，大部被歼，只剩下一小股残兵败将向中坝地区狼狈退却。接着，王建安和军长许世友带领红 4 军乘胜追击，攻中坝，占彰明，一路上斩关夺隘，所向披靡，直至 4 月 21 日，取得了嘉陵江战役的胜利。

大渡河：十八勇士越天堑

历史可以重演，石达开可以再现，红军就是“石达开第二！”蒋介石欣喜若狂，天堂有路你不走，地狱无门你偏要闯进来，天险大渡河就是中央红军的葬身之地。

1935年的遵义会议重新确定了毛泽东在党中央的地位，中央红军虽然有了主心骨，被数十万国民党军队堵截、包围和追击的困境依然没有改变。敌强我弱，跳出困境的办法就是渡过大渡河，进入国民党势力相对薄弱的川西北。5月上旬，中央红军沿会理至西昌大道直奔大渡河。

大渡河险不险，太平天国的石达开最有发言权。石达开率领部下逃到大渡河边，十多万人只做了一件事：望河兴叹，河对岸可望而不可即。清朝追兵一到，石达开全军覆没，一河之间，生死相隔。

送佛送上天，斩草斩断根。蒋介石一面命令第2路军前线总指挥薛岳率主力急行军撵着红军的屁股打，一面命令四川军阀刘湘、刘文辉的“精悍部队”扼守着大渡河所有渡口。

几十万国民党军追着屁股打，大渡河再险，总不如人心险！中央军委命令刘伯承、聂荣臻率领先遣队红1团不惜一切代价，为数万红军渡河打开通道。

千斤的重担压在身上，红1团团长杨得志却是信心百倍：红军不是石达开，我们是共产党和毛主席领导的工农红军！请首长放心，红1团一定打好这一仗!

要渡过大渡河，必须抢占安顺场，夺取船只。大渡河的对岸驻有川军一个团的兵力，上游的泸定城还有敌人三个“骨干团”，下游是杨森的两个团。敌人为阻止红军渡大渡河，派了两个连防守安顺场，除了留下一只船供他们自己使用，将其他的船只都烧毁了。

情况紧急，杨得志进行了战斗分工：杨得志自己带1营赶到安顺场夺取船只；黎林政委带2营至安顺场下游渡口佯攻，以牵制敌杨森的两个团；尹国赤营长带3营担任后卫。

这时，天漆黑一团，伸手不见五指，雨一直下个不停。

杨得志带领着1营的战士兵分三路连夜直奔安顺场。安顺场的守敌做梦也没有想到红军来得这样快，他们认为红军还没有出海子边少数民族区，因此毫无戒备。

“哪一部分的?”1营的尖兵排与敌人哨兵接触了。

“我们是红军！ 缴枪不杀!”红军战士的回答像春雷，扑向敌人。

愤怒的枪声盖过了大渡河的咆哮，淹没了敌人的惨叫。战士们的枪一齐吐出了火舌，顽抗的敌人纷纷倒下，活着的当了俘虏，还有的没命地逃窜，不到30分钟，敌人两个连全部被歼。

1营长孙继先带领战士们弄到了一条船，这成了红军强渡大渡河的唯一交通工具。

刘伯承和聂荣臻在大雨中盯着安顺场方向，希望能看见孙继先点起的三堆火。这一等不要紧，到了凌晨三点，别说火堆，火星子都没有看到。刘伯承急了，急忙派侦察员去探听情况。

不久，侦察员回来报告说渡口已经被占领，刘伯承还是不放心，急急忙忙就往河边跑，边跑边喊孙继先的名字。

孙继先跑过来，刘伯承大怒：“你搞什么名堂？为什么不点火？”孙继先吓得不轻，低着头，小声地解释。

刘伯承听到已经搞到一条船，火气顿时消了。

大渡河果然是名不虚传：此段的河宽约300米，水深三四丈。湍急的河水撞在礁石上，溅起冲天巨浪。涛声轰鸣，如雷贯耳。河两边是陡峭的山壁。

凫水，架桥，完全不可能。河深水急，浪高漩涡多，人一下水肯定会被卷走。架桥也不行，每秒四米的流速，桥桩根本无法打下去。要过河，只能靠那条唯一的船。杨得志急忙命令孙继先去找船工。

天亮了，雨也停了。杨得志坐在巨浪中不断摇晃的小船上，举起望远镜观察着对岸的一切：渡口附近有几个碉堡，旁边都是黝黑的岩石。离渡口500米左右的地方是个只有四五户人家的小村庄，四周筑有围墙。敌人的主力可能隐蔽在这个小村子里，红军一旦开始渡河，他们就会全力出击，将红军扼杀在大渡河中。

“兵贵神速，先下手为强!”杨得志默默地下定决心。随即命令炮兵连将三门迫击炮和数挺重机枪布置在阵地上，轻机枪和特等射手也进入了岸边阵地。火力布置好了，剩下的问题还是渡河。

1营营长孙继先领着附近村子里找来的船工一回来，杨得志立即组织一支坚强精悍的突击队，抢占对岸阵地，掩护部队渡河。

战士们抢着报名，孙继先一下子都不知道应该选谁，于是决定从2连里选派。2连在屋子外的场地上集合，静听着营长宣布被批准的名单：连长熊尚林，二排长曾会明，三班长刘长发，副班长张克表，四班长郭世苍，副班长张成球，战士张桂成，肖汉尧……

突击队队员排成一行，2连连长熊尚林为队长。每个战士带一把大刀、一支冲锋枪、一支短枪、五六个手榴弹和其他必要的作业工具。一个个精神抖擞，看得杨得志暗暗点头。

突然，只听“哇”的一声，一个战士从人群里冲了出来。他一边哭，一边嚷着：“我也去，我一定要去!”

杨得志仔细一看，原来是2连的通迅员陈万清。陈万清是遵义会议后参军的新战士，入伍还不到半年。孙营长回过头，看着杨得志。

多好的同志，杨得志向孙营长点了点头。孙营长还没说话，陈万清已经飞似的跑到了16个人的队伍里。

船太小，一次容不下那么多人。杨得志决定分两次强渡，第一船由熊尚林带领，第二船由孙继先带领。

大渡河奔腾着，如一匹难以驯服的野马，一往无前。熊尚林带领八位同志迅速跳上了渡船。在一片热烈的鼓掌声中，渡船缓缓地离开了南岸。

“嗒嗒嗒嗒……”对岸的敌人发现了渡船，立即开火了。

“打!”杨得志向炮兵下达命令。全军闻名的神炮手赵成章早已把炮口瞄准了对岸的工事，他每次打炮前要先祈祷一番。听到命令，赵成章立即开炮，只听“轰”的一声，敌人的碉堡飞向了半空。1营的机枪、步枪一齐开火，掩护着渡船向前划。

突然，一发炮弹落在了船边，掀起一个巨大的水柱。小船剧烈地摇晃起来。渡船随着巨浪起伏了几下，又平稳了下来，随即飞速向北岸前进。勇士们随着渡船冲过一个个巨浪，顶着一阵阵弹雨，奋勇向前。

突然，一梭子弹扫到了船上，三班长刘长发的手臂立即血流如注，可他不管不顾，死死地将奋力划桨的船工挡在身后。

敌人的炮火更猛了，在渡船附近溅起巨大的浪花。渡船被巨浪卷着飞快地往下滑去，滑到几十米外。

水流湍急，渡船飞快地向下游滑去，直直地撞向一块大礁石。

“不好!”杨得志惊呼一声，正在着急，只见几位船工奋力用手撑着岩石，渡船却像转盘似的猛烈地旋转起来。要是再往下滑，滑到礁石下面的漩涡中，就有翻船的危险!

“撑住啊!”他禁不住大声喊了起来。岸上的人也一齐呼喊着，为勇士们鼓劲、加油!

就在这时，从船上跳下几个船工。他们在难以停留的急流中，靠健壮的体魄、熟练的游水技术，拼命地用背顶着船。船上的船工也尽力用竹篙撑着。经过一阵紧张的搏斗，渡船终于脱离了险境。

渡船离对岸越来越近了。渐渐地，只有五六米远了。勇士们不顾敌人的疯狂射击，一齐站了起来，准备冲上岸去。突然，对岸的小村子里冲出一股敌人，拥向渡口。敌人急了，想把勇士们消灭在岸边。

“给我轰!”杨得志大声命令。

“轰! 轰!”两声巨响。迫击炮弹就像长了眼睛一样，不偏不斜地在敌群中开了花。1营机枪排排长李得才的重机枪也响了起来。敌人东倒西歪，像柴火一样被砍倒在地。胆小的一看不对劲，拔腿就往回跑，老娘还在家等着自己回家过年呢。

“打得好! ‘土佬’!” 机枪排的战士齐声叫好，李得才却是一脸平静，长征走来，死在自己机枪下的国民党士兵实在太多了。

“打! 打! 延伸射击!”杨得志再一次命令道。

在我军炮火的掩护下，勇士们不等船只靠岸就跳上岸，手榴弹、冲锋枪一齐打向敌人。船工们一看战士们都上了岸，调转船头就往回划。2连连长熊尚林带着第一船的勇士趁着敌人被炮火打得心惊胆战，迅速地跑到河岸的一个小土堆后，不停地向敌人扫射。

过了一会儿，渡船又回到了南岸。孙继先率领机枪射手上了船，向北岸驶去。第二船的战士们也过去了。敌人仍然不肯死心，他们一次又一次地发起反扑，企图将已经过河的勇士们赶下河去。

杨得志看得清楚，手一挥，1营的炮弹、子弹又一齐飞向了对岸的敌人。烟幕中，敌人纷纷倒下。十八勇士齐声怒吼，猛扑敌群。雪亮锋利的大刀在敌群中闪着寒光，忽起忽落，左砍右劈。川军向来一手步枪，一手烟枪，号称“双枪将”，烟枪的本事却是远胜步枪，当时就被砍得人仰马翻，心惊胆战。

这时，天色已晚，船工们加快速度，把红军一船又一船地运到对岸。后来又从敌人手中缴获一只船，也立刻加入了运输队列。经过数小时激战，渡口完全被红 1 团占领。

红 1 团胜利渡过大渡河，刘伯承却是眉头紧锁：红军一共才找到 4 条船，而且只有 1 条是好的，其他 3 条都需要修理。一条船最多能运 30 个人，往返一次最少要一个小时。从占领了北岸之后到现在，一天一夜仅仅渡过去了一个团。如果按照这个速度，中央红军全部渡过大渡河，需要整整一个月的时间。可是，薛岳的国民党中央军已经越过了德昌正向大渡河急速挺进，川军杨森的部队距离安顺场也只有三四天的路程了。

只靠几只小船来渡河，数万红军只怕真的会被逼着跳河。要想大部队抢在薛岳等部之前过河，就得另想办法。军委命令红 1 师为右纵队，配合红军主力过大渡河溯江北上，抢夺天险泸定铁索桥。红 1 师师长李聚奎、政委赖传珠（后为黄苏）、政治部主任谭政在大渡河右岸斩关夺隘，有利配合了左翼部队的行动。

很快，泸定桥被红 4 团胜利夺取了，红军在这里渡过了天险大渡河。蒋介石企图把红军变为“石达开第二”的梦想彻底破灭了。

过草地：炼狱与人间

地狱！

经验丰富的牧民虽然没有去过地狱，可一提起草地，吐出的只有两个字：地狱！每年的5月至8月虽然是过草地稍为安全的时期，经验丰富的牧民还是狂吐舌头：那地方，实在太凶险。

红军9月过草地，经验丰富的牧民脸色当时就白了：这时候过草地，简直就是往老虎口里跑。

红军初来乍到，不知草地的凶险。牧民却是一清二楚：上面是一丛丛野草，下面是一个个泥潭，到处是散发着腐臭气味的黑色污水。人踩在草甸上就像荡秋千一样，晃来晃去，稍不注意或一脚踩空，就陷进泥潭，人和牲口便不能自拔，越是挣扎陷得越深，以至没顶。草地天气恶劣。中午还是烈日炎炎，下午就可能是劈头盖脸砸下来的暴雨冰雹，夜里是冻死猫的鬼天气。吃饭是个老大难。青稞麦炒面用开水和成稀面糊糊，吃着不经饿，干吃又难以下咽。最怕的是带的干粮不够，想吃都没得吃。

地狱，也得闯！1935年8月，中共中央和红四方面军指挥部命令部队分两路过草地：林彪的红1军团为左路军前卫，中央领导机关、红军大学等继后；徐向前、陈昌浩率领红30军和红4军为右路军前卫，彭德怀率红3军团殿后，走左翼行军路线。

太阳落山后草地上的气温变得很低。夜里露营时，战士们只能一个挨着一个相互靠在一起取暖，第二天天还没亮就又都被冻起来了。为了快些驱赶寒气，部队一口气走了七八个小时。天气骤变，乌云遮盖了整个草原，紧接着就是电闪雷鸣，倾盆大雨夹着比黄豆还要大的冰雹劈头盖脸地向战士们袭来。在茫茫草原上，没有丝毫避身之处，战士们就纷纷顶着脸盆、戴着草帽、打着伞、顶着被子往前走。冰雹过后，很多战士头上被打出了好几个疙瘩，雨伞都被打成了筛子底儿。

草地上的天气变化无常，再次入夜后，又飘起了鹅毛大雪，狂风大作，气温更低了。

草地净是泥泞渍水，只能找土丘、河边、高地比较干一点的地方宿营。如果找不到比较干一点的地方，战士们就只好在草地里露宿。或者就地而卧，或者坐着打盹，或者背靠背睡一会儿。但要是碰上风雨，那就只能在风雨淋浇之下熬夜。在草地里露宿还担心滚到深水泥沼里去，所以有时几个人轮流“值班”。

11 团 3 营营长蔡爱卿左思右想地想了一个办法：选较硬的地方，每班挖个像散兵壕沟一样的坑，把包毯子的油布垫在地上和盖在上面，既挡风又避雨，大家挤坐在里面睡上一觉，第二天行军时精力充沛。

干部团 1 连副连长刘少卿看到天气突然变冷下雪，于是把简易帐篷让给战士住。军事教员熊伯涛、黄春庭看他无处可去，于是招呼刘少卿和自己一起过夜。熊伯涛因为个子高，就在中间顶着毛毯，刘少卿、黄春庭两边抱住他，互相用体温取暖。等到天亮，战士丁守发现他们已经冻僵了，叫都叫不醒，拉都拉不开。丁守只好在他们周围生了几大堆火，才慢慢把这三个人“烤化”了。但是，夜晚实在太冷了。红 1 军团有一个班的战士两人背靠着背睡觉，怀里抱着枪支，第二天再也没有醒过来。

进入草地前，红军想尽一切办法筹粮：将青稞脱壳搓成麦粒，再碾成面粉炒熟，便成了干粮炒面；宰杀马匹、牦牛，做成肉干以备食用；在藏民带领下寻认野菜，供过草地之需；还准备烧酒、辣椒或辣椒汁御寒。虽然尽了最大努力，红军筹到的粮食还是不够全军之用。每个人最多带有八至十斤粮食，一般的带有五至六斤，有的只有三四斤。

西北局粮食局副局长张广才积极筹粮，准备冬服、帐篷，为部队过草地做了大量工作，粮食还是少得可怜。后来战士们每人每天只能吃到几两青稞麦和野菜混煮的汤水，油盐更是想都不敢想，一个个面黄肌瘦、浑身无力。

有一天，红二方面军第 5 师第 15 团团长唐金龙正干吃青稞麦炒面。王震就跟他开玩笑，说：“我这里有个小动物。”说完，他伸手就从怀中摸出一只虱子。一旁的张宗逊看着有趣，说：“这算什么？”伸手往怀中一摸，摸出两只虱子。顿星云也来凑热闹，一把把衣服解开。大家当场就笑翻了，缝隙处密密麻麻爬满虱子。

实在是没粮食了，一望无际的草地，没有人烟，战士们吃起了所有能吃的东西。野菜、草，还有身上的皮带，甚至是草鞋上的皮草、锣鼓的鼓皮。有的战士连人尿、马尿都喝过。

红 6 军团过草地时，18 师的粮食全吃完了。一天，几个战士在路边发现一副马的骨架上面居然还有点肉。大家争先恐后去刮肉，战士熊晃去晚了，只好用刀从骨缝里往外刨肉。正刨得起劲，忽然发现周围一个人都没有，大家都走了。熊晃急急忙忙就去追赶部队，半夜露宿的时候，好不容易搞到的一点马肉又让猴子抢走了。

2 军团 9 师 17 团参谋长张秀龙饿坏了，扯了一把野菜塞进嘴里，过了一会儿，眼睛就变得灰蒙蒙的，全身开始浮肿。

张平凯长征开始就一直发疟疾，勉强跟着干部团行军。过草地时又发烧又拉肚子，脸色蜡黄，两个腮帮深深凹陷，下巴尖削，自己背着一床夹被、一个包袱踉跄地跟着部队走。保卫局检查科科长、红 3 军团 11 团特派员裴周玉看他走不动，就把他的行李交给饲养员，每天把马让给他骑一段。即使这样，张平凯还是掉了队，差点就出不了草地。幸亏遇到他的同乡李志民，把他收容到总医院治疗。别人送给李志民一只獾子，李志民将它做成肉汤，给张平凯和几个重伤员吃了。新中国成立后，张平凯见到李志民总是提起这獾子肉。

李志民曾任红 3 军团卫生部政委兼总医院政委，他带领 100 多名伤病员进行艰苦的行军。在长征前，李志民受伤的右脚还未康复，又患了疟疾。李志民率部艰难地跋涉着，再有一天多的路途就要走出草地时，突然发现路旁一小块坡地上有 4 个战士相互依偎在一起。由于饥饿、寒冷，他们个个脸色发白，手脚冰凉，身体瑟瑟发抖。李志民赶紧叫来医生，经过细心诊断，没有发现这几个战士有什么病。军医对李志民说："政委，他们不是生病，是饿的！"原来这是兄弟部队掉队的战士，因昨晚下了一场雪，他们冻了一夜，今早想赶部队，可是干粮已吃完了，浑身一点劲也没有，想站也站不起。

此时，李志民身上也只有三个青稞麦饼了。李志民想都不想，从干粮袋里掏出一个大约半斤重的青稞麦饼，掰成四块，往每个战士的手里塞上一块。草地里干粮就是命，四个战土和着热泪咽下了这一小块青稞麦饼。随即，李志民把他们一个个搀扶起来，让他们慢慢地跟着队伍继续向前。

在这样的环境中，许多战士患了疟疾、感冒、肠胃病等，因无药治疗，病情越来越严重。红四方面军 93 师 276 团 3 营营长负伤后，只能用盐水冲洗伤口。后来连盐都没有了，右上臂的伤口严重感染，局部肌肤溃烂生蛆，碎骨不断浮出，伤情日益恶化。为保全性命，只好将刀子在火上烧红，强忍着剧烈疼痛，让卫生员用刀将伤口上的烂肉挖掉，再用纱布来回抽拉，清除腐烂组织。

过草地，每天都有掉队的。饥饿、寒冷，加上缺医少药，伤病员有增无减。当时既无医院，又没那么多担架，完全靠每个伤病员拄着棍子，随着部队走。每天掉队的有三四百人，其中大多数都跟得上队伍，但也有不少同志跟不上。谁也不敢轻易掉队，大家都是边走边吃，边走边尿，只有到晚上休息时才能方便。

邓岳，当时是个红小鬼，病得迷迷糊糊，是靠拽着干部团团长陈赓的马尾巴才走出草地的。晚上露宿时，掉队的同志三五人一伙背靠着背休息。第二天，收容队同志去叫他们时，一推一摸，他们的身体冰冷僵硬，就以这样的“睡姿”离开了这个世界。特别是快走出草地的最后两天，像这样静静地长眠在草地的，多达几十人。

彭德怀率领的 3 军团是殿后的，准备的干粮少，能吃的野菜之类早被前边的部队吃光了。部队要断炊，他只好将饲养员叫来问：“还有几匹牲口?”老饲养员回答：“连军团长那匹黑骡子在内，有六匹。”彭德怀下令：“全部杀掉。”老饲养员坚决不肯杀大黑骡子，彭德怀说：“我也舍不得，现在连野菜都没的吃，只有杀了牲口，才能出草地。只要人在，牲口敌人会送来的。”这样，把牲口杀了，他们军团部只留一点杂碎，肉全部分给各连队了。

饥饿和疾病威胁着每一个人的生命。许多同志在战场上没有倒下去，却在草地里默默地死去。死亡越来越多，后边的人无需向导，顺着络绎不绝的尸体，就可以准确地找到行军路线……

狼烟

中国已是狼烟遍地。日本帝国主义的铁蹄践踏着中国的大地，不仅硕大的华北放不下一张课桌，就是整个中华都快成了日本人的盘中餐、板上肉。国家危难，中国共产党捐弃前嫌，与国民党再次合作，建立抗日民族统一战线，一致抗日。

淞沪会战：三个旅长一台戏

日军进攻上海。

陈诚请战，调第 18 军回救上海。

第 18 军的 98 师已在宝山—月浦一线布防。98 师当时的编制为两旅四团。师长夏楚中，副师长王甲本，参谋长罗广文。292 旅旅长吕国铨，副旅长陈集辉，下辖 583 团、584 团。294 旅旅长方靖，副旅长龚传文，辖 587 团、588 团。

291 旅 58 团守卫宝山及狮子林炮台一线，阻止日军登陆；584 团为预备部队，由师长夏楚中掌捏；294 旅在月浦以东地区构成村落防御阵地。392 旅旅长吕国铨当时在陆大受训未归，夏楚中就将 583 团指挥权也交给方靖。

294 旅阵地前有日军两个联队疯狂进攻，以炮击、轰炸为助。日军还放出气球侦察炮击、轰炸目标，观测袭击，所以其命中率极高。

一天，方靖正和几个团长在旅部吃中饭，一发炮弹就落在旅部的房子上，把窗上的玻璃全都震碎，房顶尘土雨点般落下，机关人员顿时大乱。

方靖赶紧用身子遮住饭菜，等灰尘落地，举起筷子对团长们说："来，大家接着吃。"几个团长哈哈一笑，抄起碗筷，若无其事地继续吃饭。旅部的人员见旅、团长没事人一样，都镇定下来。

方靖当时其实是和日军赌了一把。根据多年的经验，方靖判断当时有两种可能：一是敌人已发现旅部所在地；二是有所怀疑，试探一下。如果是前者，一炮不中，敌人就再次炮击，那就必须转移；如果是试炮，一炮之后，敌人不见有动静，就会转移射击目标。

司令部如果混乱，定会影响军心，方靖干脆赌日军是在试炮。不久，日军的炮弹都是带着呼啸声从旅部屋顶飞过的。

98 师在宝山—月浦一线作战一个月，补充了三次，成连成排士兵补充下去，很快就伤亡过半，新补充上来的士兵连自己是哪个部队的都还没有弄清楚就投入战斗。

292 旅 583 团姚子青营负责据守宝山城。日军为了夺下宝山城，不惜出动陆、海、空攻打宝山城。

9 月 1 日，在战车掩护下，日军第 3 师团第 68 联队约 2500 人直逼宝山城。吴淞口外的日军军舰和飞机不断轰击阵地。

姚子青的部队只能凭借手榴弹、机枪还击来犯之敌，并打退敌军多次进攻。

9 月 3 日，日军步兵在战车掩护下，向西门外大街及西南城垣攻击，企图切断我军与后方的联系。姚营主动出击，打退日军进攻。日军于是调动登陆狮子林方面的部队配合炮台日军向宝山城夹攻。

9 月 4 日，敌军对宝山城实施狂轰滥炸。在坦克掩护下，敌兵 2000 人从东、南、北三方面强行突破。

有两辆坦克直向三连的阵地驶来，距离 200 多米了。士兵刘梦龙抓起一捆手榴弹就冲了上去。蹿出约五六十米后，刘梦龙突然扑倒。坦克离他不过几米，宝山城内的守军都以为他已牺牲，正想另派弟兄。忽见刘梦龙一跃而起，双手把手榴弹向坦克履带下一塞，一只手一扬，只听轰的一声巨响，日军的坦克就不动了。

日军的炮弹带着凌厉的呼啸在阵地上震耳欲聋地爆炸，接着是飞沙走石、弹片四溅。几乎被活埋了的姚子青从土堆里钻出来，在炮击停止的刹那，待敌人进入最佳射程时，大喝一声“打”，各种武器喷射出一条条火舌把鬼子撂倒。

姚营以一路取攻势，二路取守势，将敌兵一路拦截于金家宅和宝山外围，与日军由近战演变成白刃战，毙敌百余人。

9 月 5 日，30 余艘日军军舰在吴淞口以排炮猛轰宝山城。炮击整整持续一天，大部分工事被摧毁，官兵牺牲 100 多人。

部队伤亡惨重，夏楚中接到报告，想将该营撤下来。

方靖指出：如果宝山城失守，防线将出现缺口，国军将侧背迂回受击，整个防线势必崩溃。在当时的情况下，只能继续补充兵员，并设第二道防线。

9 月 7 日凌晨，日军再一次潮水般向宝山城扑来。久攻不下，日军于是改用两翼牵制、中间突破的战法。日军同时炮击城东北角、西门以南城墙和南城墙各缺口，但重点仍在后者。看到炮火摧毁了东北门，日军的步兵立即发起冲锋，但被第 3 连击退。轰击城西门以南的日军炮兵仅将城墙上部炸塌，即停止射击。但城南的日军炮兵不仅继续轰击城墙缺口，还向城内进行遮断射击和歼灭射击，同时城东北的日军炮兵也开始向城内轰击。日军的炮击持续了四个小时，上万发炮弹雨点般地落在城内，使整个宝山城成为一片火海。

城内一片火海，孤立无援的姚营官兵此时只剩下 20 多人，在东门与日军展开白刃巷战。姚子青腹部中弹，全营最后全体殉国，无一人被俘，无一人投降。

国民党中央执监委员于宝山城陷落后通电全国：“宝山之战，姚子青全营与孤城并命，志气之壮，死事之烈，尤足以动天地而泣鬼神。”姚子青殉国后，国民政府追赠姚子青为陆军少将，并在南京市铸造姚子青铜像，他生前住过的汉口市那条街改名“子青街”。

国难，上命，第 18 军第 14 师不得不回。

14 师奉命增援驻守罗店的 67 师李树森部。日军炮火猛烈，李树森的 67

师已经顶不住了。

14 师师长霍揆彰带着下辖的 79、83 两个团星夜兼程直奔罗店，到达嘉定城后，发现罗店虽然被日军占领，但其未继续进攻，67 师部队仍在罗店南与敌对峙。

师参谋长郭汝瑰提出夜袭日军。理由很简单：日军不知道 14 师赶来增援，又是新拿下罗店，地形不熟，深夜遇袭，绝对会军心大乱。

师长霍揆彰认为他的方案可行，于是命令高魁元的 83 团从正面进攻罗店，阙汉骞的 79 团迂回包围，并通知 67 师在右侧方佯攻。

郭汝瑰刚当师参谋长不久，要资历没资历，要战功没战功，79 团团长阙汉骞心中不服，拒绝执行命令，称没有地境线，职责不明，出事谁负责。

副师长凌兆尧看阙汉骞欺生，出面打抱不平："两个团前后攻击，又不是并肩作战，要什么地境线？" 阙汉骞没话可说，只好勉强带着部队出发了。8 月 28 日凌晨，14 师的 79、83 两个团开始对罗店西北面发动进攻。83 团到达张家堰、潘桥附近时，突然遭日军伏击。勇敢的官兵冒着敌人猛烈火力冲过桥去，一到河东就找地方还击；胆怯的士兵乱作一团，争着往后退，一部分当场伤亡，一部分在拥挤中掉进河里，还有一部分退到西岸后方仓皇应战，损失了好几百人。

79 团第 3 营营长李伯钧带着全营冲过长桥，突袭了日军清水司令部，打死 100 多名日军。部队一路冲锋，冲进了罗店。罗店的日军见第 3 营来攻，立即围了过来。79 团主力和 83 团被日军拦在界泾河西岸，只能眼睁睁地看着李伯钧部血战。

李伯钧指挥部队占据有利地形，命令机枪手不停地用机枪向日军扫射，其他的人则等着日军攻到近处才开火。

机枪班长李义腹部中弹，肠子都露了出来。他用左手捂住伤口，右手操起手榴弹就向日军甩过去。第二连连长吴飞打得兴起，脱掉军装，光着膀子，一手掂枪，一手提刀，直接冲进日军人群中。

李伯钧见日军势大，急忙指挥士兵边打边撤。撤到河边，李伯钧已是身受重伤，无法行动。李伯钧一咬牙，干脆带着几个受伤的士兵停了下来，掩护主力化整为零从水路撤回界泾河西岸。

伤兵先后倒在地上，士兵大多已经过河，日军却已经围了上来。李伯钧把没有子弹的手枪扔进水中，一头扎进了河里。

第 14 师师长霍揆彰听说 79、83 团进攻受挫、李伯钧投河殉国，急令两个团退回曹王庙、施相公庙整理，并就地构筑防御工事。

时隔不久， 14 师将罗店方面的防务交给 11 师及 67 师。全师两个旅四个团在南、北塘口顾家角及其以南地区摆成一线，迎击日军的进攻。

42 旅旅长曾粤汉怯战，不愿当旅长。兵熊熊一个，将熊熊一窝，师长霍揆彰怕他扯自己后腿，于是要副师长去代理。副师长不干，说："这种状况叫我去，我才不干呢。"

师长霍揆彰不愿赶鸭子上架，于是问参谋长郭汝瑰的意见。

郭汝瑰二话没说，带着第 14 师的 42 旅就到南塘口一线布防。

刚布好防，日军就打上门来。郭汝瑰用一个团在正面与敌人作战，让 84 团作预备队。如果第一线阵地失守，预备队立即以营为单位进行反冲击，必须将阵地夺回。

敌人冲锋时，郭汝瑰就命令用轻重机枪猛打。日军受到重创，立即推出"三七"平射炮。"三七"平射炮是专门对付机关枪的，瞄准速度很快，只听见"卡——孔"一声，机枪就完了，士兵们都叫它"卡孔"炮。

为了消灭进攻的日军，郭汝瑰巧妙地将部队埋伏在预定的地点，形成口袋，仅在阵地派出一挺轻机枪，并埋设了假地雷阵。

日军步兵在三辆坦克的掩护下，向阵地猛扑。坦克本来肆无忌惮地冲在前面，可一看前面有地雷阵，慌忙撤退。郭汝瑰命令放过坦克，向步兵发起进攻，一阵手榴弹后，与日军展开白刃战，将日军消灭大半。

日军炮多，42 旅一个山炮营一共只有八门大正六年式山炮。口径很小，射程又短，东一炮西一炮。一天晚上，郭汝瑰命山炮营营长将八门山炮集中“放列”，急袭射击三分钟。营长很害怕，但军令如山，他不敢违抗。八门山炮朝着敌人的阵地一齐开炮，仅五分钟就打了 100 来发炮弹。

日军用光测、双曲线交绘法很快测出郭汝瑰炮兵阵地所在，几分钟后就进行报复性的轰炸，一时间地动山摇，有的战士耳膜都被震破了。好在当时是夜间，日军目标不准，42 旅仅伤亡十几人，山炮完好无损。但从此以后，山炮营就再也不敢集中射击了。

84 团 1 营营长宋一中奉命率部向日军发起反冲锋，冲上去后又被日军打了回来。阵地夺不回，郭汝瑰大怒，命士兵将宋一中拉出去枪毙。宋营长苦苦求情，郭汝瑰给他两条路走：要么夺回阵地，要么被人枪毙。

左右是死，不如和鬼子拼命。宋一中带领士兵们冲了回去，这一拼命，居然把阵地从日军手中夺了回来。但伤亡很大，一个团连冲三次就快搞光了。

郭汝瑰部右翼是阙汉骞的 40 旅，左翼是 67 师胡琏旅，但随着战斗的进行，阵地逐渐后移。阵地后移，旅部却只能硬顶，于是二人来到郭汝瑰的掩蔽部，三个旅长共用一个指挥所，指挥所设在郭家宅。

战争正激烈进行时，一天，67 师前线的一个团长给旅长胡琏打电话，说：“旅长，我没有子弹了。”

胡琏说：“没子弹怎么了？你再打，我还是没有子弹。”说完就把电话挂了。

郭汝瑰听见后，马上对胡琏说：“伯玉，不行啰，他如果借故说没有子弹，才退下来，你拿他没有办法，将来这个账难得算。你赶快打电话给他，就说郭旅长的子弹运来了，大家分着用。”

那个团长要子弹是假，想乘机撤兵是真，胡琏运了一些子弹上去，再没有借口，他只得稳住了。从此，胡琏常常对人讲，在那么紧张的场合下，郭汝瑰能够想到这些，出乎他的意料。

国军利用小河沟一步一步地顶，虽然伤亡很大，日军日子也不好过，激战两个月，进展缓慢。日军不甘心，潜行到防备最弱的金山卫登陆。

金山卫是右翼张发奎的阵地，守军大多是杂牌部队，注意力又主要放在澉浦、乍浦，对金山卫不重视。

日军突然偷袭，金山卫的部队心中大慌，人手又少，不久金山卫就落入日军手中。张发奎命令部队发起反攻，想夺回金山卫，但总是无功而返。日军在上海金山卫登陆成功，继续向前推进，几天以后，就占领了松江、青浦，正面作战的几十万国民党军队顿时有被日军截断退路的危险。蒋介石这一下就慌了手脚，立刻下达撤退命令。一声令下，前线数十万军队顿时如排山倒海似的退了下来。在铁道线和公路上到处都是溃退的士兵，加上敌机轰炸、人马践踏，秩序更乱。

平型关战斗：打破“皇军”不可战胜的神话

日军板垣师团直奔平型关。

阎锡山手中的茶杯“啪”的一声掉在地上，碎了。一子不慎，满盘皆输。这一次，自己只怕连底裤都输光了。阎锡山的底裤就是太原，这可是他的老巢。

山西被兵家称之为“华北之锁钥”。日军想统治华北，必先拿下晋绥；想拿下晋绥，必先争太原；想争太原，必先夺大同或平型关。日军机械化程度高，没理由不走大同方向的平坦大道，反而费力不讨好地走平型关。阎锡山把大量兵力放在大同，阻击日军攻打大同。

平型关位于山西省东北部，是晋东北的一个咽喉要道，两侧峰峦迭起，陡峭险峻，左侧有东跑池、老爷庙等制高点，右侧是白崖台等山岭。关前是一条由西南向东北延伸的狭窄沟道，是伏击歼敌的理想地。板垣征四郎坐在指挥车上，看着地图，嘴角露出一丝笑意：支那人绝对不会想到皇军敢走这条路，等到他们想明白，皇军早就过了平型关、到了太原城。

平型关一带兵力空虚，危如累卵。为了打击日军的疯狂气焰，配合平型关友军防御作战，八路军 115 师决心在平型关利用有利地形，伏击日军精锐部队板垣第 5 师团第 21 旅团。

1937 年 9 月 24 日午夜，115 师冒着寒风冷雨，越过急流陡坡，急行军来到平型关至东河南镇间 20 里长的公路。

115 师下辖两个旅和一个独立团。师长林彪、副师长兼政委聂荣臻，参谋长周昆、政训处主任罗荣桓、副主任肖华（兼）；参谋处长王秉璋；343 旅旅长陈光、副旅长周建屏、参谋长陈士榘，下辖两个团：685 团，团长杨得志、副团长陈正湘、政训处主任邓华、副主任吴法宪、参谋长彭明治；686 团，团长李天佑、副团长杨勇、政训处主任符竹庭、参谋长彭雄；

344 旅旅长徐海东、政委黄克诚、参谋长陈漫远，下辖两个团：687 团团长张绍东、副团长田守尧；688 团团长陈锦绣、副团长韩先楚、政训处主任刘震；

独立团，团长杨成武、政训处主任罗元发、参谋长熊伯涛。

林彪把 115 师主力布置在平型关到东河南镇 10 余里长的公路南侧山地边缘上。343 旅的 686 团位于白崖台附近，左侧是 685 团，右侧是 687 团，口袋底是第 33 军的独立 8 旅、115 师第 344 旅，687 团断敌退路并打援敌，688 团作为预备队。

344 旅旅长徐海东带着旅司令部作战科科长张池明和张竭诚去见林彪。林彪正在山头用望远镜看地形，343 旅旅长陈光、参谋长陈士榘正站在旁边。

林彪向徐海东交待任务，说了三个团的伏击位置和具体打法。徐海东看了地形很兴奋，对688团没能上来感到遗憾。林彪说："豆腐要当铁打。不能大意，不要轻敌，要留预备队。要通过这次战斗摸摸敌人的特点。"

晋北9月下旬夜间气温已很低，战士们又冷又饿，虽然伏于湿地、山岩上，士气仍然高昂。

杨勇所在的686团的任务是在老爷庙附近设伏。杨勇、李天佑端起望远镜，只见一条公路由东而西，公路北面有座三四百米高的秃山，山腰有座老爷庙。东面有687团，从灵丘来的日军将首先从他们面前经过；西面有685团，距平型关仅10里。单等敌寇一到，两边兄弟团截头断尾，686团即拦腰打下去。

经过深入的战前准备、动员，指战员们明白了打好与日军交锋的第一仗的重要意义，大家情绪高昂，都表示要在战斗中冲锋在前、退却在后，要给日本鬼子一点厉害看看。

杨勇和李天佑安排部队休息后，也想抓紧时间休息一下，他们俩已经两天没有好好休息了，可是躺在铺上怎么也睡不着。

杨勇看了一眼辗转反侧的李天佑，开玩笑地说："都身经百战了，怎么还这么紧张!"话虽然这么说，他心里很清楚，自己的心情何尝不一样。

"不是紧张。"李天佑转过身子面对杨勇，道："咱们这头一回与日本鬼子交手，别哪儿想到不全，误了事。"

"是啊，这第一次交手很重要。我们的胜利会对八路军产生影响，千万不能出任何纰漏!"

夜深人静，部队按时出发了。经过艰难的行军，部队按时赶到了设伏地。这时天蒙蒙亮了，雨也停了。部队进入一条山沟里隐蔽。

部队严阵以待，指挥员抓紧时间观察了解各种情况。李天佑和杨勇伏在一个土坡上，四处观望。李天佑举着望远镜观察了一会儿递给了杨勇。杨勇接过望远镜观察了一阵后，对李天佑说："这儿真是一个伏击敌人的好地方。地势狭长，公路那面山高坡陡，我们这边山低坡小，便于隐蔽，有利于出击，真是天赐我歼敌的战场!"

李天佑点点头道："现在我们拉好了网，张好了口袋。687团在东侧，685团在西边，单等敌人来了。到时候，攻击令一下，他们斩头砍尾，我们拦腰狠切，鬼子算是死定了。"

说到这，李天佑微微皱了一下眉头，指一下对面的山头："不足的是老爷庙目标太明显了，不能在那边山头上埋伏我们的人，只能在战斗打响后再去抢占它了!"

太阳升上山头丈把高的时候，山沟里传来了马达声，随着声响越来越大，只听有人小声地说了一句："快看，来了!"

上午7时，山沟里传来马达声，百余辆汽车载着日本兵和军用物资在前面开路，200多辆大车和骡马炮队随后跟进，接着过来的是骑兵。车鸣马嘶，声势浩荡。随着车队越来越近，埋伏的八路军把敌军的情况看得越来越清楚。日本兵头戴钢盔，斜背着枪，叽哩哇啦的，十分骄横。

战士们握紧手榴弹，睁大眼睛，看着日军那得意洋洋的样子，气得咬牙切齿。

在战士们急切的等待中，位于石灰沟南山头的师指挥部，终于发出了攻击敌军的信号。

吼声四起，杀声震天，机枪声、步枪声、手榴弹声、迫击炮声响遍了山岗。各种武器一齐向日军开了火。由于近距离遭袭，没有丝毫防备，日军旋即倒下一大片。

八路军勇士们随即向敌人发起了冲锋，从山坡上、从公路旁杀向公路，杀向敌阵……

115师343旅685团2营5连连长曾贤生率领5连首先冲入敌阵，以大刀、刺刀和日军展开肉搏。在拼杀十多个日军后，曾贤生不幸被敌刺中腹部。虎倒威不倒，曾贤生一手紧握枪杆，一手捂着小腹，虽已气绝身亡，仍然怒目灼灼，死盯着死在他刺刀下的鬼子。

鬼子被打晕了，东奔西窜，仓皇应战。他们万万没想到，“所向披靡”的皇军，竟会遇到如此凶猛的袭击。但是板垣师团毕竟训练有素，清醒过来后，立即组织反击。他们一面利用汽车和沟坎顽抗，一面抢占公路北侧的制高点老爷庙。

李天佑早已想到了敌人的这一手，他立即命令3营：“不要怕伤亡，一定要拿下老爷庙!”

“是！保证完成任务！”3营营长周海宾坚定地回答。

“老李，指挥所里的事交给你，我跟3营一起上去。”杨勇说罢，带上3营向老爷庙方向冲去。

山沟里烟雾弥漫，3营的指战员们穿行在硝烟之中，一个个斗志昂扬。他们冲上公路，在老爷庙附近与敌展开白刃格斗。战士们与凶恶的敌人扭在一起，只见枪托飞舞，马刀闪亮，杀声震耳，大地轰鸣。面对强敌，战士们毫不畏缩，无不以一当十，奋勇拼杀，刀、枪、拳、牙都成了武器。115师343旅685团2营7连连长匡斌率部抢占老爷庙，全连打得剩下50多人，匡斌也负了伤。

3营冲向敌群的同时，李天佑又命令12连副连长王根培带领一个排抢占东面公路拐弯处的小土地庙，掌握有利地置，打击后面跟进的日军大车队。

王根培带着12连3排冲了过去，一下子就占领了那个小土地庙，截住了老爷庙至兴庄的80多辆大车。老爷庙终于被3营抢到手了。

杨勇指挥3营占领了老爷庙后，居高临下，利用有利地形狠狠打击敌人。

突然，杨勇觉得一股气浪袭来，顿时跌倒在地。他想爬起来，手臂却怎么也不听使唤了。

警卫员惊叫一声：“副团长，你负伤了!”

杨勇厉声制止他：“别喊了！一点小伤，算得什么!”他叫警卫员拿出急救包，简单地包扎了一下伤口，又立即投入指挥战斗。

老爷庙的八路军火力打得沟里的敌人满地乱窜，无处藏身。日军指挥官看部队左冲右突难脱罗网，深知老爷庙制高点的重要，又组织几百名鬼子以密集队形朝山上进攻。

八路军686团3营的机枪“突突”地响个不停，战士们镇定地射出一颗颗复仇的子弹，将进攻的日军压得抬不起头。

日军飞机赶来助战了，嗡嗡嗡贴着山头盘旋。面对山沟里的混战，日机不敢投弹，害怕炸了自己人。

下午1时，687团攻过来了。在115师的两面夹击下，兴庄至老爷庙之间的日军很快被歼灭了。十几里长的山沟公路上，除了留下大批的汽车、大车、军用物资外，还留下了1000多具日军尸体。

这次战斗的胜利受到了115师聂荣臻副师长的表扬，他在看望部队时说：“同志们，这一仗我们打胜了，大家打得很好，打得漂亮。同志们的浴血奋战对稳定华北地区的抗战局势作出了很大的贡献，我向大家表示感谢！”

雁门关大捷：只放大雁不放寇

日军三易主帅。

国军第9军军长郝梦龄、第54师师长刘家麒、独立第5旅旅长郑廷珍中弹牺牲。

激战半月，在忻口交战的中日双方损失惨重，每日伤亡均以千计。在日军两侧作战的八路军第120师师长贺龙看得暗暗心惊：国军表现如此勇猛，已是超水平发挥。忻口紧贴在山岭北端右侧脚下，左侧是连绵起伏的云中山，右侧为岗峦重叠的五台山，是屏障太原的最后一道防线。一旦国军锐气耗尽，忻口一失，太原必定会落入日本人手中。

忻口绝不能丢！贺龙一拍桌子："小鬼，叫参谋长来开会。"副师长萧克、参谋长周士第、政训主任关向应刚走进指挥所，就听见贺龙在屋里嚷嚷："居然还用毒气弹！"

副师长萧克、参谋长周士第相视一笑，老贺今天是吃枪药了。政训主任关向应存心气他："有本事，你废了他的毒气弹！"

贺龙愣了一下，突然一掌拍在关向应的肩上，口中直叫："好主意！好老关！"

关向应一个踉跄，差点摔倒在地。副师长萧克不解地问："老贺，什么好主意?"

贺龙取过地图，右手一指，说道："废不了毒气弹，在这里截下来还是可以的。"

雁门关！雁门山古称勾注山，这里群峰挺拔、地势险要。自建雁门关后，更有"一夫当关，万夫莫开"之势。相传每年春天，南雁北飞，口衔芦叶，飞到雁门盘旋半晌，直到叶落方可过关。山势险要正是打伏击的好地方，更妙的是，日军的南北运输线必须从此经过。

120师下辖两个旅：358旅和359旅。358旅旅长卢冬生、副旅长李井泉、参谋长姚喆，下辖两个团：715团，团长王尚荣、副团长顿星云；716团，团长贺炳炎、政委廖汉生。359旅旅长陈伯钧、副旅长王震、参谋长唐子奇，下辖两个团：717团，团长刘转连、副团长晏福生、参谋长欧阳家祥；718团，团长文年生、副团长帅荣。

贺龙将716团团长贺炳炎、政委廖汉生叫到跟前："你俩率716团直属队和第3营组成贺廖支队，到雁门关打游击，伏击日军的南北运输车。我只有一个要求，只放大雁不放寇，决不能放一个日军过关。”

贺炳炎是贺龙的爱将，军中人称“贺小龙”。

1932年春，贺炳炎在湘鄂西军校当区队长。6月初，红3军主力部队转移后，根据地中心只有一个警卫团和少量地方武装。川军21军范绍增仗着人多势众、装备优越，大摇大摆地向湘鄂西中央分局及苏区革命军事委员会所在地陈砣子口压过来。贺龙急令段德昌率领红9师两个团不分昼夜赶回，同时命令军校学员参加阻敌作战。

军校人多枪少，贺炳炎将自己的枪往学员小高手中一塞，操起一把菜刀就冲在队伍前面。刚刚冲到村口，川军就迎面蜂拥而上。贺炳炎也不多话，突入敌阵，左砍右劈，当场就劈翻五六个川军。战友们看他勇猛，都称“贺小龙”。

回到团部，贺炳炎和廖汉生传达了师首长的战斗意图，率团直属队和第3营组成贺廖支队向雁门关地区挺进，第1营则随358旅旅部和715团行动。

1937年10月初，团长贺炳炎和团政委廖汉生根据贺龙、关向应的指示，带领716团直插敌人后方。经过三天的急行军，部队到达雁门关西南十多里的老窝村。贺炳炎立即组织了工作队，向广大群众宣传共产党的抗日主张，并做好战斗准备。

部队驻下以后，果然发现敌人的汽车不时从雁门关上驶过。南面还时而传来隆隆的炮声。贺炳炎立即派出人员沿公路进行侦察。

老窝村四面环山，十分隐蔽。但村里的人为了逃避日军几乎都跑光了。按师首长的指示，贺炳炎立即组织了工作队，四处寻找群众进行宣传。同时，派出部队帮助群众秋收。

八路军的名声风似地传开了，不到两天，逃到各地的群众陆续回来，他们自动给侦察员带路，帮助八路军搜集情报。公路上有一点汽车动静，他们也跑来报告。短短几天，贺炳炎不但摸清了雁门关一带的地形，连敌人汽车过往的规律也掌握了。

10月16日，贺炳炎得到情报：大同敌人集结了300多辆汽车，满载武器弹药，有经雁门关南开往忻口的迹象。这些日子，每隔四五天就有敌人的车队通过，看来情报可靠。

贺炳炎立即召开连以上干部会，进行战前动员。各营干部纷纷表达决心，争着要当突击队。

次日拂晓，贺炳炎和廖汉生带着干部去看地形。到了黑石头沟，爬上山顶一看：一条弯弯曲曲的公路从雁门关盘旋而下，在黑石头沟这里由西向东绕了一个大圈。公路西面是悬崖绝壁，北面是一段陡坡，顺公路向南不远有一座石拱桥。这真是一个很理想的设伏地形！

贺炳炎的作战计划在脑海中形成了：全团一起，突然动作，力求把敌人全部消灭在黑石头沟内。任务布置下去，大家都满意地回去了。

在得到师部批准的情况下，支队主动改变师部指定的位置，确定在黑石头沟一带的公路设伏，同时派少量兵力占领雁门关。

听说要打日军，整个部队沸腾起来了，指战员们摩拳擦掌纷纷高喊："为死难同胞报仇！打好对日作战第一仗！"

10月17日，部队由老窝村进至离雁门关汽车路不远的王庄、秦庄隐蔽宿营。廖汉生和团长贺炳炎带上各连干部到黑石头沟一段汽车路去看地形，确定伏击部署，并派人预先做好破路工作。

18日凌晨，贺炳炎率领部队沿着崎岖小道，插入了黑石头沟。黎明前的黑夜分外沉寂，只偶尔传来几声鸟叫。进入阵地之后，一切准备停当，单等着敌人的大队汽车越山而来。

上午9时许，部队到达沟西侧的山上，各连队迅速进入伏击位置，团指挥所设在一处山头上。

贺炳炎虽然经过了多少次战斗，但是像这样严阵以待地伏击日军还是第一次。"现在打的是日本侵略军，不是国民党的反动军队了。"贺龙师长的指示又在耳边响了起来。

他不免心里有些紧张。太阳高高升起，雁门关巍然可见。贺炳炎伏在石头后用望远镜观察，只见公路上冷冷清清，毫无动静。有的战士不耐烦了，不时抬头张望。他立即通知各营：耐心等待，绝对不能暴露自己。

10时左右，北面公路上突然腾起一股尘土，接着，隐隐约约传来汽车的马达声。战士们抑制不住内心的高兴，悄悄地说："来了，来了！"每一个人都揭开手榴弹盖，望眼欲穿地瞅着北面的公路。

眼看着长长一列汽车就要进入伏击圈，突然3营营长报告说："南面阳明堡又开来100多辆！"

啊？竟出现了这样的情况！贺炳炎既激动又兴奋。

以前他曾听说，敌人为了互相警戒，免除后顾之忧，常在这一带南北会车，不料今天叫他们遇上了！

敌人数量增多，战斗无疑增加了困难。但他又一想，越是这样，敌人越是有恃无恐，只要隐蔽得好，部队动作快，仍然可以消灭这些敌人！

贺炳炎对政委廖汉生说："既然送上门来了，就一起吃掉它！"

不一会儿，日军车队拖着滚滚烟尘像长蛇一般从南向北驶来。南来的车队，前面一辆上面坐着十几个鬼子，后面除少数几辆装有伤兵和死尸外，其他全部是空车。北来的车队，引头车上坐着掩护部队，一个腰挎大刀的敌军官，还不时用望远镜四处张望。两个车队愈走愈近，车上的敌人都活跃起来，一个个趾高气扬，"哇里哇啦"地打着招呼。北面车上的敌军官见南面车上拉着死尸，急忙指挥士兵脱帽致哀，然后还扯开喉咙唱起歌来。

贺炳炎抑制着满腔怒火，待两队汽车全部开入狭窄的黑石头沟，正在并排交错时，立即发出命令："打！"

"打！"各种火器一齐射击，步枪、机枪交织成密集的火网，团属迫击炮连把一颗颗炮弹准确地打进车厢。

平静的山梁变成喷射岩浆的火山，雨点一般的手榴弹落在了敌人的脚边；横飞的弹片，连同滚滚腾空的硝烟和黄尘，汇成了一条愤怒的火龙，把鬼子兵的长队吞没了。日军被打了个措手不及，慌乱地跳下车，但有的还没跳下来就送了性命。一刹那的混乱之后，日军回过神，就地开始反击。

乱麻就得快刀斩，贺炳炎操起一把刺刀就冲了过去。随着冲锋号响，3营营长王祥发率领突击连如猛虎一般扑下山去，其他几个连也相继发起冲击。部队打得很猛，一下子就把敌人压到乱石滚滚的沟里。

贺炳炎手中的刺刀向前一挡，顺势向下一滑，劈在向自己刺杀的日本兵手上。日本兵闷“哼”一声，刺刀跌落在地。贺炳炎刀尖一转，刺进他的胸口，溅起一片血花。

旁边的三个日本兵将交手情况看得清楚，三人眼神一递，端着明晃晃的刺刀，向贺炳炎围了过来。

贺炳炎安稳如大地，双手紧握刺刀，静等日本兵出击。

“他娘的！想群殴！”警卫员小徐看得真切，大刀一挥，向左侧的日本兵劈了过去。饲养员老王听到叫骂，回过头，反手就来了一个“回马刀”。老王平常斩草喂马，马儿长得骠肥体壮不说，老王自己也练出一手好臂力，一柄马刀使得“呼呼”作响。

右侧的日本兵正在盘算着干掉贺炳炎，听到风声，掉转步枪遮挡。只听“咔嚓”一声，步枪被砍成两截。马刀刀势不减，深深地砍进日本兵的脑袋。

中间的日本兵吓得不轻，掉过头就跑。贺炳炎也不追赶，右脚勾起地上的一柄刺刀，向前一甩，刺刀不偏不倚地扎进日本兵的后心。

枪声渐渐稀落下来。公路上的火药味浓烈扑鼻，日军的尸体横七竖八地躺着，有的被车上的弹药崩得五体分家。

黑石头沟里一片欢呼。战士们怀着兴奋的心情打扫战场，附近的老乡们也乐呵呵地赶来，帮助搬运战利品。一个战士用铁锹狠狠地砸着汽车，一面砸，一面气呼呼地说：“我叫你再跑！我叫你再跑！”

贺炳炎笑着对他说：“这么多的汽车，哪砸得完？”廖汉生也说：“不要砸了，应该烧掉!”

汽油味冲天，烟火弥漫，不一会儿，日军的汽车都被炸了个精光。

战斗正打得激烈，在黑石头沟北边担任警戒的分队报告，从广武方向又开来百多辆日军车队，满载着向忻口增援的弹药和士兵，急急驶进黑石头沟。日军现在已跳车登山，顺着西边的山梁转到我军左侧，向在公路上出击的我军射击，天上也飞来四架敌机助战。

贺炳炎闻讯后，及时调整作战计划，立即把部队重新拉上山。在这个过程中，我军的伤亡骤然增大。贺炳炎的警卫员被敌人机枪打倒，负了重伤。贺炳炎的胸前也被一颗子弹横着穿过，把他的皮袄穿了两个洞。

贺炳炎看到伏击目的已经达到，战场形势急转直下，于是主动撤出战斗。

雁门关伏击战首战告捷，既锻炼了部队，振奋了民族精神，又用敌人的武器装备了自己。贺炳炎因此获得通令嘉奖。海内外报纸也大力宣传雁门关伏击战的战果，称之为“雁门关大捷”。

夜袭阳明堡：飞机烤火也疯狂

鬼子炮轰，和他对轰。

鬼子放毒气弹，湿毛巾一捂。

忻口的国军和日军激战半个月，日军三易主帅都没有占到多大便宜。国军心气高，却也有吃瘪的时候。日军的飞机旁若无人地飞来飞去，大家伙不是就地伏倒，就是自求多福。运气好的，灰头土脑；运气不好，当场挂掉。

八路军 129 师 769 团的战士手气没有那么背，却也惊出一身汗。769 团刚到代县以南的苏郎口村一带，日军的飞机就三三两两地向村庄上空飞来。

鬼子是冲着769 团来的，团长陈锡联出了身汗，立马命令全体卧倒。没有炸弹，飞机轰轰的声音渐渐远去，接着就听到忻口方向传来巨大的爆炸声。

战士王小松一骨碌从地上爬起来，跺脚大骂：“死鬼子，死飞机，有种下来和老子干一架。”

鬼子飞机是个祸害，如果能干掉一两架飞机，效果绝对很好。陈锡联不由得心中一动。769 团奉 129 师师长刘伯承之命到敌后发动群众、开展游击战争，谁知群众还没发展，倒是被日本飞机虚惊了一场。

从敌机活动的规律来看，机场可能离这儿不远。陈锡联询问了当地老乡，机场就在隔河十来里外的阳明堡镇。

10 来里外，简直就在自己鼻子底下。飞机高高在上，看得见摸不着，有恨意没办法；飞机停在鼻子底下，不打就是跟自己过不去。各营的干部战士纷纷要求：“下命令吧，干掉它！”

打？还是不打？怎么打？陈锡联虽然不到 23 岁，心计却是很多。情况不明，陈锡联觉得绝不能打无准备之仗，就如师长刘伯承临行时对自己所说的话：宁可打小，也要打响。

苏郎口村的王大妈很热情，也很健谈，说苏郎口附近驻着国民党晋绥军的一个团，团长前两天才带着部队从大同方面退下来的。陈锡联顿时来了兴趣：769 团还没有和附近的鬼子交过手，如果能从晋绥军团长那里了解鬼子的虚实，以后的仗就好打了。

寻遍了附近的大小山沟，陈锡联和政治处主任丁先国才在一个偏僻的山脚下找到这位团长。陈锡联刚说明来意，晋绥军团长就谈虎色变地说：“日军实在厉害呀！天上有飞机，地下有大炮，他们的炸弹、炮弹都像长了眼睛一样，我们的电台刚一架上，就遭轰炸了！”

陈锡联皱了皱眉头，问他：“那你们是用什么方法打敌人的呢？” 晋绥军团长冷笑了下，说：“打什么打？我们还没有看见日军，队伍就垮了下来，现在敝部只剩下一个排了……”

志不同，不相谋，陈锡联起身告辞。晋绥军团长嬉皮笑脸地拉住陈锡联：“兄弟，听哥一句话。别死心眼抗战，抗来抗去只不过掉了我们的小锅饭。兄弟我是倒了血霉，堂堂的团座一下子变成排座。……老弟，放明白点！就你们那副装备，和日军真干起来，还不够日本人塞牙齿缝。”

说的什么话，政治处主任丁先国气得想抽晋绥军团长一大嘴巴，陈锡联一把扯住他，跟这种人动手，别弄脏自己的手。

为了弄清日军机场的情况，陈锡联带着 2 营营长孔庆德、3 营营长赵崇德亲自勘察地形，爬上滹沱河旁边的一座高峰。

阳光很毒，几个人正在擦汗，只听 2 营营长孔庆德喊道：“飞机！”

3 营营长赵崇德将手中的毛巾一扔，急忙问道：“在哪？在哪？”

孔庆德用手一指，大家不约而同地举起望远镜。顺着他手指的方向看去，只见对岸阳明堡的东南方发出闪闪刺眼的光芒，几排日机整整齐齐地停在跑道上。

正在观察时，山林中走出一个蓬头垢面、衣衫褴褛的中年汉子，一见前面有几个拿着望远镜的当兵的，吓得一个劲地直往后退。

陈锡联收起望远镜，笑着问：“老乡，你到哪里去？”

中年汉子听到喊声，身子一怔，停住了脚步，四下观望了下，两眼狐疑地上下打量着他们，好半天才哆哆嗦嗦地吐出两个字：“老……总……”

“老乡，不要怕，我们是八路军，来打鬼子的。”

中年汉子听到“八路军”三个字，马上“啊”了一声，一下扑上来抓住陈锡联的手，激愤地诉说起他的遭遇。

中年汉子叫赖保三，住在飞机场附近的一个小村庄里，自从日军侵入山西以后，老婆、孩子都被日本飞机炸死。后来，日本兵又把他抓去做苦工，逼着他整天往飞机场搬汽油、运炸弹。每天从早累到晚，常常是饿着肚子干活，还得挨打受气。他是偷偷找了机会，才从机场跑了出来。

3营营长赵崇德握着赖保三的手，气愤地说："老乡，我们一定给你报仇，给所有受难的老乡报仇！"

接着，这位老乡又向陈锡联详细介绍了敌人机场内外的情况。

经过侦察，陈锡联了解到的情况和老乡介绍的大体一致。机场位于阳明堡镇南侧5里的小茹解、下班政、小寨、泊水4村之间，里面共有飞机24架，成3列停放，每列8架。白天起飞去忻口、太原轰炸，晚上全部返回。守卫部队是日军香月师团的一个联队，大部分住在阳明堡镇，机场里只有一小股警卫部队和地勤人员，约200人左右，集结在机场北端。飞机集中排列在警卫部队的东南侧，防御工事粗糙，仅有一些简单的掩体。日军虽然对进入机场的各个路口警戒很严，盘查很细，但对机场周围疏于戒备。

陈锡联当即决定作战部署：3营为突击队，袭击机场，摧毁敌机；1营破坏崞县至阳明堡之间的公路和桥梁，袭扰、牵制、阻击崞县可能增援之敌；2营（欠第7连）为预备队，与团指挥所位于苏龙口镇北侧地区；8连位于王董堡，破坏阳明堡西南的交通，保障3营侧后安全；团迫击炮连在滹沱河东岸占领阵地，支援3营战斗。

3营能攻善守，尤以夜战见长，曾荣获"以一胜百"称号。营长赵崇德更是一员悍将。即使如此，陈锡联和政治处主任丁先国仍然专程跑到3营，和3营的连、排干部共同研究打飞机的具体战法：9连在机场北面担任对阳明堡镇之敌的警戒；10连由机场西南突击，歼灭敌警卫部队；11连由机场东面突击，负责摧毁敌机；12连为营预备队，在小寨村西北集结待命。

19日下午，整个苏郎口村都沸腾起来了。各营、连纷纷召开党支部大会、军人大会进行动员。干部、战士们个个斗志高昂，决心如钢。老乡们听说八路军要去打鬼子，几个钟头之内就扎起了几十副担架。

傍晚，陈锡联和郑国仲等几个团的干部一起来到 3 营 11 连。战士们见到陈锡联来了，都围了上来。

“准备得怎么样啦?”陈锡联问大家。

“没问题，团长，只要摸进机场，保证把龟儿子的飞机敲个稀巴烂!”战士们纷纷回答。

陈锡联指着面前的一个小战士又问:“飞机全身包着铝皮，子弹穿不透，怎么办?”

小战士举起右拳在空中摇几摇，干脆而响亮地回答:“我们研究好了，用手榴弹炸它!”

赵崇德极会鼓舞士气，大声喊道:“同志们，有人说我们的装备和日本人干架，还不够日本人塞牙齿缝。你们说够不够?”

“放屁!”

战士轰的一声笑开了，机灵鬼丁家灵喊道:“李利军，你敢说营长放屁?”

机枪班长老李眼睛一瞪丁家灵，气呼呼地用大嗓门说:“你就瞎扯！那些人自己一副兔子胆，听见炮响就跑，还有脸耻笑人！我定要缴架飞机回来给他们瞧瞧!”

机灵鬼丁家灵死扣他刚才说的话，笑着问:“那样大的家伙，你还能扛得动?”

老李脸一红，回笑道:“扛不回整的，咱还扯不回个尾巴?!”

战士们被他逗得哄然大笑。

夜里，部队悄悄地出发了。战士们一律轻装，棉衣、背包都放下了，刺刀、铁铲、手榴弹，凡是容易发出响声的装具，也都绑得紧紧的。长长的队伍顺着漆黑的山谷行进，神速而又肃穆。

赖保三前头带路，在他的引导下，部队很快涉过了滹沱河，来到了机场外边。

机场里死一样沉寂。部队爬过了铁丝网，神不知鬼不觉地摸进了机场。赵崇德带着10连向机场西北角运动，准备袭击敌守卫队的掩蔽部。11连直向机场中央的机群扑去。

11连2排的战士们最先看到了飞机，它们整整齐齐地分三排停在那里。多少天来大家日夜盼望着打鬼子，现在猛然看到飞机就摆在眼前，真是又惊喜又愤恨。不知谁悄声骂道："龟儿子！在天上你要威风，现在该我们来收拾你啦!"说着就要接近飞机。

突然，西北方有个敌兵哇啦哇啦地呼叫起来，赵崇德不管他说的什么鸟语，大吼一声："开火!"

10连战士们立即扣动扳机，用火力封锁掩蔽所和岗楼出口。与此同时，11连击退了巡逻的哨兵，迅速扑向飞机。

眼看战士们就要扑到飞机跟前，七八架日军机头突然喷出火龙，拦腰扫倒了十几名奔跑的战士。

机场居然有准备执行夜航任务的任务，虽然有些意外，11连的指战员却是临乱不慌，指挥战士绕过机头，从尾部和侧翼爬上飞机，击毙驾驶员。机枪排的大老李在飞机尾部架设了一挺重机枪，压制岗楼上的火力点。大老李人长得粗，心眼却不少：日本人有种，往老子这边死命招呼。老子还真不信你狗日的敢炸飞机。

紧接着响起一连串清脆的枪声，10连与日军哨兵遭遇了。就在这一瞬间，10连和11连在两个方向同时发起了攻击。战士们高喊着"冲杀"，勇猛地扑了上去。机枪、手榴弹一齐倾泻，一团团的火光照亮了夜空。正在机群周围巡逻的敌哨兵慌忙赶来，和冲在前面的战士绕着飞机互相角逐。机舱里值勤的驾驶员被惊醒了，他们惊慌之中盲目开火，后边飞机上的机枪子弹接连打进了前面的机身。

战士们越打劲头越大，有的边打边喊："这一架算我的!"也有人七手八脚地往机身上爬。机枪班长老李早爬上了一架飞机的尾部，端起机枪向机身猛扫。正打得热闹，敌人的守卫队嚎叫着向我军扑来。就在20多架飞机中间，敌我混在一起，展开了白刃战。

赵崇德跑前跑后地指挥部队。突然，他看见一个敌人打开机舱，跳下来抱住了一个战士。那个战士回身就是一刺刀，结果了敌人的性命。赵崇德大声喊道："快！手榴弹，往飞机肚子里扔！"只听"轰！轰！"几声，两三架飞机燃起大火。火乘风势，风助火威，片刻，滚滚浓烟卷着熊熊的烈火，弥漫了整个机场。

正在这时，老李的那挺机枪不响了。原来他正举着铁锹猛砸飞机。嗬！他倒真想砸块飞机尾巴拿回去哩！赵崇德忙跑过去喊道："快打！砸什么！"老李又抱起机枪扫了起来。

敌人守卫队的反扑被杀退了。

赵崇德正指挥战士们炸敌机，突然一颗子弹把他打倒了。几个战士跑上去把他扶起，他用尽所有力气喊道："不要管我，去炸，去……"话没说完，这位"打仗如虎，爱兵如母"的优秀指挥员就合上了眼睛。他的牺牲使同志们感到万分悲痛，战士们高喊着"为营长报仇！"的口号，抓起手榴弹，冒着密集的枪弹向敌机冲去……

几十分钟后，守卫队大部分被歼灭。20多架敌机燃烧在熊熊烈火之中。驻在街里的香月师团的装甲车急急赶来增援，可是，等它们爬到机场时，陈锡联已经率部撤出了战斗。

阳明堡战斗胜利的消息很快传遍了太行山。当地群众编了一首歌谣传唱：万里长城万里长，雁门关下古战场，阳明堡里一把火，鬼子飞机一扫光！

七亘村战斗：埋伏“三重浪”

部队在七亘村遭袭？

129师师长刘伯承心头一紧：袭击是日军特意为之，还是双方的遭遇战？如果是有意的，说明日军已经盯上129师，129师牵制日军的工作就不好开展。

1937年10月中旬，侵占石家庄的日军为配合晋北的日军进犯太原，令两个师团沿着正太路西犯晋东门户娘子关，并以主力一部由测鱼镇沿正太路南侧大道对娘子关正南的国民党部队实行迂回攻击。120师的任务就是在娘子关东南侧击、阻击日军，并收容溃散的友军。

10月25日，刘伯承带着师部参谋人员直奔七亘村观察地形。129师宣教科科长刘华清带着20多名警卫人员也跟去了。

刚到七亘村附近，对面就传来一阵枪声，紧接着一股日军大喊着从山谷里冲出，向刘伯承他们猛烈射击。

警卫人员将刘伯承和参谋部人员挡在身后，对着冲过来的日军就是一阵精准的点射。宣教科科长刘华清掏出手榴弹，没口子地往日军人群中扔去。日军见占不到什么便宜，调头走了。

日军刚退，一架日军飞机就飞了过来，在刘伯承他们头顶上盘旋。飞机不比刚才那股日军，它要扔炸弹，除了就地卧倒听天命，拿他还真没辙。参谋部人员纷纷劝刘伯承离开，想考察地形再来就是，不必现在冒这个险。

飞机盘旋，刘伯承却是一动不动地观察着七亘村。他非常重视战前准备，把“任务、敌情、我情、地形、时间”称作“五行”，常说：“‘五行’不定，输得干干净净；只有‘五行’做好了，才能下决心，定计划。”参谋部人员正等得心急，就听刘伯承连连叫喊：“好！好一个打伏击的地方。”

听说有仗可打，大家也顾不上日军飞机还在头上，纷纷围了上去。刘伯承一笑，讲出一番道理。

七亘村位于山西、河北两省交界处，是井隆、平定、昔阳三县交会点。太行有“八陉”，井隆就是“八隆”之一。井隆有两个大门可穿过太行山：北门为娘子关，南门就是七亘村。日军第20师团想进犯平定、太原，七亘村是他们的必经之路。七亘村四面环山，峡谷陡峭，沟梁纵横。村边有一条不足两米宽的村道，道南是一溜高十多米的大坡，道北则是几十米深的深沟。这么好的伏击点，不用对不起日本人。

刘伯承命令129师386旅旅长陈赓派人在此设埋伏。386旅旅长陈赓、副旅长陈再道、政训处主任王新亭、参谋长李聚奎一商量，决定派772团副团长王近山率3营及特务连到马山村一带活动，771团在营庄守候，相机打击日军的运输部队。

王近山带着部队刚到七亘村的南侧山地，侦察员就送来了情报：日军第20师团的后方辎重部队1000多人在测鱼镇宿营，估计第二天会经过七亘村向平定前进。

鬼子1000多人，王近山手头却只有5个连的兵力。单靠5个连的兵力根本吃不下鬼子，王近山有点犹豫。听说鬼子要从自己眼皮底下过，战士们纷纷请战，说这次非给鬼子一点颜色看看。

机会难得，士气高涨，王近山当机立断，决心在七亘村、甲南峪设伏，并立即派人向旅长陈赓求援。

王近山带领尤太忠等人去看地形，只见南北均是高山，东西地形复杂。

大道大部分是在十米上下的土坎下面或深沟之内。大道两边杂草丛生、灌木茏葱，便于部队埋伏隐蔽。王近山叫人把重机枪架在距敌经过道路约300米的地方，把部队埋伏在距敌20多米的地方，远的也不过四五十米，近的只有10多米，简直就像蹲在敌人的头顶上。

王近山告诉营连指挥员："只要冲锋号和重机枪一响，你们要像猛虎一样扑下山去，狠狠地揍小鬼子。"

10月26日，日军第20师团先头部队百余人通过771团伏击区营庄。战士们忍饥挨冻地埋伏了一夜，看到鬼子，眼睛一亮，却是一动不动地趴在那里。771团团长徐深吉、政训处主任吴富善、副团长韩东山、参谋长黄新友早就向部队传达命令：严守纪律，注意隐蔽。不得擅自开枪。

日军前哨部队严密搜索，771团战士就如一根木头般趴在草丛中，甚至连呼吸都没有。日军前哨部队的一个士兵手中的小旗一扬，200多日军沿着公路两侧前进，掩护着辎重部大模大样地进入了772团的伏击圈。

日军的尖兵排是骑兵，看来心情不错，他们在马上叽里咕噜地说个不停，不时发出爆笑。

王近山没有笑，他只乐：奶奶的，老子这一晚总算没有白等。看到日军主力进了埋伏圈，王近山大喊一声：打！

话音刚落，山谷间响起密集的炒豆子声，倾盆大雨般的子弹向日军头顶泼去。有埋伏，日军指挥官还来不及作出反应，日军已经倒下一大片。

772团司令部作战参谋田厚义高呼一声："同志们，扔手榴！"身边的几个战士振臂一挥，手榴弹在日军中开了花，顿时日军队形大乱。骄横的日军有的连机关枪和迫击炮还没有架起来就被击毙。

要人命，乘人病，营长闵学胜一跃而起，端着刺刀就冲下山坡。埋伏部队迅猛地冲向敌人，进行肉搏厮杀。在两个小时内，除了少数日军士兵逃回测鱼镇，其余都被386旅歼灭。

打了胜仗，386旅的战士正在高兴，师长刘伯承又传来命令：部队马上到七亘村集合，接着伏击敌人。

接着打伏击？战士都不敢相信自己的耳朵。

反应正常，胜局已定。刘伯承微微一笑，说："日军西犯，急需补给，后方辎重部队肯定需要继续西进；想西进就别无选择，只有走七亘村这唯一的道路。日军刚刚在这里遭到伏击，一定不会想到我军违反兵家'战胜不复'的原则在这同一地点再次设伏。"

王近山乐得不行：我招谁惹谁了，这种占便宜不吃亏的事情又落在老子头上。运气来了，真是门板都挡不住。这一次，王近山手头的部队只有四个连了。他将伏击阵地稍向西移了一些。

10月28日11时许，日军先头掩护部队100余人端着步枪，小心翼翼地一步步往前挪，不停地向四周搜索。

772团3营的战士正在紧张，只听忽哨一声，接着就传来沉重的脚步声。386旅772团作战通信参谋暗叫一声：小鬼子真他妈的狡猾！

日军的辎重部队又乖乖地钻进了我军的伏击地带，772团3营战士那是热情欢迎，这可是财神爷啊！送神送上天，3营战士不停地扳动扳机，手中的手榴弹不停地在日军中爆炸。连长周学义枪法那叫一个准，一枪一个，放倒了七八个鬼子。

日军一阵骚动，两天两伏击，谁受得了？772团营长雷绍可不管日军的感受，率领部队冲入敌群，左刺右砍，勇猛异常，杀得日军人仰马翻，一下子把日军截成了三段。

3营战士乘势勇猛冲杀，正杀得高兴，天不作美，下起大雨，支援部队也没赶上参战。上级命令3营战士撤出战场，大个子刘金生一边往鬼子中扔手榴弹，一边嚷着："算你狗日的走运。"

772团连指导员袁学凯扯住他，笑着说："我这才杀六个鬼子，也不想走，可这是命令。放心，鬼子够你杀的。"

八路军撤退，日军长出了一口气，一部向平定窜去，后续部分逃回了测鱼镇。这次战斗毙敌 100 余人，缴获骡马数十匹，我军伤亡 20 余人。

打了胜仗后，772 团配备了歪把子机枪，大部分战士穿上了日军的黄呢子大衣，头戴钢盔，足蹬皮鞋，背起了日制三八式步枪，有的战士还骑上油光锃亮、高大肥壮的洋马。

娘子关失陷后，日军先后占领了阳泉、平定，沿正太铁路及南侧几条主要平行的大路向榆次、太原逼进。八路军总部从五台山地区进至寿阳以南地区，129 师奉命率第 386 旅转至昔阳附近。

转移归转移，刘伯承却抓住了新战机：日军第 109 师团第 135 联队的一个大队奉命从九龙关出发进犯昔阳。必然要经过南、北界都和黄崖底。黄崖底位于山西省昔阳县东南，是两侧绝壁下面的一条峡沟，地形相当险要，是居高临下设伏的好地方。

刘伯承命 386 旅的徐深吉率 771 团埋伏在黄崖底以南的凤居村，772 团埋伏在黄崖底以东的巩家庄，师指挥所设在黄崖底附近。

11 月 2 日上午 7 时左右，日军 135 联队经南界都进至黄崖底，与 386 旅的 771 团警戒分队交上了火。警戒分队边打边撤，一路挑逗，将日军 135 联队气得口鼻生烟，一路怪叫着撵着警戒分队的屁股追了过来。

凤居村地势险要，刘师长才下令开火，我机枪、步枪和手榴弹一齐向敌人攻击，一时炮响连天，弹如雨下。日军在炮火的掩护下向 386 旅连续发起三次反扑，771 团营政治教导员刘福胜率领战士发起反冲锋，硬生生地将日军的气焰打下去。

待日军退至黄崖底河滩内集结时，刘师长又令在敌侧翼之 772 团向敌攻击。我军居高临下，集中轻重火器，实施火力急袭，打得日军死的死，伤的伤，活着的满谷乱窜。

此战，毙伤敌数百，缴获步枪百余支，战马 200 余匹，电台一部。我方伤亡 30 余人。后来从缴获的敌方资料中发现，日本随军记者惊呼这次战斗是“过天险的黄崖底”。

这几次伏击战斗，刘师长称之为“重迭埋伏”，这是他掌握了敌人的骄横麻痹、急于进兵，而指挥机械，断定我军不可能在同一地点连续设伏的弱点，才下决心这么打的。

香城固战斗：平原设伏第一战

杀光！抢光！烧光！

“扫荡”！又是“扫荡”！

冀南的日军有些气急败坏：八路军386旅简直不把皇军放在眼里！长生口、神头岭、响堂铺之战还只是打皇军的脸，临漳、安阳、内黄之战就明显是把皇军的脸摁在地上踩。

脸是自己挣的，哪里跌倒，哪里站起来。冀南的日军倒是想踩着八路军386旅站起来，问题是八路军386旅连影子都不见一个，想踩都没有地方搁脚。

八路军386旅找不到，那就把它逼出来。冀南的日军不傻，坦克开路大“扫荡”，坦克两侧还挂着大横联：专打386旅！

鬼子人来疯，386旅陈赓旅长、许世友副旅长、政委王新亭却是见怪不怪：每次挨打，报复心极强的日军都要出动部队实施追击。与以往不同的是，这一次可是赤裸裸的表白。

如此受追捧，政委王新亭来了劲：“有来无往非君子，咱们也得回礼。”

回礼？怎么回？386旅陈赓旅长、许世友副旅长顿时来了兴趣，老王一向喜欢往鬼子脸上踩，这一次不知道又要玩出什么狠招。

王新亭往地图上一指：鬼子喜欢撵人，咱都不用挖坑，都能有坑让他们往坑里跳。

香城固的确是个好地方。香城固东北方向三里处是庄头村，西边靠近张家庄，这没什么出奇。妙就妙在集镇的西北是一个带形沙河故道，四周长满了红柳和野枣树，地势十分倾斜，形成一块洼地，长有二里半路。别看鬼子的汽车在公路上跑得快，一进入沙地，发动机就是牛吼也动弹不了。

想让鬼子追着跑，就得将鬼子揍痛了，揍怒了。

386旅3大队夜袭日军据点，开火放炮，撒腿就回了驻地安儿寨。曲周的日军没有吃亏，却是咽不下这口恶气：好端端的睡得正香，偏偏八路又是开枪又是放炮。这样下去，都要骑到皇军头上了。

1939年1月25日，曲周的日军开着九辆装甲汽车，在数十名骑兵配合下，离开县城，沿着公路就直奔先遣支队3大队的驻地安儿寨。

王新亭等的正是这个，带领新1团和先遣支队3大队跑步迂回到日军侧背，迅速抢占有利地形，秘密隐蔽埋伏好。当敌装甲汽车和骑兵进入我预伏地区时，新1团和3大队以猛烈火力突然发起攻击。经半日激烈战斗，毙敌50余人，击毁装甲汽车4辆。

安儿寨揍了日军，却还是不够痛，八路115师344旅688团团长韦杰、政治委员何柱成和参谋长黄新友琢磨了半天，觉得有必要让威县县城的日军出来活动一下，伤筋动骨。从威县县城到香城固的距离大约有30里，既方便我军边打边撤，退到香城固埋伏，又让威县县城的日军追得放心：30里地，轮子一转就到了，万一打不过，退回城里就几根烟的功夫。

韦杰建议夜袭威县。陈赓批准了这一计划。

当天下午6时，韦杰带领3营冒着凛冽的寒风向威县出发。

到达威县东南的李家寨，韦杰布置战斗任务：3营营长吴思行带11连配置两门82迫击炮、一个重机枪排攻击东门；教导员崔建功带10连牵制南门的日军；9连、12连和重机枪连为预备队。

晚上11时，11连的两门82迫击炮率先发难，对着日军的据点连开几炮，震得据点晃了又晃。重机枪排的战士早就选好位置，看到东门上日军端起枪往下扫射，立即喷出一条条火舌将城头笼罩。10连听到枪声，也在城南乱枪射击。

东门和南门的枪炮声响成一锅粥。威县城内的日军和伪军乱作一团，根本不知道城外来了多少人。韦杰手一招，两颗信号弹划破夜空，疾厉的冲锋号骤然而起。

八路要攻城，威县城内的日军和伪军跑到城边，没口子地向城下开枪。韦杰一做手势，所有人悄悄地撤出阵地。

2月8日，八路军精悍小分队深夜干掉威城日军哨兵，攀上屋顶，以短兵火器杀伤沉睡中的鬼子兵。

2月9日，八路军精悍小分队深夜摸掉威城日军的哨兵。

干掉日军哨兵不算什么，却可以激怒日军。有仇不报非君子，日军不是君子，有仇就报那是习惯。

陈赓、王新亭分配作战任务：688团1营在镇北土坎处构筑阵地，打通一些民房，设置火力点，以村落为依托，从正面阻击日军。688团主力负责整个左翼，2营坚守张家庄，3营死守马落堡。688团迫击炮连在1营阵地后面占领发射阵地，以火力支援1营战斗。386旅补充团在南香固和庄头一带，负责右翼出击，新1团的一个营在西孝村负责曲周方向的警戒，团主力负责断敌退路。旅骑兵连位于第10营和南草场，实施机动和诱敌任务。

688团韦杰在召开的全团连以上干部会议上，指着地图胸有成竹地说："大家看，香城固三面沙丘，一面平原，平原又刚好在我们团阻击阵地正面。鬼子汽车行动不便，部队展开困难，我们却能利用沙丘隐蔽，这一仗要打不胜，天理难容哟。"

一旁，政委何柱成说：“我们688团要打不赢这一仗，只有倒提着枪，回太行山打兔子了……”

指挥员们轻松地笑起来。

县城连续三夜遭袭，日军第10师团40联队的联队长很是愤怒：再不给八路点颜色看看，不但日军军心大乱、皇协军寒心，只怕八路都要上鼻子上脸。

2月10日上午，威县县城日军出动50名骑兵、安田步兵中队200余人，分乘8辆汽车，携平射炮3门、轻重机枪多挺，组成快速部队，向香城固方向“扫荡”。

12时许，日军进至南草场。386旅的骑兵蹿了出去，连长抬手就是两枪，一枪击毙日军翻译，一枪击伤他身边拿着指挥刀的日军军官。

受伤的日军军官正是日军大队长，八路没打到，自己就先挂彩，日军大队长指挥刀一挥，大叫“八嘎”。日军骑兵一边开枪，一边坐汽车向386旅的骑兵连追去。

386旅的骑兵连向南纵马飞奔，且战且走，佯作紊乱模样，敌汽车和骑兵跟踪尾随，紧追不舍。当敌距香城固300米时，我部队已完成一切准备。

日军伸头往口袋里钻，陈赓、王新亭心里暗暗高兴，命令部队：“敌人快到村北，听从号令，做好出击准备!”

12时30分，日军的先头汽车行驶到香城固村街道北口。眼瞅鬼子进至预伏阵地几十米了，韦杰下达了射击命令。1营的轻重机枪和步枪一起开火，弹如泼雨，加上友邻的侧袭火力，当即打倒一片鬼子。1营还击毁了鬼子1辆汽车。

日军遭到当头一棒，顿时慌乱起来。经过临时纠合，调整攻击部署，他们以小部兵力对马落堡的3营阵地进行牵制性攻击，主力则在炮火支援下向正面1营阵地急攻。

日军这一调整立即起了作用，一股日军占领了水井，并且向村里攻击。

1营能不能顶得住，关系到整个香城固伏击战的胜负。看到鬼子占领了水井处，韦杰也有点急了：一旦鬼子在村镇里站稳脚跟，西北的沙坑再深，也埋不住鬼子！

韦杰回过头对特务连连长说："你带特务连加入战斗，夺回水井阵地！"特务连是团部预备队，武器好，枪法准。

特务连一出手，压得水井处阵地的日军抬不起头，谁抬头谁死。1营战士从侧面冲了上去，挥动大刀一阵猛砍。

正面受挫，日军安田中队长改变战术，指挥一部分兵力，把攻击的矛头指向了东南方向的庄头村，企图迂回包抄香城固村。

386旅补充团的战士静静地趴在庄头村村口，数着日军的人数。近了，近了，补充团团长都已经能看到对面日军的胡子。补充团团长一扣扳机，嘴里大喊："给我打！"

偷袭变成被袭，日军顾不上郁闷，一边躲闪，一边开枪。补充团的战士高兴得不行，说鬼子，鬼子就送上门来。补充团的枪炮齐开火，偷袭的日军可就倒了血霉，中弹者十有八九。

补充团的第2营和第3营又向日军出击，由东向西，将日军压向沙河凹地。这时安田方才意识到他们已经上了我军的当，中了埋伏，急忙命令鬼子兵爬上汽车，调转车头，企图向北突围逃跑。

这时陈赓旅长在指挥所里告诉周希汉参谋长，立即命令所有火力向日军射击。顷刻间从东南西三面射来的炮弹、子弹如飞蝗急雨，一下子给日本鬼子造成了灭顶之灾。陈旅长又命令荫蔽在马落堡村以北的新1团迅速出击，卡住日军的逃路。此时，许世友副旅长离开了指挥所，来到了新1团的部队当中，他高兴地喊道："同志们！快去堵住敌人的退路，决不能让敌人跑掉，杀敌立功的时候到了！"

激烈的战斗进行到下午4时30分左右，日军安田加强中队及补充大队一部已经被我军团团包围在一处形似椭园的大沙窝地里，汽车陷在沙窝里也开不动了，完全处在走投无路的境地。

午后4时，鬼子组织的最后一次攻击已经毫无章法，竟以小群多路分头向688团三个营的阵地进攻，结果可想而知。

韦杰见天色近黄昏，鬼子又伤亡过半，心想等天一黑定，就该收网捞鱼了。他向警卫员要过水壶，猛喝了几口冰冷的水，压压心火。正待发令，又耸动鼻子，嗅嗅空气，疑惑地问道:“这是什么味道？怎么这么……臭啊?”

一个参谋前去看了看，回来报告:“团长，那是鬼子在烧死尸呢，有些重伤员都被他们丢到了火堆上，一声声惨叫，跟杀猪似的……”

韦杰眼珠一转:“通知各营，鬼子要跑!”

日军中队长安田确实想逃。他命令日军抛弃汽车，集中兵力与火器向我新1团连续发起四次猛攻，企图打开北面的口子，向威县方向突围逃窜，但都被新1团击退。

安田不甘心受死，命令鬼子兵向新1团的阵地投掷毒气弹，重新组织力量猛攻新1团2营的阵地。

新1团阵地一片咳嗽声，团长丁思林急中生智，命令投弹组狂扔集束手榴弹，利用爆炸的气浪驱散毒气，并使用预备队再次击退日军的攻击。同时，陈赓命令各团从四面向敌人压缩，紧缩包围圈，迫使日军再也无法使用毒气弹。

战斗持续到黄昏时刻，安田看到难以突出重围，不断地发出绿色求救信号弹。剩余的日军顾不得再等援军，不要命地冲向新1团2营的阵地，想从这里打开缺口。

由于无法事先构筑隐蔽工事，无法事先设伏，当日军突然回窜时，新1团和日军的战斗十分激烈。

想打败敌人，就得比敌人更疯狂，营长程悦长、2营6连连长徐则贵和政治指导员刘子模端起刺刀就向日军冲去。

激战中，陈赓看到6连杀退的日军立足未稳，又无隐身之地，立即命令:“发出总围歼信号!”顿时，冲锋号声响彻原野，各个部队跃出阵地，战士们端着刺刀或红缨枪，高喊着“冲呀”、“杀呀”的口号，从四面八方冲向敌群，很快就将这伙侵略军歼灭在沙窝地里。

夜深之后，战士们在一辆辆汽车燃烧的火光下，打扫战场。有五个受伤的鬼子兵躲藏在一个沙丘后面，看到打扫战场的八路军战士走近沙丘，其中一个日本兵举刀向最前头的八路军战士劈了下来。6 连的骑兵排长看得真切，大喝一声，跨下的白马双腿一扬，将日本兵踢了个狗啃屎。不等他起身，骑兵排长将手中的马刀一挥，将他死死地钉在地上。

偷袭不成，反丢了命，剩下的四个鬼子吓得浑身哆嗦。后来一问，那个举刀顽抗的家伙就是日军的指挥官安田中队长。

至此，整个香城固诱伏战胜利结束了。第 386 旅集团以伤亡 50 余人的代价，共击毙日军大队长以下 250 多人，生俘 8 人，缴获山炮 1 门，九二式步兵炮 2 门，迫击炮 1 门，轻、重机枪和步马枪数十挺 (支)，炮弹、子弹若干。

战斗一结束，为防敌人报复，王新亭和旅政治部主任苏精诚找来区长郝立顺，按照师首长的指示，又指派了一些干部战士，协助郝区长尽快地组织群众疏散转移。人民群众疏散转移以后，部队也连夜离开了香城固地区。

果然不出所料，386 旅迅速撤离香城固地区的第二天，日军就动用了 70 余辆汽车，满载着 2000 余名日本鬼子，在 2 架飞机的掩护下，向香城固猛扑而来。后来又出动 5 架飞机，在重炮和坦克装甲车的配合下，向我尖家地区猛扑，企图寻找我军主力决战。日军的先头装甲车上，还贴着大字标语“专打 386 旅”。386 旅的广大指战员以徒步行军与日军机械化展开了竞赛。日军昼行夜宿，我军则夜行昼宿，使日军始终摸不到我军的行踪。

香城固战斗是粉碎日军“扫荡”冀南的一次主要战斗，是平原游击战的一个光辉战例。不久，刘伯承表扬说：“……香城固等消灭战斗，成绩为最明显。”

香城固一带的人民群众后来还编了一首民谣，用来歌颂我386旅：

386旅好儿郎，
领导是陈、王。
沙滩布下口袋阵，
香固四面撒罗网。
大汽车冒火光，
日本鬼见阎王。
解了咱们心头恨，
保住咱们好家乡。

陈庄一战：布袋战术破“牛刀”

杀牛一定得用牛刀！

出刀要狠、准，还要猾，这才是深得牛刀战术的精髓。水原义重这一次的“扫荡”是在晋察冀边区遭受多年未见的大水灾之后，晋察冀边区救灾都忙不过来，哪还有心反“扫荡”。

重兵突袭慈峪镇，小股力量试攻北霍营，日军独立混成第8旅旅长水原义重少将对自己的牛刀战术深感满意。

慈峪镇只有独 5 团一部，水原义重火器全出；霍营地区有八路军 120 师 719 团主力，日军佯攻几下立即撤退。日军“扫荡”想消灭八路军的主力，放着主力不攻，明显不符合日军以往的作战风格。

事出非常必为妖，水原义重一向自称“反游击专家”，擅长“牛刀子战术”。碰上八路军主力游而不击，只有一点可能：未到出刀时，现在的一切都只是障眼法。

水原义重率独立混成第 8 旅第 31 大队 1500 余人孤军深入，讲究的绝对是雷霆一击、全身而退。晋察冀边区境内值得日军雷霆一击的不多，痛歼八路军主力就是其目的，但未必能够全身而退。水原义重这一次玩的什么玄机呢？

八路军 120 师师长贺龙召集参谋长周士第、政治部主任关向应、副主任甘泗淇开会，几个人在作战地图上看了又看，地面上积了一层厚厚的烟灰。忽然，贺龙狠狠的一拍桌子：居然想打陈庄的主意！

桌子上的水杯“砰”的一声掉在地上，没有人去捡，几个人都倒吸了一口气：水原义重的牛刀的确够狠，也够毒。陈庄说大也不大，只有 800 多户人家，却是边区商业、交通重地，根据地领导机关就设在这里。一旦偷袭成功，领导机关将被日军一网打尽。

水原义重的计划够完美，如果非说有瑕疵的话，那就是八路军 120 师主力最近刚奉命从冀中赶到晋察冀边区的冀西地区。

刀已出鞘，锐不可挡，当面迎击固然勇气可佳，却未必是最好的办法。最好的办法是放过刀尖，断其刀背和刀柄。战略既定，贺龙立即发布将令：第 719 团在北霍营、南北伍河、白头山地区节节抗击，边打边撤，将日军引到山门口、桥塔岩附近；独立第 1 旅第 2 团、358 旅第 716 团、独立第 1 支队埋伏在牛下口、程家庄、山门口、刘库池及大小文山一带，等日军杀到，立即从其侧后杀出，第 719 团掉头杀日军一个回马枪；358 旅第 4 团掩护各后方机关撤退，在口头镇地区阻击行唐、曲阳方向的日本援军；晋察冀第 4 分区独立第 5 团在慈峪镇以南地区监视灵寿、慈峪方向的日本援兵。

1939年9月26日上午，日军第31大队主力从慈峪镇向白头山、北谭庄进犯。719团团长张仲瀚正愁鱼儿不上钩，一看日军第31大队主力出动，立即命令埋伏在白头山山上的719团全力开火，打出日军的怒火。

日军第31大队主力受到突袭，队形却是丝毫不乱，依托地形和719团对射。看看打得差不多，张仲瀚一个手势，719团的枪法立即乱了，部队一拨一拨的开始往后撤。

719团撤退，日军第31大队却是一动不动，压根儿就没有追的意思。张仲瀚大急：鬼子不追，再结实的口袋也没用。情急之下，张仲瀚让津南自卫军不停地向日军射击，作出一副拼死掩护主力的样子。

不知道水原义重发现什么，还是另有打算，日军第31大队始终不肯向前追一步。到了下午，日军第31大队居然向慈峪镇退去。

独立第1旅副旅长王尚荣一看水原义重要退，立即命令2团团长傅传作不惜一切代价把日军引到伏击圈内！

第二天，日军第31大队继续向东西五河、南北霍营进攻。八路军120师立即进入作战态。第716团团长黄新廷、政委廖汉生指挥716团战士检查枪支弹药，独立第1支队支队长杨嘉瑞、政委范忠祥和参谋长张秀龙则传令战士要沉得住，到时一定会让大家打个痛快。

此晚，前方消息不断传到独立第1旅副旅长王尚荣耳里："敌人进占北霍营!""敌人进到了东西五河!"

"水原还是从大路来了。"朱辉照政委高兴地说。

"水原义重是日军中挂得上号的狐狸精。'牛刀子'战术是他提出来的，这个仗不见得这么容易打啊！"王尚荣虽然兴奋，却还是异常冷静。

各部队踏踏实实地在各伏击地，耐心地等待着敌人全部进入伏击圈。从太阳高照，到太阳落山，仍然不见日军的踪影。

按照正常速度，日军都可以走两个来回。情况有变，王尚荣一下子也摸不清头脑：水原他奶奶的到底在搞什么鬼？

水原一反常态，王尚荣不敢怠慢，命令部队做好警戒。

朱辉照倒是很兴奋，说："水原孤军冒险，装神弄鬼，肯定不会轻易放弃，这仗肯定有的打。"

27日一早，120师接到八路军晋察冀军区司令部电话通知：日军只留下几百人控制慈峪，主力1000多人绕开大路，正沿着小路向陈庄急进。

围镇！屠杀！水原义重似乎看到晋察冀军区领导机构里面血流成河，那绝对是一个字：爽！

陈庄已近，没有人影，没有狗叫，水原义重大喜：撒网，进庄，杀人。

布好外围，水原率领日军就往陈庄里面突。陈庄一片鸡飞狗跳，除了老百姓那些吓得满地跑的猪羊鸡狗，其他的什么都没有，没有人员，没有粮食。

第31大队大队长田中省三大佐对水原义重佩服得五体投地，不费吹灰之力占领陈庄，真是天才的指挥者。田中省三命令士兵杀掉全部猪羊鸡狗，庆祝"胜利"。

水原义重没有田中省三那样的好心情：陈庄空无一人，老百姓连一粒粮食都没有留下。撤离如此平静，只能有一个原因：八路军早就识破了自己的用意。白头山上的一再挑逗，只是为了引自己去追。第31大队火力凶猛，能吞下第31大队的只能是八路军主力。

水原义重不禁出了一身冷汗，八路军现在要做的事就是等自己从陈庄慌慌张张的撤退，然后沿路伏击。

要想脱身，必须反其道而行之。水原命令部队修筑工事，摆出长期驻扎的架势。但一转身，他却密令几个大队长做好准备，随时出发。

日军想长驻陈庄，贺龙、聂荣臻、关向应也不管他是真是假，命令独立1支队和抗大2分校的学生在庄外放枪、放鞭炮，弄他个神经衰弱。

水原义重恨得直骂"八格"，却是不敢追赶，夜黑风高，人生地不熟，不中黑枪才怪。

陈庄不能再待，水原义重怒火冲天。28日拂晓，陈庄上空浓烟滚滚。

“报告旅长，日寇在焚烧陈庄，准备撤逃!”旅参谋长郭征向正站在地图前沉思的王尚荣报告。

王尚荣慢条斯理地说：“水原要逃了！命2团立即做好战斗准备，告诉傅团长加强战场观察，随时投入战斗!”

8时许，陈庄方向传来了密集的枪炮声。

“旅长，据侦察报告，敌正向我1支队七祖院、大庄之阵地进攻!”郭参谋长报告说。

接着，1支队传来消息：“向七祖院进攻之敌已后撤，正渡磁河南逃。”

9时许，电话传到王尚荣耳里：“报告旅长，敌人已转换了方向，利用河边茂密的灌木丛和芦苇做掩护，正沿磁河南岸向我2团阵地方向蜂拥而来。”

王尚荣看着一言不发的朱辉照，心里想着：水原这条老狐狸真是狡猾之极，他这一步三变化、一步三回头的战术真让人琢磨不透，他葫芦里卖的什么药?

王尚荣立即命令2团特务连迎头痛击进入伏击圈的先头之敌，同时命令2团长傅传作速带主力返回鲁柏山，以2、3营抢占冯沟里、高家庄以南高地，1营控制青杨山地区。

10时许，率部折返向东急进的水原率部进至高家庄、冯沟里地区，企图依托村庄及其附近高地向2团阵地进行猛烈攻击，抢占有利地形。

王尚荣早已料到狡猾的水原会走这一步。

战斗一打响，傅传作率领部队冒着炮火迅速抢占有利地形，将日军包围在陈庄附近鲁柏山下长300米、宽100米狭窄的小高地和山沟里。日军处处受攻，伤亡惨重，不得不坚守待援。

9时，2团又抢占了鲁柏山万寿岩高地。10时许，各部主力赶到，将南逃的日军包围在鲁柏山下长300米、宽约100米狭窄的小高地和山沟里。

29日黎明，日军还幻想在彻底失败之前以出人意料的行动逃脱被歼的命运。上午，他们集中全力，拼命往鲁柏山上爬，满以为爬上山就可以摆脱八路军，从山背后溜走。鲁柏山又高又陡，日军趴在光秃秃的山崖上，既无掩护，又无依靠，八路军以各种火器猛烈射击，给日军很大的杀伤。爬上山的日军，丢了全部辎重和重武器，活着的只剩下两三百人了。这些日军以为逃命有望，可没想到第 4 分区第 5 团的八路军早在山后堵住他们的逃路。民兵、游击队和群众卡住了所有大小山沟和荒僻小道。日军被围困在方圆不过一里路的山顶上，无粮无水，又缺弹药，四处危急。只好不住地呼救。

不一会儿，日军救援的飞机来了，在天上转了几圈，丢下几大包弹药和饼干，可这些救命的物资大多落在八路军的阵地上。

增援的“讨伐队”在 28 日下午就出发，从灵寿增援慈峪镇的日军有 300 多人，和慈峪的日军会合共 800 多人，不断向津南自卫军扼守的白头山阵地攻击，企图突破八路军阵地，接应被围的东逃日军。可他们在八路军的英勇阻击面前，始终没有攻破八路军的阵地。

第二天，水原见援军迟迟未到，急忙组织部队突围。在飞机和毒气弹的配合下，集中全力向 2 团阵地进攻，傅传作巧妙地率领 2 团顽强地顶住日军的突围。

黄昏时分，太阳刚刚落山，八路军各部从四面八方以顽强的战斗向敌发起猛攻，犹如四把尖刀直插水原心脏。这时，王尚荣早已率旅指挥所移至冯沟里附近的一个高地，俯瞰战场，灵活指挥。日军处处受攻，伤亡惨重。

第二天晚上，敌见待援无望，遂集中全力向南突围，以猛烈炮火和施放毒气弹向 2 团 6 连阵地猛攻。王尚荣当机立断，命令 6 连顽强阻击，抢占有利地形，堵住了敌人的突围。

29 日下午，八路军 120 师向日军发起了总攻。霎时间，鲁柏山上枪炮齐鸣，杀声震天。勇敢的战士们迅速冲上山，和日军展开了面对面的肉搏拼杀。日军非常顽固，他们在敌机的掩护下拼死抗击着最后的失败。战斗进行得非常激烈。日军曾多次突围，均被八路军追击截断逃路。拉锯式的阵地争夺战进行的也很激烈，战至 30 日，日军在八路军面前死的死、伤的伤，大部就地被歼。剩下的十几个钻进偏僻的山沟，也被民兵、游击队一一捕获。

黄昏，已成强弩之末的敌军无力再战了！硝烟弥漫的战场上，尽是日军的尸体。至 21 时许，我军攻占敌所占的一切制高地，全歼顽敌 1500 余人，素有“才智过人”、“反游击战专家”之誉的水原少将的“牛刀子”新战术已宣告失败。

陈庄一役，王尚荣取得了山地歼灭战的宝贵经验，更使八路军声威远扬。国民党政府军事委员会致电贺龙：“对陈庄血战，尽歼顽敌，予敌重大打击。树立华北抗战之楷模，振军威于冀晋，特传令嘉奖。”

阜宁战役：苏北解放第一城

迎客，行礼，喝酒，汪伪第 2 方面军第 5 军暂编 33 师师长孙建言满脸笑意。满座的宾朋，娇艳的新娘，如此喜事，怎能不喜？

手中无酒，身处乱坟岗，新四军第 3 师参谋长洪学智却也是心中欢喜：月黑风高放火夜，攻城略地灭敌时。这一天，第 3 师已经等了很长时间。

阜宁城一直是盐阜抗日根据地的一块心病。阜宁南毗盐城，西邻两淮（淮安、淮阴），北与连云港接壤，是盐阜地区的经济、军事要地。汪伪第 2 方面军孙良诚部的王清翰第 5 军进驻军阜宁城以后，修护城河，筑工事，砌据点，如一颗钉子硬生生地插进了盐阜地区抗日根据地。

新四军第3师曾经多次想拔出这颗钉子，可这颗钉子实在有些扎手。孙良诚的部队是西北军的旧部，战斗力本就强悍，第5军更是孙良诚部的王牌，号称“老中央”。第5军本身实力强悍，盐城伪4军赵云祥部、两淮的潘干臣部和吴独膀子(吴漱泉)部、响水口的徐继泰部随时都会赶来增援。用王清翰的话讲，那是“固若金汤，万无一失”。

不打无把握的仗，新四军第3师师长兼苏北军区司令员黄克诚和师参谋长洪学智一商量：酸萝卜是泡出来的，机会是等出来的，第3师可以等。

黄克诚和洪学智等来了1945年4月。1945年绝对是形势急剧变幻的一年。日军在太平洋战场节节失利，龟缩回了日本本土。盐阜城内的伪军士气低落，各级长官为了防止士兵在夜里逃走，竟然让士兵光着身子睡觉，衣服由长官集中看管。第5军军长王清翰和暂编33师师长孙建言矛盾不浅，虽然同城，却是不同心。

要人命，趁人病，黄克诚和洪学智调动部队，决意攻下阜宁城。4月24日是暂编33师师长孙建言的大喜之日，洞房花烛夜无礼可送，送些“礼炮”热闹一下还是可以的。

送佛送西天，送礼当然得漂漂亮亮。师参谋长洪学智和8旅旅长张天云、政委吴信泉，10旅旅长刘震一商量，作出部署：8旅攻打头灶、七灶、掌庄三个据点，10旅夺大小顾庄。外围据点一拿下，8旅和10旅全力攻城。师特务团和阜宁、射阳、阜东、建阳、盐东五个独立团负责在城南和城西打援和断敌后路。

8旅特务营分三路将头灶包围，惊得据点内的狗狂叫不止。据点内的伪军以为是民兵又来骚扰，毫不在意，有的人居然唱起了十八摸小调。特务营的迫击炮炮手架炮、上弹，“轰隆”一声给他来了个内外大合唱，震得六米多高的炮楼晃了又晃。小调戛然而止，8旅特务营的战士箭一般的冲过围墙防线，扫出一片火花。不到十分钟，全歼伪33师的一个中队。

头灶的战斗迅速解决，围攻七灶据点的24团第3营和特务连却遇到了麻烦。七灶据点内有从东到西串联在一起的三个圩子，圩子前是一片开阔的水田。3营的大炮开火后，营长田晋杰带着各连顺着水田就往圩子方向冲。伪33师的独立大队的伪军扣动板机不停地扫射，田晋杰立即调整战术，命令掩护的掩护、冲锋的冲锋。

指导员杨竹林带着一个排的战士杀到圩子跟前，只听“哗啦”一声，冲在最前面的战士刘雨一个踉跄，摔倒了，溅起一片水声。刘雨惊呼一声：“指导员小心，有深水沟。”

狡猾的伪军居然在圩子前挖了长长的深水沟，指导员杨竹林又惊又怒，涉水过沟本来就不容易，偏偏晚上一片月光，强攻肯定会伤亡不少。

旅长张天云听到进攻受挫，立即调集七门火炮从东南、正南、西南三个方向同时开炮，形成强攻，吸引伪军的火力。特务连则轻手轻脚的向西北方向摸了过去。

炮声如雷，伪33师的独立大队慌了手脚，机枪手不停地摆弄着机枪，试图封锁水面。冲锋在前的10连连长被击中头部，沉到深水中。

特务连摸到圩墙下，将手榴弹捆成束，炸出一个缺口，呐喊着冲了进去。悲愤的10连战士一看连长牺牲了，大喊着“为连长报仇”，飞出三角勾刺挂在墙上，顺着绳子就往上爬。

据点内新四军的枪声大作，据点外新四军攻势凶猛，伪33师的独立大队大队副慌了手脚，一个劲给伪军打气：“顶住！给我顶住。天亮援兵就到。”特务连的一个战士刚好冲到跟前，抬手就是一枪，给他来了个“血流如注”。大队副一头栽倒在地，旁边的机枪手手一抖，扔下机枪就往据点深处跑。

24团第3营和特务连把伪33师的独立大队赶鸭子一样逼进了一座瓦房里，不久迅速结束了战斗。

头灶这边枪声大作，10旅4支队支队长钟伟带着4支队将大顾庄的伪军据点团团围住，派出一小股部队佯攻。一时间，枪声四起，惊得据点内的伪军拿起电话就往阜宁搬救兵。

佯攻摸清据点内的火力之后，钟伟指挥4支队发起强攻，宣传员拿起喇叭大声喊话:“伪军兄弟们！日本人在太平洋打了大败仗，孙良诚把你们卖给日本人当炮灰，自己吃香的喝辣的，别给他卖命了!”攻城又攻心，据点内的伪军心慌意乱，纷纷放下武器投降。

头灶的据点被攻破，大顾庄的据点如果再失守，城里的日子就不好过了，走道提心吊胆也就算了，想喝口粥都成问题。洞房花烛夜没睡好的孙建言又气又急，揣着望远镜在城墙上四处看了又看，派了一支1000多人的队伍出北门过大桥，向大顾庄的方向奔去。

新四军第3师参谋长洪学智和政治部主任吴法宪将手一抬，命令埋伏在阜宁城北久乱坟岗的22团原地不动，放援兵远离阜宁城，坚决将援兵全部消灭在城外。

阜阳城的伪军援兵刚跑出城半里路，先头部队就同占领大顾庄钟伟的4支队交上火。

盐阜独立团、10旅1支队的战士看得手痒，端起枪就从伪军援兵背后杀了过去。伪军援兵开始还想抢占大顾庄，一看被抄了后路，就算抢了大顾庄也会被包成“饺子馅”，于是调过头就往阜宁城方向跑。

22团的一个连在战前就换上伪军的军装，准备找机会混入城内。一看伪军援兵慌乱的向阜宁城逃去，连长灵机一动，全连跟着败军就往北门大炮楼冲去，一举夺下北门的大炮楼。

盐阜城被打开一个缺口，守军已是军心大乱，吴法宪、张天云、刘震和8旅政委李雪三当即决定趁热打铁，攻城灭敌。师参谋长洪学智发出命令:攻城炮为先，炮火摧毁敌人工事、打垮敌人的信心之后，步兵再发动冲锋。

1945年5月25日15时，战斗打响了。

8旅、10旅主力和盐阜独立团先后从北门冲进阜宁城，按着各自的作战任务，向城内伪军发起全面攻击。

小南门龙王庙大坪里的伪军把几座民房连接起来，筑起几米多高的防护墙。22 团的冲锋队还没有冲到防护墙前，伪军的机枪就突突的响了起来，手榴弹更是漫天乱飞。

冲锋队被机枪死死地压住，根本抬不起头。投弹组的组长一看伪军机枪嚣张，将手一挥，投弹组的战士一起出手，捆在一起的手榴弹包纷纷落在防护墙后。烟雾弥漫，咳嗽声一片，伪军的机枪一下子没有了声音。

冲锋队的战士一看有机可乘，一头扎进烟雾，架梯，上墙。机枪手李得遥翻身上了墙，端起机枪对着墙下就是一阵扫射。烟雾散去，只见地上倒了一地的伪军，伪军机枪手一动不动地趴在机枪上。

冲锋队的战士占了阵地，22 团的其他战士再无顾忌，放心大胆地翻墙入院，满院子地追杀伪军。

盐阜独立团在南北大街用手榴弹开路，抢占屋顶制高点，架起机枪，逼得伪军连连后退，掩护后续部队冲入街道。

经过两小时的激战，敌人的阵地和据点逐一被我军摧毁，龙王庙和南北大街以及大片城区已被我占领。敌人伤亡惨重，大部被歼。

钟伟的 4 支队和向三官殿东侧的水龙局连续发起了两波冲锋，据点内的伪军仗着人多火力猛，将 4 支队狠狠地压在墙外，连抬头的机会都没有。

久攻不下，4 支队的战士急红了眼，不管不顾地操起大刀就要再次冲锋。支队长钟伟赶紧拦住他们，命令部队进行土工作业，将掩体工事尽可能修到离炮楼近的地方。

工事修好后，钟伟命令炮兵把从 1 师借来的山炮推了出来，对着炮楼就是一炮。只听“轰”的一声，第一炮打偏了。炮手搓了搓了手心的汗，定了定神，再次开炮。炮楼里面传来尖叫声，炮弹居然把炮楼轰塌了。

一招得手，炮手信心大振，炮弹精准无误地连续在据点上空爆炸。借着炮威，4 支队的冲锋队扛着架梯往圩墙上一放，顺着梯子就往墙上攻去。据守的伪军很是顽固，躲在坚固的工事后不停地放枪扫射。冲锋的梯队没有丝毫犹豫，在我炮火有效掩护下，端着刺刀冲进伪军中，展开激烈的白刃战。

水龙局的炮火大发神威，在大浦桥却受到了挫折。大浦桥不仅有一道极陡的围墙，还有一条深水沟环绕，驻守大浦桥围寨的伪第 5 军主力 58 团更是狡猾异常。58 团的伪军一听炮声响起，大部分躲进地堡和工事内，只留下几个哨兵趴在围墙上放风。

炮轰过后，新四军第 3 师 22 团的战士抬着云梯借着烟雾向大浦桥冲去。伪军哨兵一看新四军冲锋，尖起嗓子就喊："新四军冲锋了！" 地堡和工事内的伪军"呼拉"一下子全都钻出来，死命地用火力封锁冲锋路线。

抬着云梯的战士有的刚走到半道就受了伤，跑去抢救的战士也被手榴弹击伤。排长龙支带着四 个人扛着云梯冲到机枪死角，死命把梯子竖起来，伪军就把梯子拖了进去。

伪军火力凶猛，强攻只能给部队造成重大伤害。好饭不怕晚，洪学智一思索， 命令部队进行土工作业，把交通壕挖到围墙下和阵地边沿。围而不攻，机枪、手枪弹药充足，不信伪军的肚子就不要喝点水、吃点饭。

新四军攻进城内，伪第 5 军军长王清翰和 33 师师长孙建言着实慌了神，虽说抵抗还在继续，打败仗却是迟早的事。两个人平常虽然不和，唱对头戏更是常事，这一次想法却是出奇的一致：再不逃，小命难保。26 日凌晨，两个人先后率领水龙局、龙王庙的残部越过射阳河，沿阜宁公路向南逃窜。

王清翰和孙建言弃城而逃，城内的伪军就只剩下大浦桥据点。洪学智、张天云和 22 团团长王良太绕着前沿工事走了一圈，张天云的眉头顿时紧锁，这个据点实在不好攻，墙太高太坚固，水沟又太深。

洪学智想了一阵，笑了，命人向据点内的伪军喊话："王清翰和孙建言都跑了，你们还打个屁？不信，你们派一个信得过的人出来看看。"

据点内的伪军营长将信将疑，却又怕自己被孙建言卖了，于是派了一个连长出来观察。连长失魂落魄的在城内走了一圈，回到据点，恶狠狠地骂道："狗娘养的！咱们成垫背的了"！营长一听，信心全无，竖起白旗缴了枪。

阜宁城炮声震天，埋伏在厂桥、茹舍以南的盐阜公路两侧的新四军第3师特务团1、3营战士看得心中痒痒，一个劲地叹气：热闹是别人的，我什么都没有。既没有来增援的伪军，也没有打这过的逃兵，今晚注定是一个寂寞的夜。

心痒归心痒，羡慕归羡慕，特务团1、3营战士仍然静静地埋伏在那里，眼睛直盯着公路。

26日深夜，远处传来一阵慌乱的脚步声，一群伪军进入了1营的埋伏圈。营长一摆手，传令大家不得擅自开枪，看信号再开枪。

过了几分钟，脚步声更响，人头攒动，伪军的后继部队踏进了1营的埋伏圈。1营营长抬手就是一枪，暴喝一声："打！"1营战士开动火力就是一阵扫射，伪军顿时倒了一大片。

进入埋伏圈的伪军刚从阜宁城里逃出，心儿还在怦怦地乱跳，一见中了埋伏，根本无心应战，有的伪军干脆扔下枪就往前跑。1营战士也不追赶，开始打扫战场。

伪军先头部队听到身后枪声如炒豆子般密集，暗叫侥幸，黑暗中不知新四军有多少人，不敢回头再战，撒开双腿沿着公路就往前逃。

新四军第3师特务团3营战士听到脚步声，精神大振。一阵乱枪过后，3营战士挺起刺刀就冲进伪军人群中。伪军先头部队刚刚逃过一劫，又听杀声震天，胆小的吓得直打哆嗦，胆子大的虚放几枪，拔腿就跑。伪第5军军长王清翰也在先头部队中间，黑暗中连中数枪，幸好几个心腹扶着他，连爬带滚地逃出包围圈，总算捡回一条小命。

特务团3营刚刚派一个连押着俘虏们往阜宁城方向走去，就听浓雾对面有人走动。3营营长看不清对方是谁，不敢贸然开枪，于是故意发出声响。

只听对方枪栓哗哗作响，接着就有人抖着声音问：“谁？哪一部分的？”

3 营营长心中一动，回答道：“特务团。”

对方大喜，大声喊道：“自己兄弟，我们也是特务团的。”

3 营营长一下大乐，称兄道弟，不是伪军还有谁，暗中命令战士们做好战斗准备。

伪军越走越近，走到跟前，发现一色的灰色军服，许多人双腿一软跪在地上，双手举枪，口里直嚷：“不要打，不要打，我投降！”

这样，在新四军第 3 师节节围堵、多面截击下，激战 3 小时，毙敌 150 余人，俘敌近千。

整个阜宁战役，从 4 月 24 日 22 时发起，到 26 日 10 时止，历时 36 个小时。新四军第 3 师全歼伪 5 军军部和 2 个师部、7 个团，并歼灭了伪阜宁县政府、保安团等反动组织和反动武装，活俘伪 33 师副师长邓立东以下官兵及伪地方军、政、警等近 3000 人。伪 5 军只有军长王清翰、33 师师长孙建言带着几十人漏网。

黄土岭战役：一抔黄土葬“名花”

1939 年 11 月，日本东京有家报纸开辟专栏，哀悼日本侵华军“蒙疆驻屯军”最高司令兼混成第二旅团旅团长阿部规秀中将。其中一篇悼文如泣如怨地写道：“自从皇军成立以来，对中将级将官牺牲，是没有这个例子的。

这次阿部规秀中将的隆重牺牲，我们知道，将士们一定是很奋力作战的，战斗力已超过了阶级的区分。”

阿部规秀死在黄土岭，中国顿时一片沸腾。阿部规秀是日本军界享有盛誉的“名将之花”，更是擅长运用“新战术”的“山地战专家”。

晋察冀军区一分区司令员兼政委杨成武一拍第1支队司令员陈正湘的肩膀：“打得好！咱这次可是捞着大鱼了。”

1939年10月30日，杨成武正在冀西阜平参加晋察冀分局召集的工作会议，就接到晋察冀军区第一分区司令部的报告：日军迁村大佐率领1000多日伪军进驻涞源，分兵三路，准备向第一分区的银坊镇、走马驿、灰堡地区“扫荡”。

涞源地区是敌我必争之地。八路军可以从涞源两侧经察南挥戈北上，直捣阿部规秀的老窝张家口，日军则把张家口—涞源一线的据点看成是插进我晋察冀军区的一把“尖刀”，随时以涞源为基点，不断向四周“扫荡”。

杨成武得知这一重要情报后，立即向晋察冀军区首长聂荣臻报告。聂荣臻问杨成武：“敌人有三路，你打哪一路？”

“打东路！”杨成武胸有成竹地说：“从涞源到银坊全是深山峡谷，出涞源城，过白石口，再往南到雁宿崖、银坊，其间只有一条山路可走，两面是大山乱石，不难找到伏击地域。这路是迁村大佐亲自带队，比较难打，全歼东路日军对敌人的影响更大。”

聂荣臻说：“我同意你的意见，要打，就打痛他、打死他！”彭真、贺龙和关向应等首长也表示同意杨成武的意见。

11月1日，杨成武特意绕经银坊镇、雁宿崖、三岔口、白石口、插箭岭、黄土岭，再次详细察看了每一处的地形地貌。

从涞源到银坊只有一条道，一过内长城，是光秃陡立的石山。从白石口到雁宿岩一段，两面是高插入云的大山，中间是一条宽仅四五十米的河套，实际上是个干河滩，这是一个天然的口袋。两边的山岭陡峭，如果伏兵两侧，并以一部分兵力诱敌至此，再用火力封锁住白石口，断敌退路，那它就插翅难逃，只能葬身于乱石之中。

看完地形后，杨成武来到第3团营地银坊镇，与团长纪亭榭、政委袁升平拟定了一个基本作战方案：集中1、2、3团的兵力在雁宿岩附近伏击向白石口—银坊一线进犯的日军。雁宿崖一带是长达几百米的悬崖峭壁，坐落在三岔口和张家坟之河床的西岸。崖下有个几十户人家的村庄，村名就叫雁宿崖。雁宿崖的东边是连绵起伏的山地，海拔在200至500米左右。地形酷似一个天然“口袋”，日军如果进来，我军南堵北截，日军插翅都难逃。

1团团长陈正湘、政委王道邦带着1团到达雁宿崖东山，立即指挥部队就地埋伏。3团主力则在张家坟及其两侧山上隐蔽展开。

7点钟左右，我军同三路敌人先后打响。白石口之日军在游击队诱击下，疯狂地向三岔口前进。当敌进至雁宿岩时，新四军2、3团突然从东、西两面漫山遍野地压下来，1团则从敌人背后杀出，200多挺轻重机枪一齐向山下的敌人开火。手榴弹爆炸声、喊杀声震得山岳颤抖。

日军突然遭到优势兵力的冲杀和猛烈火力的袭击，顿时乱作一团，死的死，伤的伤，纷纷倒在河滩。雁宿崖北边敌人炮兵中队和辎重队的骡、马、驴到处乱窜，驮的物资撒得遍地都是。几百名民夫趁着混乱，撒腿就跑进了东北山沟中。

日军回过神后，立即占领河套附近的小高地，在那里顽强抵抗，并以机枪大炮掩护，向我3团阵地发起反冲锋。3团的指战员们以手榴弹、刺刀奋勇迎击，1、2团从敌人侧后猛烈扫射，打得敌人纷纷滚落山坡。接着我军展开了全面攻击，至下午4时，日军已被杀伤大半，被压缩在上、下庄子附近和雁宿岩西北的一个高地上。

黄昏前，上、下庄子里面的日军被消灭干净，只剩下西北高地上的敌人。这时，我军各路部队把西北高地围得水泄不通。山顶上的日军不甘就擒，炮火疯狂地向八路军的阵地怒吼，天中空弥漫着刺鼻的硝烟。

3 团 1 营担任对这个山头的主攻，营长赖庆尧在最前沿指挥。冲锋号一响，3 连的支部书记徐继昔光着膀子，举着驳壳枪，呐喊一声，领着全连战士一股疾风似的向山上刮去。

山上的日军虽然处于绝境，却是困兽犹斗，嘴里怪叫着扑了过来。一时间，刺刀乱飞，鲜血四溅，双方肉搏进入白热化。徐继昔浑身是血，挥动着染满鲜血的驳壳枪，指挥部队同山上的日军抢占每一寸土地。

眼看着自己被八路包围，日军迁村大佐知道此地不可久留，于是亲自指挥部队突围。在雁宿崖村西北山头上，敌我双方短兵相接，白刃搏斗。战斗极其惨烈，死尸狼藉。

夕阳西沉，山头一片朦胧，绝不能让敌人看到明天的太阳。杨成武命令部队发起第 3 次冲锋，冲锋号震荡山谷，枪弹像骤雨一样浇落在敌人阵地上。神枪手孟宪荣的机枪所到之处，日军纷纷倒下。看得一旁的纪亭榭团长连连喝彩：“好！”紧接着他振臂一呼：“同志们冲呀！”随着纪亭榭的喊声，曹葆全排长领着全排像猛虎一样冲在队伍的头里，刹那间就冲上了山顶，大队如狂潮一样涌上去了。日军被压下沟底，新四军战士的手榴弹像冰雹似的倾泻在沟里，将日军淹没在火海中。600 多名日伪军除生俘 13 名外，全都被消灭在河套里。

打扫战场时，在敌尸堆中找到了负重伤的迁村宪吉大佐。迁村宪吉为了保持皇军的“体面”，不让八路军的医务人员为他包扎伤口。结果伤势过重，死在雁宿岩上。其余两路的敌人慑于我军威力，仓皇溃退，缩回涞源城去了。

日军作战有个规律，每次失败，必然出兵报复。败得越惨，报复得越凶。因此，雁宿崖歼灭战枪声刚刚停止，杨成武就立即命令部队连夜打扫战场，准备迎接新的战斗。

迁村宪吉大佐被八路军打死，阿部规秀中将恼羞成怒，发誓要替他报仇雪耻。11 月 4 日，阿部规秀率领张家口的日军 1000 余人，沿着迁村大佐的行军路线，向晋察冀军区进行报复性的“扫荡”。

阿部规秀大势进攻，杨成武心中一喜：不怕你来，怕的就是你不来。

军区对此十分重视。聂荣臻司令指示杨成武以小部兵力将日军引到黄土岭一带，1、2、3、25 团和炮兵营全力出击，杀他个片甲不留。贺龙老总把 120 师特务团团长杨嘉瑞、政委范忠祥叫到跟前，说：“给你们团一个艰巨的任务，配合聂司令员的部队去打阻击。你们思想上要有充分准备，敢挑重担，不要把自己看成是配角。你们不要怕打硬仗，不要怕牺牲，你豁出去两个营也不要紧，回来我再给你们补充。”

部队再次进行战前动员。“给阿部规秀中将一个下马威”、“再来一个歼灭战”的战斗口号响彻军营，战士们血都沸腾起来。

当天夜里，日军越过白石口，来到雁宿崖峡谷。他们找不到八路军和老百姓的踪影，就把士兵分成三五人一组，在河滩旁、山岗上、沟壑里、村庄内寻找迁村大队的伤员和尸体。日军有的举着火把，有的打着手电筒，到处搜寻，最后在沿峡谷两侧的山角边找到十余处埋葬日军官兵尸体的新坟。

按照日军的习惯，阿部规秀命令士兵把八路军埋葬的日军尸体一具具挖出来，堆到一起，架上木柴，浇上汽油，点火焚化。一时间，整个峡谷火光冲天，臭气连几里外的人都能闻到。

11 月 5 日，日军继续搜索前进。阿部规秀判断八路军“主力已向司各庄方向退走”，决定“迅速追击主力，并将其捕获”。

杨成武命令游击队长曾雍雅指挥游击支队骚扰、挑逗日军，游击队忽而坚堵，忽而大踏步后退，紧紧缠住敌人，使日军欲战不能追又追不上，气得阿部规秀暴跳如雷。

这天晚上，日军进入银坊、司各庄等地，仍未发现八路军主力，便气急败坏地放火烧老百姓的房屋。一座座院落、一片片村庄瞬间变为火海，冲天大火彻夜不熄。

日军疯狂，杨成武命令各部队在黄土岭以东峡谷两侧进入预伏阵地。第 1 团及第 25 团一部进至寨坨、煤斗店东南、西南高地，卡住“口袋”口，堵住日军前进的通道；第3团从大安出动，进至黄土岭及上庄子东南高地；第2团进至黄土岭东北高地，分别从两侧夹击日军，兜住“口袋”底，切断日军退路；特务团埋伏在黄土岭东南，担负围攻和阻击逃敌的任务。在日军毫无察觉的情况下，八路军在黄土岭以东的峡谷周围，准备好一个阿部旅团非钻不可的大“口袋”。

在杨成武完成伏击准备的同时，阿部规秀得到黄土岭西北有八路军主力的情报。为防止八路军主力从背后进行攻击，阿部规秀采取继续东进，经上庄子、寨坨、煤斗店、浮图峪等地返回涞源的路线。想避而不战，却不知日军正一头向八路军的口袋中栽进去。

黄土岭上阴雨绵绵，群峰被白雾覆盖着。天还未亮，日军已来到黄土岭。这时，杨成武指挥1团、25团拦头杀出，3团、特务团及2团从西、南、北三面合击过来，把日军团团围住，压缩在上庄子附近约两公里长，宽仅百十米的山沟里。轻重机枪喷射出的子弹像暴风骤雨一样倾泻在敌人头上，炮兵部队也以猛烈的炮火轰击沟底密集的敌人，只打得黄土岭上火光闪闪、硝烟蔽天。

1团团长陈正湘正用望远镜观察战场情况，突然发现南面小山的山包上有几个挎战刀的日军军官。南山小山头一百米远的独立小院中日本军官出出进进。

独立小院是敌人的指挥所，南面小山包则是敌人的观察所。只要端了日军的指挥所和观察所，日军就会乱成一锅粥。陈树湘压抑住心头的兴奋，立即命令炮兵连一次性将那两个目标摧毁。炮兵连杨九枰连长目测距离后，信心十足地说:“直线距离约800米， 在有效射程之内。保证打好!”

四发炮弹呼啸着飞向高空，瞬间，在目标点爆炸。独立小院的日军跑进跑出，异常慌乱，小山包上的敌人拖着尸体和伤员滚下山去了。

11月21日，被侵华日军誉为“东京之花”的著名女播音员一改往日甜美的音喉，用沉重、哽咽的声音播送:“素有‘山地战术家’、‘游击战名将’、‘护国之花’美誉的独立混成第二旅团旅团长阿部规秀中将于本月7日在支那战场的黄土岭战斗中被突如其来的八路军的迫击炮弹炸成重伤，数小时后壮烈殉国！”

阿部规秀被击毙后，日军恐慌异常，至11月底，日军终于经不起我军的打击，垂头丧气地全线溃退，我军取得了反“扫荡”的彻底胜利。

“名将之花”凋谢在太行山上了，但是中国人民的英勇、智慧之花——八路军却以更鲜艳多彩的姿态盛开在太行山上，开遍敌后战场。

1985年8月，为纪念抗日战争胜利40周年，杨成武写了一首《忆黄土岭之战》的小诗，以纪念这次战斗：

云谷重关雾沉沉，六郎插箭雄风存，
巧布伏兵雁宿崖，全歼迁村侵略军。
再展奇谋黄土岭，阿部规秀化青鳞，
捷报飞若初冬雪，扶桑朝野俱断魂。

车桥战役：新四军打了一个大歼灭战

薛家套一带有新四军在活动！

五总一带有新四军的主力出现！

兰路址一带有新四军的行踪！

东台的三仓地区一夜之间成了新四军的活跃区，打据点、除汉奸，新四军忙得不亦乐乎。汉奸关着门在家求神保佑，苏中地区的日军却是乐得不行："清乡"和"扫荡"逼得新四军东躲西藏玩潜水，现在终于忍不住露出头来透口气。想透气，没门，皇军追着打。

日军在东台三仓地区撵着新四军主力的屁股跑，新四军第1师师长粟裕、副师长叶飞相视一笑：眼球已经吸引，掏心行动可以开始了。

手执枪，背负刀，突击队员动作利索地趁着夜幕向车桥的土围墙摸去。新四军第1师第3旅旅长陶勇、政委刘先胜匍匐在百米外的阵地里，用望远镜观察战况。

1944年3月4日的深夜，月明星稀，无风无浪，正是睡觉的好时候。

突击队由3旅7团（团长彭德清）1营和2营担任，两个营兵分两路，准备在车桥据点里面来一个"心花怒放"。

1营的1、3连进到外壕（护城河)，据点内的伪军居然没有半点反应。突击队员泅过外壕，同时架起数十架云梯，登上围墙，随后潮涌般地过了深壕。

三道流星蹿上夜空，北面的1、3连首先突破围墙。

据守碉堡的伪军惊醒过来，操起枪支向外乱放枪。被誉为"飞将军"的6连战士陈福田腰上别满手榴弹，沿着梯子，冒着弹雨，飞身爬上碉堡顶盖，抡起十字镐挖个窟窿，将一连串的手榴弹塞进了碉堡。碉堡一阵颤动，随之而来的是一片死静。

3连乘胜继续攻击伪别动大队，占领了涧河以北的街道房屋，监视小圩内的敌人。碉堡里的伪军机枪吐着火网，战士蔡心田发挥"百步穿杨"的神技，飞步靠近碉堡，一枚手榴弹破空飞起，准确地从敌人枪眼里钻进了碉堡，机枪一下子哑了火。突击组冲了上去，全歼驻守伪军。接着，他们又向伪军补充大队部发起攻击。

告捷的流星此起彼伏地蹿上夜空。不到1个小时，1000多名战士攻入市镇，向街心发展。2 连泅渡了两道两丈多宽的外壕，突破围墙。伪军还没来得及占领碉堡，就已经被歼灭大部。4 连从西南角围墙突破后，越过敌火力封锁，在墙上开洞，迅速打进警察局。伪军被打了个措手不及，全部被俘。6 连泅水渡壕时，被伪军哨兵发现。前卫班奋勇前进，活捉哨兵，先后占领两个碉堡，随即向纵深发展，跃过第二道围墙，攻击东南碉堡。

5 日上午 10 时，伪军补充大队驻守的两个碉堡被我军七团攻占。我军冲进屋内进行白刃战，全歼守敌，俘虏伪大队副以下 80 余人。11 时，伪军一个中队全部投降。

接天车桥日军求援的电话响起，车桥附近据点的日伪军当时就木了：新四军主力在东台三仓地区被皇军撵着屁股打，居然还敢打车桥，新四军这次可真是吃了熊心豹子胆。

车桥镇实在是一块难啃的骨头。日军在车桥经营多年，守备工事相当坚固。车桥镇四周筑有大土围子，外壕里面还有许多土围子，碉堡有 53 座，还有许多暗堡封锁地面。涧河沿线有公路可以通往淮安、石塘、周庄、泾口等地，附近的日军可以乘汽车快速增援。

日伪军震惊，新四军第 1 师师长粟裕、副师长叶飞却是一脸淡定。突袭车桥看似凶险，凶险中却有极高的胜算：第一，车桥是日军控制的中心地区，敌人自以为比较安全，“掏心行动”正是攻其不备；第二，日军两个师团部驻扎在离车桥较远的徐州和扬州，车桥镇的日军一时得不到大部队增援。第三，距车桥 12 华里的芦家滩一线地势险要，正是打伏击的绝佳去处。更重要的是，日军的注意力早已经被第 1 师一小股部队吸引在东台三仓地区。

“掏心行动”胜算很大，回报也很大。淮宝地区地处淮安、阜宁、宝应三县边界，车桥镇则是日伪控制淮宝地区的重要据点之一。一旦拿下车桥、泾口等据点，就会将原来被日军隔开的苏北、苏中、淮北、淮南抗日根据地连在一块。

叶飞将参战部队分成3个纵队和1个总预备队。第1纵队由第1旅1团、三分区特务营、泰州独立团一个营（后称4营）组成，1团团长廖政国、政委曾如清指挥纵队在石桥头、芦家滩地区设伏击淮安、(新）淮阴方向的日军援兵；第2纵队由3旅7团（团长彭德清）组成，第3旅旅长陶勇、政委刘先胜指挥纵队攻占车桥。第3纵队由第18旅（旅长江渭清，政委温玉成）52团及江都独立团、高宝独立团各一个营组成，52团团长陈挺、政委李干辉指挥纵队阻击淮安、曹甸、宝应的救兵。师教导团1营及4分区特务团两个营作为总预备队由副师长叶飞为前敌总指挥。

震惊归震惊，救援还得救援，车桥附近的日伪军纷纷出动。

曹甸、塔儿头的伪军头吴漱泉一提起新四军就头痛，不出兵又怕日本人责怪，勉为其难地派出100多伪军。100多伪军磨磨蹭蹭挪到大施河一带，几个伪军踩响了第3纵队埋的地雷，当场被炸得血肉模糊。其他的伪军一看有雷，也不管他们是死是活，尿急一般就往据点方向跑。

淮阴、淮安城、泗阳、涟水的日军援兵虽说相约在车桥，却没有结伴而行的打算。救兵如救火，去晚了，车轿失守不说，只怕连新四军的影子都看不到。他们都是各走各的，爬上汽车，顺着淮安城到车桥的公路直奔车桥。

1纵队在芦家滩设伏。芦家滩的南面是古涧河，宽20余米，水流湍急，河岸险陡，想过河得有浪里白条的本事；北面是一片芦苇荡，宽约半公里，长约1公里，芦苇密布，淤泥到处都是，陷进去可以说是九死一生。

15时15分，增援的日军乘坐七辆卡车来到周庄附近。1团3营战斗警戒人员与日军打了照面，虚放了几枪，掉头就向芦家滩跑。日军一见新四军败了下来，指挥官将手中的指挥刀一挥："快快的！"开车的日本兵顿时就如打了鸡血一般，全速向芦家滩驶去。

日军进了圈套，1团团长廖政国怒喝一声："打！打狗日的！"打援部队的战士投弹的投弹，放枪的放枪，织成一片火力网。日军倒了一大片，指挥官又惊又怒，新四军居然敢在这地方设伏。日军指挥官不敢恋战，指挥日军士兵向公路北边的坟堆中转移。

廖政国冷笑一声，吩咐战士们一枪不发，放日军过去。日军一窝蜂的涌进坟场，只听“轰”的一声，紧接着就是一连串的爆炸声。日军当即死伤 60 余人，锐气挫尽。

日军后续部队向 3 营阵地的东北方向迂回，企图绕过草荡，再东援车桥。刚到石桥头附近，1 团 2 营 4 连的战士就给他们下了一阵手榴弹雨。日军被炸得人仰马翻，缩回韩庄固守。接着，第二、第三批增援日军均被击退，不得不龟缩于韩庄。

19 时许，韩庄之敌集结主力猛攻 3 营阵地，企图突围。阻击部队果断拦击，1 团 2 营和分区特务营一连分四路直插日军阵地。6 连首先攻入，与日军进入白刃战。4 连和特务营一连分别由北、西两个方向攻入韩庄，随后五连也自东面突破，把日军截成四段。此役，共歼敌 60 余人，日军第 65 师团第 72 旅团山泽大佐被击毙。

韩庄战斗正在进行，草荡东侧发现一簇簇火光。原来日军企图乘夜从我阻击阵地右翼的芦苇荡偷越过去。1 团 7 连和泰州独立团 1、2 连立即堵截。日军遭到打击后，一部逃向小马庄，另一部则被我围阻于芦苇荡内。

7 日，车桥镇残敌在援军接应下狼狈逃窜。早已动员好的淮安、宝应两县 40 多个乡的 3 万多民兵、群众立即进入车桥，迅速平毁工事，拆除围墙、碉堡，打扫战场，彻底摧毁敌人的巢穴。苏中新四军部队乘胜威逼车桥周围敌据点。至 13 日共收复曹甸、泾口、塔儿头、受河、周庄等敌伪据点 12 个。

车桥战役以辉煌胜利向全国人民告捷。第 18 集团军总政治部宣传部在《抗战八年来八路军新四军》一书中曾经指出：“在抗战史上，这是 1944 年以前，在一次战役中生俘日军最多的一次。”

芦家滩打援部队将俘获的日军官兵陆续押送到师指挥所，远道而来的居民和战士们围看战俘，欢快地议论着。日军战俘们惊魂初定，感慨万千。日军炮兵中尉山本一山说：“这次战斗失败，我们犯了轻视新四军的错误。”一等兵水野正一伸着大拇指说：“我佩服新四军作战巧妙，惊叹新四军士兵攻击精神旺盛。”伍长石田光夫感慨地说：“我现在清楚知道了，日本兵战斗意志，完完全全比新四军低下。”他们凄然喟叹：“皇军日暮途穷了！”

第二天，新闻台收到了延安新华社广播“苏北新四军大捷，收复车桥”的消息，赞扬新四军1师“以雄厚兵力”打了一个“大歼灭战”。第三天又详细报道了车桥战役的经过。

车桥战役结束后，粟裕与陈丕显谈起这次战役时说：“你说的儒将叶飞，这次车桥战役立了第一功。”陈丕显听了，会心地笑了。

逐 鹿

1945年抗日战争结束后，毛泽东为首的中国共产党主张以武装割据斗争的路线夺取政权，在中国建立社会主义，蒋介石为首的中国国民党则要求毛泽东放弃军权，承认国民的私有财产和经营权应受到保护，并实现国家统一。一个国家，两种制度，不能妥协，就只有用拳头说话。中国陷入一场新的战争。

邯郸战役：粉碎黄粱梦

成，败，只在邯郸。

邯郸位于平汉线的中枢，想运兵东北，邯郸不得不夺。

1945 年 10 月中旬，蒋介石动用了 14 个军约 15 万兵力，分 3 路沿平汉、同蒲、津浦 3 条铁路直逼晋冀鲁豫解放区的首府——邯郸。

阻止和迟滞国民党部队北进，就必须打乱蒋介石的如意算盘。中国共产党中央革命军事委员会指示晋冀鲁豫军区集中主力歼击沿平汉路北上的马法五、高树勋部。

军区司令员刘伯承、政委邓小平当即制定作战方案：第 1 纵队及冀鲁豫军区之一部为东路军，第 2、第 3 纵队及太行军区、冀南军区部队为西路军，从东西两面夹击沿平汉路北上的国民党军；以太行军区部队一部组成的独立支队同太行、冀鲁豫地方武装和民兵在黄河以北至安阳一带，袭扰并迟滞国民党部队北进。

东西钳击，一击毙命，让人心动不已，晋冀鲁豫野战军 1 纵队司令员杨得志、政委苏振华却是有些头痛：第 2、第 3 纵队及太行军区还远在上党地区，铁钳还只是一条铁棍。钳击暂且不说，能不能在兄弟部队赶到之前顶住敌人的强攻都是一个问题。

杨得志、苏振华不是怯战的人，实在是情况极其不乐观：敌我兵力为

5∶1，1纵清一色的轻武器，对手是半机械化的装备。鲁崇义的30军装备精良，马法五的40军更是擅战，扔手榴弹、拼刺刀哪个都不输人。更要命的是，即使想躲，还躲不起，邯郸非官运亨通不可。想官运亨通，漳河两岸一马平川，沙土地质想构筑工事都不行。

明知不能战，却又不得不战。杨得志想来想去，只能发动官兵出主意想办法、群策群力，研究如何打好这一仗。

杨得志头痛，国民党第11副司令长官马法五心情却是极好。自打从新乡出发，部队顺风顺水。先头部队北渡漳河、磁县竟然没有遇到“共军”任何有力的抵抗，邯郸已经落入自己盘踞的临漳、成安、肥乡形成的扇形包围圈中。

马法五来得如此迅速，杨得志当即决定：小股部队奔袭敌先头部队，以减缓敌人前进的速度，掩护大部队赶至邯郸以南的屯庄、崔曲、小堤等地构筑工事，组织防御。

崔曲距邯郸只有十几里地。崔曲虽不是城，但周围有土围子。住房几乎全是平顶，平时房顶上可以晒粮，战时便成了天然的堡垒。这里是保卫邯郸的最后一道防线。

杨得志决定把1旅放在崔曲一线。1旅旅长杨俊生把阻击崔曲一线的任务交给了主力7团。

一路没有抵抗，不等于太平。国民党第11副司令长官马法五极其冷静，命令各军变动阵容：先头部队30军留在原地，40军和新8军一部则继续北进，开路先锋由40军李振清的106师担任。师长李振清外号李铁头，这个外号可不是白给的。1943年的太行山战役，40军遭到重创，40军军部和39师活着的加起来也不到1000人，许多部队甚至是一个空番号，106师却保持了建制。

凌晨时分，国民党40军第106师和新8军集中兵力、火器，分别向7团扼守的崔曲、屯庄、赵庄阵地发起了突然猛攻。霎时，成群的炮弹在7团阵地上炸响，掀起一阵阵烟尘和泥土。紧接着，敌人由营到团发起了连续集团冲锋。

晋冀鲁豫野战军1纵7团团长李程、政委威先初沉着应战，命令待敌人放到阵地前十多米时，才集中火力给其以杀伤。同时，组织小群出击，与突入我阵地之敌展开白刃格斗。经六个小时激战，鲜红的战旗依然在七团阵地上高高飘扬。

久攻不下，敌106师师长李铁头气得哇哇直叫，光着膀子，抢过卫士手中的冲锋枪就往前冲。敌106师的士气大振，呐喊着向前猛攻。

国民党40军106师的士兵师打了鸡血，1纵7团也是热情高涨，手榴弹、机枪、步枪火力全招呼106师。

激战中，6团顽强抗击数倍敌人的攻击，伤亡较大。扼守小堤前沿阵地的一连，班以上干部全部阵亡，全连编为一个排继续战斗。

杨得志将纵队指挥所移至东距小堤村仅200米的辛里村，直接进行战场指挥。1旅阵地弹痕遍地，已成一片焦土，许多牺牲的干部、战士由于来不及掩埋，横躺在战壕里、掩体外。

杨得志立即命令纵队特务营两个连投入战斗，加强6团1营的兵力，重点向突入小堤西侧的敌人进行反冲击。

战斗中，7团与敌人奋勇激战，伤亡很大，又处于被敌夹击的险境，杨旅长命令7团暂撤出崔曲，转移到夹堤东部，以待机反击。

恶战夺下崔曲，敌师长李铁头好不得意，忙向副司令长官马法五报告：“共军的阵地号称铜墙铁壁，还是被我铁头撞碎！”

1纵指挥所气氛骤然紧张。崔曲失守，一旦敌人突进邯郸，与南援的第16军会合，我军整个邯郸战役计划就会受到影响，甚至会落空。

杨得志召集3个旅的旅长和政委开会，只提出一个要求：明天天亮前夺回崔曲！管他什么李铁头、李钢头，都要打成猪头。

杨得志正在调动人手，我军后续部队到达。陈锡联、彭涛率领的3纵集结于车奇关、光录镇以西地区；陈再道司令员和政委宋任穷率领的2纵在邯郸及城东南、西南一带呈扇形展开；韦杰独立支队控制了漳河各主要渡口。不经意间我军形成了对敌军的四面合围。

为配合野战军整个战役行动，杨得志对纵队攻打崔曲敌106师的行动重新作了部署：第1旅7团担任主攻，从崔曲村北门至村西北角展开攻击，6团为预备队；第3旅106团从村东门突破，任助攻；第2旅10团、12团在崔曲以西担任阵地防御，阻敌增援；第3旅210团于崔曲南侧阻击敌人。

夜幕刚刚降下，杨得志发出了攻击命令。在火力队的掩护下，投弹队和梯子队首先投入了战斗。敌人是有准备的，但他们没有估计到野战军会这样快地组织反击，更没有想到杨得志会组织200人的投弹队直奔他们在村前沿的“房顶阵地”。

1旅7团1营1连率先从崔曲村北门发起猛攻，吸引敌人的注意力。7团3营1连抓住战机，从村西角突然发起攻击，仅十分钟，就打开并巩固了突破口，3营2梯队立即投入战斗，向东发展。

20团在团长王大顺、政委胡华居指挥下打得十分英勇顽强，但国民党39师凭借人海战术和重炮轰击，攻下20团1营前沿阵地。杨得志急了，他拿起电话，要通了第210团政委胡华居：“胡华居吗？我是杨得志，我命令你亲自组织，夺回阵地！”

杨得志不到万不得已，一般不越级指挥。胡华居脸上一阵火烫，亲自组织1营2连、3连正面反击敌人，并命2营从侧翼出击，终于将敌第三次集团冲锋击退，重新夺回了团阵地。210团干部身先士卒，指挥在前，团长王大顺和团参谋长慕斌不幸壮烈牺牲。得知王大顺和慕斌不幸牺牲的消息后，杨得志眼角顿时湿润了。

经过激烈战斗，敌106师除师长李振清等少数残敌侥幸逃脱外，几乎被全歼。崔曲又回到了我军手中，杨得志悬着的心总算落了下来。

敌新8军军长高树勋在我军的政治攻势下，率领新8军及由他指挥的河北民军万余人，在马头镇举起义旗。

高树勋将军战场起义，使得野战军更能自如地集中兵力全力对付马法五和鲁崇义。在我军强大攻势下，马法五和鲁崇义的两个军顿时锐气大减，已无心恋战，准备再渡漳河南逃，但这时漳河已被从上党赶来的我军控制。围歼敌410军残部和敌310军的态势已经形成。马法五顿时感到灭顶之灾来临，十几天前还攻城夺地，压着解放军打，转眼间陷入这般境地，这是他打破脑袋都没想到的。

马法五率11战区长官部及残军一部，后退到漳里集一带，企图再渡漳河南逃。刘伯承命令1纵务必抓住战机，追击马法五所部。

杨得志心里十分清楚，部队攻打崔曲，伤亡很大且已极其疲劳，但战机在前，不容有丝毫犹豫。他立即命令第3旅任主攻，从漳里集东南方向攻击，杨勇的2纵从正南方向攻击，并决定于午夜发起攻击。

纵队指挥所设在北东坊村西一个烧砖的火窑上，杨得志早早来到窑顶上观察。

激战前的夜晚很宁静时不时透着深秋的寒意。四周的田野，除了少量的棉花杆不曾收获，已没有什么遮掩物。

战斗再次打响，1纵3支部旅勇猛突击，敌人拼命顽抗，打成了对峙局面。见此，杨得志对身边的李朝东旅长说：“命令部队要利用夜战有利时机歼灭敌人。夜间占领一座房子，等于白天占领一条街道。要努力扩大战果，也要准备更艰苦的战斗。”

主攻106团攻进去了，但遭到敌人的节节阻击，在逐屋逐街的争夺中，部队每前进一步都要付出鲜血和生命。

天一亮，敌人便发起了疯狂的反扑，有的部队被挤出了已经占领的地段。马法五意识到这是生死攸关的一仗，于是命令国民党士兵死也要死在阵地上。激烈的战斗持续了整整一天，空气中散发着浓浓的血腥味，106团的战士仍然牢牢地守在阵地上。

杨得志率领的1纵虽未能很快全歼马法五部，但他们拖住了马法五，为大部队实现刘、邓首长在漳河以北地区歼敌的战略意图赢得了宝贵时间。

当日夜间，1纵在杨得志的指挥下，不断向敌人发起进攻。战斗持续到拂晓，我主力攻入村内。马法五见势不妙，命令部队从西南和东南突围。到嘴的鸭子要飞，杨得志立即命令各旅要快速围堵、追击，决不放过一个敌人。

北风呼呼地刮着，树上枯黄的叶子纷纷飘落。敌人恰如被飓风卷起的满地落叶，狼狈地仓皇逃窜。整个战场上，烟尘弥漫，枪声连绵，人喊马叫，1纵战士奋勇围歼逃敌。兵败如山倒，敌人纷纷缴枪投降，战斗很快结束。

除新8军等部起义外，解放军共毙伤国民党军3000余人，俘马法五以下1.7万余人，缴获大批武器物资。

中原突围：千里突围写绝唱

“共军”向东集结!

国民党郑州“绥靖公署”主任刘峙心中一惊：“共军”这是要突围！到嘴的鸭子想飞，门都没有!

刘峙把手往桌上一拍，命令各部队主力向西边的余集、泼阪河、白雀园等地运动，不惜一切代价消灭共军主力。

在刘峙眼中，六万余人的中原解放军被自己歼灭已是铁板钉钉的事情。

为了这次行动，校长蒋介石已经把前戏做足。日本鬼子投降不久，蒋介石就发表“双十协定”，声称要和平不要内战，引得全国上下一片叫好。叫好声中，蒋介石将 11 个军 26 个师约 30 万人调集到了中原地区。得中原者得天下，蒋介石深信这是一个颠扑不破的真理，雄踞中原的中原解放军成了蒋介石眼中的一块拦路石。军队向中原集中，蒋介石声称收复失地。收复失地是真，逐步对李先念、郑位三为首的中原解放军形成包围也是真。

1946 年 6 月，网已经形成。蒋介石的设想很疯狂，给共产党一份大礼：7 月 1 日起，48 小时内灭掉中原解放军。

国民党各部马不停蹄，急吼吼地向东狂奔。中原解放军 1 纵 1 旅长皮定均长出一口气：调虎离山成功。国民党各部追逐的只是自己指挥的两个团。为了制造主力西进的假象，皮定均命令部队在夜里向西行军、白天则重调头向东进军。

6 月 24 日，皮定均的调虎离山成功，中原解放军各部纷纷按照计划行动。李先念、郑位三、王震率中原局、中原军区机关和第 2 纵 13 旅、15 旅 45 团、359 旅等部队向北狂奔，中原军区第 2 纵队副司令员周志坚就一马当先，率部充当北撤的开路先锋；王树声率领 1 纵 2 族、3 旅，2 纵 15 旅 (欠 45 团) 向南突围，1 纵 3 旅旅长闵学胜、政委张力雄率部担任南路突围部队的先锋。

国民党军像马蜂一样涌了上来，1 纵 1 旅旅长皮定均命令部队全力开火。冲锋的国民党士兵像割韭菜一样被放倒在地，“绥靖公署”主任刘峙虽然心痛，信念却更加坚定：“共军”主力就在这里。皮定均给战士打气：三天！拖住敌人三天，我们就打了一个胜仗。

刘峙有点迷糊：对方战斗力强，火力却怎么都不像主力应该配置的火力。想了半天，刘峙想死的心都有，中了“共军”的调虎离山计了。刘峙又气又恨，一边命令重兵包围 1 纵 1 旅，一边命令部队突破 1 纵 1 旅防守的阵地，向西北追击中原解放军主力。

6月26日，国民党部队从东、南、北三面向解放军1纵1旅发起进攻，企图消灭在白雀园地区的第1旅，向西打通追击中原野战军的通道。主力远走，无心恋战的皮定均命令1团团长王诚汉指挥1团吸引敌人，自己则率领1旅主力向刘家坪转移。

王诚汉指挥全团坚守阵地，依据有利地形，以密集的步、机枪和手榴弹火力节节抗击着数十倍于自己的敌人。为了节省弹药和有效地杀伤敌人，战士们都是等到敌人冲到阵地50米、40米，甚至30米的地方时，才一齐开火。国民党士兵每向我阵地冲击一次，往往要丢下几十具尸体。

估摸着旅长皮定均带着主力已经撤出敌人的包围圈，王诚汉命令1团边打边向刘家坪撤退。

6月28日，皮定均决定开始正式突围。他命令战士们用布缠住刺刀，用布包好搪瓷碗，用棉布裹住马蹄，神不知鬼不觉地撤出了阵地。

皮定均率部从刘家冲整队出发，开始突围。来到潢麻公路，皮定均下令："跑步通过！"潢麻公路的一侧是小界岭，这是河南和湖北交界的一座山峰。国民党在这修碉堡、筑工事，并设下重兵。皮定均的调虎离山计刚用不久，这里的国民党部队都去"追"解放军主力去了。

6月29日夜，北撤部队到达柳林车站附近，侦察兵汇报敌情：国民党整编15师刘献捷、祝夏年的2个旅，驻扎在柳林车站，附近的几个大山头已被敌人占领。

柳林车站的背后是四望山和桐柏山脉，那里正是机关西去之地。敌军有两个旅，开路部队却只有两个团。周志坚牙一咬，狭路相逢勇者胜！

冲锋号一响，37团战士立即像饿虎一样从正面扑向柳林车站。47团团长不动声色，率领47团的战士蹑手蹑脚地向柳林车站侧面摸去。

炮声震天，刘献捷、祝夏年都懵了：中原解放军不是都被围住了，怎么又跑到这儿来啦！刘献捷将手中的"东风"往麻将桌上一扔，慌慌张张就往外跑，指挥部队作战。

柳林车站的国民党士兵从梦里惊醒，光着身子，抄起枪就向外射击。47团团长一听双方枪声如炒豆子，带领战士就从两侧杀了出来。

勇猛的37团将大股敌人压到了一个死角，消灭了185旅一个营后，迅速抢占了柳林车站两侧的有利地形。此刻，我后续部队跟了上来，和37团一起，组成了一堵铜墙铁壁。

国民党整编15师刘献捷、祝夏年不甘罢休，命令部队拼死拿下阵地。37团手榴弹、机关枪同时发威，倾泻在冲锋的国民党士兵中。

李先念命令13旅政委杨焕民率领13旅警卫连和39团担任后卫，掩护2纵队15旅45团撤离阵地。杨焕民指挥部队与敌军激战16小时后，又继续向主力部队靠拢。

几天后，李先念等人指挥的突围部队被淅川河拦住了去路。洪流滚滚，如一把快刀将东西两面斩断。更要命的是，周志坚沿着河岸搜索了几里地，别说村子，连个人影都看不到。河上没有桥，水中连只木船都没有。

追兵眼看就到，周志坚带着几个水性好的战士跳进淅川河，终于找到了一个可以过河的浅滩。这时，军区机关赶上来了，顺利地渡过了淅川河。

7月20日，突围部队来到赵川。胡宗南部和国军党20师早就在这里布了一道封锁线，想把北路突围部队剿杀在赵川一带。

第2纵队参谋长方正平拔出手枪，怒骂一声："好狗不挡道，老子这就上去搞掉这只拦路狗!"

3纵4旅副旅长吴子杰一把攥住他的手："老方，带我一个。俺老吴没别的爱好，就是喜欢吃狗肉、剥狗皮"。

方正平、吴子杰带着一支冲锋队就往封锁线突去。两人气愤归气愤，心中却是雪亮的：此地不可久留，一旦被敌人缠住，整个部队都得搁在这。

方正平、吴子杰带着冲锋部队在国民党的封锁线打开一个缺口，立即就地布置阵地，掩护主力通过。

封锁线被撕开一条口子，防守的国军党20师仍然撵着向北突围的李先念部队追赶。敌人阴魂不散，第2纵队副司令员周志坚再次请战：“我去断后。”

郑位三说：“让别人去吧，你先休息一下。”

“不，我是副司令，危险的地方我不去谁去？”周志坚坚持请战。

周志坚率领45团一部边打边撤，死死地将追赶的国民党20师拦在身后。中原局和军区领导机关顺利地越过鄂陕边界，周志坚率领的后卫部队却被国民党20师拦住。

潮水一般的国民党士兵围了上来，周志坚带领部队左冲右突。敌众我寡，打到最后，周志坚的身边已经只有警卫员和几个同志了。陷入重围，周志坚却极为冷静，带领剩下的战士避开敌人的锋芒，逃进了一片森林，开始了他长达两个月的与敌机智周旋的艰难曲折历程。

中原解放军主力跟丢了，国民党郑州“绥靖公署”主任刘峙又气又怒，调过头，派重兵“围剿”中原军区1纵1旅，铁了心要把1纵1旅灭在大别山里。

皮定均早就料到了敌人这着棋，命令部队轻装上阵，每个战士除了武器弹药和一点干粮外，只有一身单衣，他鼓励战士们说：“别看敌人多，打不过他们，咱们还跑不死他们？”

皮定均完全不按牌理出牌：部队有时以每昼夜200多里的速度急行军，将追兵拖得叫苦连天；部队有时却又突然停下来，和追兵兜圈子；有时瞅空子杀个回马枪，狠揍追兵一下，打得追兵晕头转向、伤痕累累。

1纵队1旅来到清风岭时，国民党军一个团早就在这布下罗网。清风岭山势陡峭，南面是天柱山，北面是大河，大河水势湍急。国民党军占领清风岭主峰后，将整条路封锁。2团团长钟发生和政委张春森立即指挥部队攻山，2营主攻，1营侧攻。2营战士用绑腿吊上悬岩，登上清风岭右翼的一座高峰，1营从左翼迂回，冲上山顶。经过两个小时的激战，拿下清风岭。钟发生和张春森指挥部队追击逃敌五公里，为全旅打开一条通道。

国民党的一个营抢先占领了河东金鸡岭，用火力封锁着整个磨子潭水面，企图将1旅封杀在磨子潭。1纵队1旅副旅长曹玉清大怒，跳上小船，就指挥其他四只小船的1营战士往对岸冲。敌人的炮弹不时在水面溅起几米高的水花，渡河的1营战士毫不在意，继续用力向对面划去。

船还没有靠边岸，1营的战士就急不可耐地跳上了岸。几次佯攻以后，曹玉清一挥手：给老子狠狠地打！1营的战士早就清楚敌人的火力和兵力配置，就集中兵力从守军最薄弱的南面攻了上来。一个小时以后，1营就占领了金鸡岭，牢牢控制了渡河登陆点，掩护全旅渡河。

磨子潭水深，皖中平原却是一马平川。

皮定均决定运用旋风战术，5昼夜飞越皖中平原。旋风战术的一个核心就是快，在敌人还来不及反应、形成包围圈之前，昼夜行军，不停顿、不宿营，飞越700里！

赶时间就是抢生命！困乏的战士一面走路一面睡觉，有人一不留神就掉到水田里。有的猛地醒来一摸前面没人，便赶紧追上去，结果把前头的人撞个跟头。骑在马上的战士睡得迷糊，掉下马来，爬起来接着走。昼夜行军打仗，攀荆棘、渡激流，战士们的衣服破烂不堪：褂子烂成了背心，裤子烂成了裤头，有的没有鞋穿，脚磨得像烂桃子。指战员没有吃过一餐正经饭，饿了就啃干粮，渴了就捧起沟里的水喝。

皮定均和大家一起行军，一样挨饿，还要日夜操劳指挥作战，途中患了一次疟疾，身体比别人更差。同志们心疼地说："旅长瘦得像一根火柴棍。"皮定均笑着说："瘦才好呢。身轻，跑得快，敌人不但追不上我们，还常常被我们这5000多根棍子打得晕头转向。"

眼看着1旅在皖中平原一路狂奔，想追追不上，想包围够不着，"绥靖公署"主任刘峙急得不行：好好的一出戏唱成这样，怎么向老头子交待。

都是皮定均惹的祸，刘峙恨得夜里都磨牙，命令津浦路沿线的国民党重修日军用来封锁新四军的护路碉堡、壕沟等工事，拼死都要把1旅锁死在津浦路。

刘峙有封锁线，皮定均早有预料和准备。根据淮南区党委提供的津浦路敌人封锁线的兵力部署情况，皮定均率领部队连夜急行军120里，直奔敌人封锁兵力较为薄弱的石门山。经过3个小时的激烈战斗，1旅全部冲过了铁路，很快进入苏皖解放区。

中原军区卫生部部长潘世征奉命化装突围。他扮成贩毛笔的小贩转移，结果被国民党军抓去当了伙夫。潘世征也不着急，借着买菜的机会就逃走了。后来手中没钱，他就一路乞讨、打短工，最终回到延安。

江汉军区政治部主任胥治中、军区副政委李人林奉命率江汉1团4个连、1个警卫排、1个手枪队东渡襄河，重返大洪山，开展游击战争，创建根据地。国民党军大惊，调来两个正规师和14个保安团清剿。李人林采用盘旋式兜圈子的战法坚持斗争，并与豫鄂边独立游击支队会合，组成鄂豫边游击支队，李人林任司令员兼政委。这支部队愈战愈强，每战毙伤俘敌逾百人。

新开岭战役：南满自卫战歼敌辉煌战

1946年10月中旬，杜聿明为了实现“先南后北”的战略，调集了八个师，从沈阳地区出发，向南满根据地进犯。杜聿明采用兵分三路的战术同时向西进逼，妄图将在南满的东北民主联军4纵和3纵逼上长白山。

敌人来势汹汹，东北局书记、东北民主联军总司令兼政委林彪和东北局副书记兼副政委彭真对此深感忧虑，多次打电话给辽东军区司令员兼政委肖华和第3纵司令员程世才："南满3、4纵队要集中兵力打敌人一个抱头鼠窜。"

根据林彪和彭真的指示，辽东军区司令员萧华对敌情做了仔细的研究，得出结论：3路敌军中，中路最弱，却对我军威胁最大。中路敌军兵分两路。左翼是52军军长赵公武率领的第2师和军直属队，由正面向安东推进；右翼是25师师长李正谊率全师（欠一个团）向赛马集进犯。25师师长李正谊不知是缺心眼还是狂妄，孤军深入，在前进时甚至不做两翼搜索，与其他各路敌人的距离是越拉越大。

孤军深入、狂妄可以说是犯了用兵的大忌，肖华却丝毫不敢小瞧了国民党25师。

25师是一支美械半机械化部队，士兵多为有作战经验的云南老兵。该师善于长途奔袭，在国民党军中有"千里驹"之称。抗战时期，25师参加过长城抗战、台儿庄战役和长沙会战，可以说是一支血海中杀出来的部队。

孤军深入，那就让他有去无回，萧华决定集中第4纵队主力8个团的兵力，将中路敌25师消灭在赛马集、新开岭一带。新开岭位于宽甸以西约70公里，包括叆阳边门、黄家堡子、王家堡子等地。四面皆为高山，宽甸至赛马集的公路和叆河穿越其间。山间沿叆河两岸地形比较开阔，北面有老爷山制高点，东有叆阳边门东山可以控制公路出口，黄家堡子和潘家堡子均有高地可以设伏。老爷山顶有日本人修建的碉堡，这里是一个隐蔽兵力打大包围歼灭战的理想战场。

10月21日，4纵代司令员胡奇才在纵队司令部里召开了作战会议，制定了歼灭25师于新开岭的计划。4纵队是由抗日战争初期我党在胶东地区创建的几支地方武装发展起来的。地方武装想消灭半机械化部队，硬拼造成重大伤亡暂且不提，能不能完成任务都是个问号。

硬拼肯定不行，只能打伏击。胡奇才把目光盯在新开岭。新开岭东面一条东西走向的袋形谷地里，两边是高山，一条公路从谷地穿过，只要控制了谷地周围的制高点，别说千里驹跑不出去，就是插翅虎都得脱层皮。

4 纵副司令员韩先楚率领 4 纵 10 师师长杜光华、政委葛燕璋及所属部队从新宾、永陵出发，日夜兼程，经碱厂向新开岭一带集结。10 师先头部队 28 团一夜行程 130 里，翻越了几座大山，赶往指定地点。

天色漆黑，伸手不见五指。一阵狂风过后，先雨后雪，雨雪交加，路滑难行。指战员们都穿着单衣，冻得嘴唇黑紫，可战士们咬紧牙关，连走带跑，终于在 30 日上午按时到达八里甸子。随后又不顾疲劳，冒着毛毛细雨紧急赶往 20 华里外的新开岭地区。28 团政委张继璜边走边做思想动员工作说："同志们，下雨天是打胜仗的好机会！当年江西苏区红军在 1931 年粉碎蒋介石第一次'围剿'，歼灭敌人 2 个师，活捉敌军师长张辉瓒，那雨都是劈头盖脸地浇在头上。"为了抢时间，步兵爬山抄小路跑步前进，炮兵沿公路随后跟进，全师 17 小时急行军 65 公里，按照命令陆续到达指定位置。

29 日，25 师进入了 4 纵设下的口袋阵。不等李正谊转过神，四周的枪炮声已经响了起来，火光四起，谷地里硝烟弥漫，25 师顿时遭到重创。25 师师长李正谊脑门子一下吓出汗来，这下玩大了。震惊之下，李正谊命令部队迅速抢占山头，等待救援。尽管身陷重围，25 师不愧是"千里驹"，几次冲锋后，便突破了 4 纵 11 师的部队阵地，占领了老爷岭和部分高地。

为了夺回制高点，4 纵 10 师 28 团向敌人占据的老爷岭发动了 7 次攻击。28 团伤亡了 500 多人，仍然没有攻下。

老爷岭久攻不下，国民党的各路援军却是离老爷岭越来越近：从安东、凤城出发的 2 师已进至宽甸城郊；西路敌 22 师已进至双岭子地区，距新开岭只有 15 公里；北路的 195 师、88 师已占领桓仁、通化，直逼 4 纵的后方。

进攻受挫，三路援敌又疾速推进。打？还是撤？稍有失误，猎人就可能变成猎物。

11月1日晚，4纵首长在一起紧急碰头，有人认为这仗不能再打下去了。歼灭战变成消耗战，再打下去得不偿失。敌人的援兵正在靠近，如果继续与敌在此纠缠，一旦大队敌人围上来了，4纵将面临与敌优势兵力死战的困境。

纵队副司令韩先楚坚决不同意撤出战斗，他说："不能撤！一撤就前功尽弃了。我们伤亡大，敌人比我们更惨，他们的弹药已经不多了。我们只要一鼓作气拿下老爷岭，主动权就在我们手里了。"

胡奇才态度坚决，说："不能撤，现在撤出战斗太危险。一撤，快瘫的'千里驹'就会蹦起来，我们的部队就可能被打散。"

几个纵队领导一咬牙，横下一条心：打下去！

10师师长杜光华提出"腹内开花"的打法，建议集中主力，猛插进去，直捣25师心脏黄家堡子。

一阵讨论过后，多数人还是赞同杜师长的意见，认为这个战术是在短时间内解决战斗的上策。

韩先楚略思片刻，提出反对意见："老爷岭的后山坡上白天有敌人约一个营的兵力集结，天黑以后又添了兵力。根据判断，这是敌人的总预备队。敌人是要全力防守的，可见这一高地的重要性。敌人在黄家堡子周围层层构筑工事，显然，敌人对我们的'黑虎掏心'是有所戒备的。"

韩先楚提出的这两个"小情况"立即引起了大家的激烈争辩。逐渐地，众人感到了"腹内开花"的危险性。

韩先楚放下了手中的红蓝铅笔，回到自己的位置坐下，又说："据我看，地形不好，敌人的工事和火力很强，这确实是摆在我们面前的不利因素。但是，如果从我们自己方面检查一下，我们的炮火零打碎敲，部队随到随上，这种加油战术也是攻击不利的重要原因。"他扫了众人一眼，不等大家答话便说："黑虎掏心，正面强攻，在目前情况下这两种打法哪种更合适呢?我看后一种打法把握更大些。我们一鼓作气到底，胜算更多些。"

随后，韩先楚又询问了炮弹的数量，建议把各种火炮统一组织起来，集中所有的榴弹炮和迫击炮射击山后的敌人预备队，以所有的野炮和山炮压制山头上的敌人，掩护突击队强攻老爷岭。

司令员胡奇才一锤定音："预备队上，掀翻千里马！"

11 月 2 日拂晓，4 纵 10 师加入战斗，攻击老爷岭。

此刻，金色的太阳已经升起，老爷岭犹如骆驼的脊峰，在群山中耸立。从山腰到山顶敌阵地前沿，4 纵的突击分队成梯次地隐蔽着。

三颗信号弹升上天空，我军再一次发起猛烈的突击。

老爷岭上火光迸发，4 纵的野炮、山炮猛烈地轰击敌人的工事；老爷岭山后，浓烟滚滚，我军的榴弹炮和迫击炮大显神威。

不等炮火转移，勇敢的突击队员就发起了冲锋。10 师作战科副科长段然高举着手枪，带头向敌人冲去。这位年轻的指挥员，以模范的战斗行动来指挥部队。在他的率领下，战士们一跃而起，如万箭齐发，直向山顶飞奔而去。

28 团率先冲上老爷岭，与敌人展开了肉搏战。5 连副连长王喜庆带领四名战士，摸进敌人的碉堡，将正在射击的敌人全部活捉。

失去最后依托的敌人像受惊的羊群乱作一团，东一头西一头地乱撞。向南突围，被 4 纵 11 师截住；向西退却，又被 4 纵 12 师打回。4 纵的 10 师乘胜从山顶猛压下来，敌人被压至黄家堡子的山沟里。

黄家堡子一片火海，4 纵的战士如同下山的猛虎，追逐着乱了阵的敌人，满山沟里都是"追呀"、"捉活的"的吼叫声。蒋军士兵见如此威势，吓得魂飞魄散，纷纷举手投降。

25 师少将师长李正谊被打伤左腿，眼见情况不对，换上伙夫装就想开溜，可是没走多远就被解放军捉住了。

新开岭战役结束的第二天，中央军委发出嘉奖令。

新开岭战役的胜利极大地振奋了军心民心。1946 年 11 月 3 日，毛泽东代中央军委起草并发给辽东军区嘉奖电："(1) 庆祝你们歼灭敌人一个师的大胜利。望对有功将士传令嘉奖。(2) 这一胜仗后南满局势开始好转，望集结兵力，争取新的歼灭战胜利。"

延安《解放日报》与《东北日报》也都发表社论，指出新开岭战役"创建了南满自卫战歼敌最大的一次辉煌战绩，鼓舞了南满及东北解放区全体军民粉碎国民党军进攻的胜利信心"。

保卫延安："蘑菇"战术显神威

胡宗南站在延安城中。

曾经的延安城是中共中央的所在地，1947 年 3 月 19 日的延安城却只是一座空城。

24 万大军气势汹汹地直逼延安，胡宗南得到的只是一座空城，居然连中共中央机关的影子都没看到。怒火中烧的胡宗南很是不甘心，强力打出的拳头居然打在空气中，那滋味绝对不好受。

西北野战兵团司令员彭德怀心情同样不爽，被人从自己家里逼了出去，这口恶气实在让人难以下咽。3 万对 24 万，敌众我寡，可这下马威不能不给胡宗南。

"共军"主力在安塞方向活动！第 1 军军长董钊部在延安西北一线遭到"共军"袭击。胡宗南的心情大好，老子正愁找不到出气筒，你却找上门来。

胡宗南命令董钊整编第 1 军，第 1、第 90 师共五个旅的兵力，由延安赶往安塞歼灭“共军”的主力，整编第 27 师的李纪云第 31 旅（欠第 91 团），由临真镇向青化砭前进，担任主要进攻部队的翼侧掩护。

董钊无话可说，第 31 旅旅长李纪云却是牢骚满天：万一这是“共军”的诱敌战术，第 31 旅孤军作战还不被“共军”包了“饺子”。

胡宗南当场就发脾气：“胆小如鼠！党国要你何用？共军主力都在安塞，零星的几个共军你还对付不了？”

官大一级压死人，李纪云虽然气愤，却不敢再说什么。富贵在天，生死由命，只能这样了。

李纪云绝对是预测帝，不过他猜到了结局，却猜不到过程和开局。董钊整编第 1 军遭袭的确是真，只不过袭击者不是西北野战兵团的主力，而只是西北野战兵团 1 纵独立 1 旅 2 团的一个营。彭德怀的用意很简单：胡宗南的主力一旦开往安塞，必定派一支部队在青化砭保护其侧翼安全，到时只要狠揍那个倒霉孩子就行。

青化砭位于延安东北 60 里，在一条 40 里长、南北走向的山川中。咸榆公路沿山川而上穿过青化砭，两侧为连绵起伏的山地，是隐蔽部队、打伏击的上风上水的好地方。

打仗是要讲究技术的，时间、地点、力度哪个都不能错。稍不留神，不是打不着，就是让人给跑了。倒霉的孩子可能只有一个，彭德怀还是布下了一个口袋阵：358 旅旅长黄新廷、余秋里率 358 旅埋伏在青化砭以西山地；新 4 旅埋伏在青化砭东北；2 纵司令员王震、政委王展率 2 纵、教导旅埋伏在青化砭以东的山地；1 纵独立 1 旅在郭家庄一线阻击安塞之敌主力。

3 月 24 日凌晨，设伏部队进入阵地埋伏。积雪未消，寒风刺骨，战士们趴在地上一动不动，任寒冷的冰刀吹在脸上、身上。

6 点钟过去了，10 点钟过去了，太阳眼看就要下山，公路上依然不见半个敌人。莫非是敌人绕路走了，战士们有点沉不住气了。又等了两个小时，才得知敌人因为粮食准备不够而推迟一天行军。

3月25日，设伏部队再次按原来的安排进入阵地。上午8点钟刚过，敌人的尖兵就出现在沟口上了。寒风依旧刺骨，战士们的眼睛却更亮了，这一回有肉吃了。

尖兵大约是一个连的搜索部队。有的士兵端着上了刺刀的步枪，沿着山梁，不时地四处张望。有一个国民党士兵操起冲锋枪，对着路边就射出一梭子子弹。设伏部队的战士一动不动，理都不理他，静静地隐蔽好自己。国民党的尖兵连等了半天不见动静，又在原地瞎咋唬了一顿，这才放心大胆地涌进了沟口。

上午10时，国民党整编31旅和另一个团全部进入青化砭伏击圈。

北边的教导旅是负责封底的。他们发现敌人钻得差不多了，发出信号，扑下了山梁，南边的独4旅也闻声扎住了口子。359旅和对面的358旅一跃而起，最北面的新4旅也同时动作，军号频吹，红旗翻飞，枪声、杀声响成一片。

国民党整编31旅被压缩在长七公里，宽二三百米的沟里，前不能进，后不能退，躲没处躲，藏无处藏，首尾不能相顾，乱作了一团。

不到两个小时，设伏部队全歼国民党整编31旅旅长李纪云以下官兵2900余人。

第31旅被歼，胡宗南急令进入安塞的整编第1军五个旅调头向东，会同延安以东的整编第29军进犯延川、清涧、瓦窑堡，继续寻找西北野战军主力。

李纪云的榜样在前，胡宗南不敢再大意，于是采用“方形战术”，几个旅同时并进，同行同宿，并且日走山梁，夜宿山头。

董钊指挥九个旅，兵分三路，避开公路，逐山跃进，向青化砭东北扑去。部队所到之处，严格执行蒋介石的“五光”政策：牛羊剥光，猪鸡宰光，粮食抢光，房屋烧光，锅碗砸光。

胡宗南的部队像小米碾子似地滚进，一走就是八九万人。西北野战军总共不到三万人，硬打打不过，想包围不可能。彭德怀倒也不急，毛驴推磨是把好手，可要是长时间地推下去，铁打的毛驴都抗不住。只要派小股部队偷袭、消耗它，打不死它，也累它个半死。

小股解放军在夜里放火，小股解放军跟在国军后面打黑枪。胡宗南心中恼火，却半点脾气都没有：想打，人家撒腿就跑，跑得还贼快；想围，大炮打蚊子，实在是有些浪费。

西北野战军的小股部队折腾得正起劲，彭德怀又收到了两个好消息：一是瓦窑堡的国民党军给养中断，现在连喝口粥都得抢上半天；二是陈赓的太岳兵团在晋南连克五城，摆出一副西渡黄河的姿态，威胁胡宗南的后方。

后方有难，胡宗南必定分兵救援，彭德怀知道自己的机会来了。出人意料的是，胡宗南这次够狠：后方爱怎么地就怎么地，先灭了彭德怀再说。胡宗南发出命令：135 旅沿瓦（窑堡）蟠（龙）大道南下，与主力会合。

相见不如不见，彭德怀当即作出决定：第 2 纵队第 359 旅、教导旅在羊马河地区东侧埋伏，新 4 旅在西侧设埋伏，将国民党 135 旅围歼在羊马河地区。第 1 纵队司令员张宗逊、政委廖汉生率领 1 纵在蟠龙西北一线阻击国民党军九个旅的主力。

4 月 13 日，第 1 纵队司令员张宗逊、政委廖汉生率领 1 纵恶狠狠地给董钊部来了一下，炮弹如雨一般落在国民党士兵的头上。董钊的脸都绿了，我没找你的麻烦算你运气，居然还敢老虎头上动土。炮弹如雨，那绝对是“共军”的主力，董钊命令部队急行军就追了上来。1 纵也不恋战，得了便宜撒腿就跑，将董钊的九个旅牢牢地粘在身后。

1 纵和董钊部一追一跑打得热闹。羊马河地区却是一片寂静，西北野战军各作战单位早已进入埋伏地带。

14 日一早，国民党 135 旅就出了瓦窑堡。出城后，兵分两路，顺着公路两侧行军。山野空荡，路边的小花，绿意喜人，有的 135 旅士兵竟然哼起了小曲儿。

“轰”的一声，炮弹落在人群中，顿时血肉横飞，尖叫无数。第359旅、教导旅、新4旅的战士不约而同地开了火，将国民党部队死命地压制。

国民党135旅的代旅长麦宗禹当时就木了，中招了。参谋长声音都有点哆嗦：“旅座，赶紧打……打电话啊！”135旅的国民党士兵乱成一团，争先恐后地往更高的山头上逃命。刚刚爬到半山腰，头上已经传来了“缴枪不杀”的喊声，扭回头来又赶紧往沟里滚，还没有下到沟底，一阵手榴弹的火光又恰好挡住了去路。

敌人活像乱了群的山羊，被1纵的战士一会儿赶向东，一会儿又赶向西，实在挣扎不动了，这才服服帖帖地扔下武器，一个个举起手来投降。

眼看麦宗禹就要成了李纪云第二，董钊也急了：再这么整下去，九个旅也就够彭德怀吃九口，甚至连骨头都不吐。董钊顾不得再追1纵，命令部队调头来救135旅。

想救人，第1纵队司令员张宗逊、政委廖汉生不同意，他们命令各部抢占有利地形，坚决拖住敌人。

黄新廷、余秋里指挥358旅独当一面，在宽12公里、纵深18公里的防御地带内精心部署兵力，节节阻击敌人。董钊气得嘴角发抖，部队每天只能前进5至10公里，人家小脚老太太都比这快。董钊命令部队发动猛攻，拼死要杀出一条血路。

打援的解放军部队越打越勇，董钊部每前进一步都付出了惨重的代价。董钊带着人好不容易爬到了用肉眼可以望见羊马河的地方，一眼看见135旅大势已去，担心把自己都赔了进去，索性就地停了下来。

国民党135旅的士兵本来就被打得心惊胆战，一看援兵居然在一边看戏，心一下子就凉了半截，别说开枪，连拿枪的心思都没有了。一番激战后，设伏的西北野战军部队歼灭135旅4700余人，活捉代旅长麦宗禹和两个团长。

歼灭 135 旅后，王震给 359 旅布置新任务：“让敌人以为你们就是西北野战军的主力，作出一副给养困难、不堪其扰、准备东渡黄河退入晋绥的样子给敌人瞧，把敌人牵走，一直牵到绥德去，好让主力痛痛快快地敲掉 167 旅和他驻守的这个兵站，打个漂亮仗。”

好！痛快！359 旅旅长郭鹏立时就和旅的其他领导召集党委扩大会议，营以上指挥员全体参加！通信员刚一出门，郭鹏又赶上去补充了一句：“告诉同志们，就说司令员到了这里！”

郭鹏了解同志们，只要一听说司令员来了，即使没有事情，他们也要跑来看看、谈谈，更不要说有任务了。王震斩钉截铁地对郭鹏说：“全部计划的成败，你们决定了一半，行动以前要考虑周到一点才好！”

4 月 28 日夜，五颜六色的信号弹分别从各个纵队的驻地飞上了高空。又过了一个小时，五颜六色的信号弹再次在空中升起，星星点向东北方向划去。各纵队的驻地一片狼藉，破烂的门板，散乱的担架，门前的树枝上还挂着三两件七八成新的军装。

29 日黄昏时候，天边隐约传来一阵隆隆的轰鸣。抬头一看，原来是一架美造的侦察机！侦察机向东北飞了不远，便左三右四地兜开了圈子，然后，猛一调头，忽又顺着来时的方向溜回去了。郭鹏不由得心头一喜：有了空军这个大嘴巴，国民党部队很快就会撵上来了。

旅部当即命令部队进入工事，迎接战斗。两个小时之后，西南方向果然传来了 359 旅“报喜”的信号：暴风雨般的枪声，一阵紧过一阵，一阵紧过一阵！

终于，九个半旅的敌军，一下子全都扑到了 359 旅的脚下。国民党军把 359 旅完全当成了我军主力，一次又一次，像泼水一般朝着 359 旅阵地猛扑；有不少次，展开了白刃格斗。359 旅战士们因终于牵来了敌人而兴高采烈，斗志极高，每次都让国民党军躺倒一大片。

激战了一夜，拂晓时，趁着敌人发动最新一轮攻击间隙，359 旅军悄悄地撤出了阵地，以最轻捷的步伐继续向东北方向猛撤。

按照我军的安排，5 月 2 日，董钊的主力乖乖地进了绥德；同一天，我军主力也在蟠龙打响战斗。

担任 2 纵司令员的王震发现陷入重围的敌人有逃跑的迹象，他不顾个人安危，来到前沿阵地，抓起一支卡宾枪高喊：“我是王震，我是王大胡子，同志们跟我冲啊！”战士们一听王胡子带头冲锋，都像潮水一样涌向国民党 167 旅的阵地，一举全歼敌人。

沙家店战役：侧水侧敌破钟松

1947 年 8 月，西北野战军主力部队隐蔽集结在榆林东南、沙家店西北地区。这里西、北两面是浩瀚的沙漠，东面是滚滚的黄河，地区狭窄，回旋余地很小。国民党军整编 36 师师长钟松率领两个半旅，由榆林经归德堡南下到了镇川堡；刘戡率领第 1 军、29 军八个半旅的兵力，分别由石湾、安定地区进至绥德。两路敌人南北相距不过百余里，而且正越走越靠近。

8 月 16 日晚，毛泽东、周恩来、任弼时等人冒着大雨来到葭县乌龙铺以东的曹家庄。周恩来亲自打电话给彭德怀，告诉他中央机关不过黄河，仍继续留在陕北，但处境困难，希望彭德怀派一名得力的将领火速带兵前来，保卫中央机关转移。

救兵如救火，许光达率领部队冒着大雨，拼命向乌龙铺前进。

中央的安危，此时正系于他和3纵的身上。许光达的指挥所离中央机关仅隔一条雨裂沟，他召集各旅旅长到指挥所开会，许光达说：“人在阵地在，誓死保卫党中央的安全。”

8月17日，3纵到达指定地域乌龙铺。许光达向各旅长下达死命令：“中央的安全全系在3纵身上，哪怕是敌人的炮弹落在身上，也不许后退一步！”

后有追兵，带着机关打仗，压力不是一般的大。西北野战军司令彭德怀召集紧急会议，商讨如何退敌。

国民党军整编36师钟松以113旅为前梯队，由镇川堡向乌龙铺前进。毛泽东判断整编36师主力一定会经过沙家店地区向东进犯，于是决定集中野战军主力在运动中歼敌36师于沙家店一带。

根据毛泽东的作战意图，彭德怀作出决定：许光达指挥3纵和绥德军分区警备4团、6团插到乌龙铺与沙家店之间的当川寺，切断敌124旅与其主力的联系。王震指挥2纵等四个旅在沙家店地区张开“口袋”，围歼敌36师主力。贺炳炎的1纵进至沙家店以西，堵死国民党军整编36师的退路，并担任阻援任务。

8月18日，各部队按照预定计划向常高山开进。当天下午，贺炳炎、廖汉生率领的第1纵队、王震率领的第2纵队先头部队与敌36师在常高山上接火。罗元发率领3纵迅速前进。当进入一条狭窄的山沟时，天空突然黑云密布，霎时大雨倾盆，战士们跌跌撞撞，一脚深一脚浅地冒雨前进。

面对恶劣的天气，罗元发非常担心，万一部队不能按时到达，敌人觉察到我军的意图，口袋阵就成了空话。罗元发命令部队克服一切困难，快速向前运动。天黑路滑，什么也看不清。为了避免失去联络和摔跤，战士们解下绑带拧成一根粗绳，抓住绳子走。经过一夜艰苦的行军，第二天拂晓，部队来到了常高山西北的一个小村子。

罗元发正要问前面的情况，3纵队侦察科科长跑来报告：“1、2纵队在常高山和敌36师刚接上火，敌人就龟缩至沙家店、泥沟一带，死活不肯前进一步。”罗元发不由得一惊，要是刘戡调头西进，和敌36师会合，这仗还真不好打。

8月19日，彭德怀给罗元发发电报：“敌人并没有靠拢，刘戡主力一部已进至黄河边葭县、神泉堡一线。”

狂妄的钟松竟敢分兵两股与刘戡赛跑，他的前梯队123旅及配属的493团已伸至乌龙铺以北地区，而钟松自己带领的后梯队36师师部及165旅却孤零零地掉在后边。昨夜瓢泼大雨，钟松却是头脑炽热，幻想逼我军东渡黄河，然后向河中的解放军痛下杀手。

彭德怀明确指示各纵队，坚决消灭国民党军整编36师！罗元发率3纵切断刘戡与钟松的联系，阻其回援，新4旅在常高山抗击国民党123旅，坚决把钟松的兵马撕成两半。

整编36师被从中截为两断，36师师长钟松顿时就如泄了气的皮球一样，浑身无力，操起电话就向胡宗南求援。

整编36师是胡宗南的嫡系部队，胡宗南急得嘴角起泡，一边发电报给36师师长钟松打气，一边发布救援令：第29军军长刘戡由南路北上，55旅就近来援。即使如此，胡宗南还是不放心，亲自带着主力往沙家店赶。

钟松犹如热锅上的蚂蚁，将唯一的希望寄托在刘戡身上：只要这哥们赶到，即使灭不了“共军”，陪着36师挨打，自己也能轻松点。陪人挨打，不是不行，得看人，钟松就免了。刘戡因为“援榆不力”被胡宗南骂得狗血喷头，早就对钟松有意见。辛辛苦苦赶到黄河岸边，又没有发现“共军”主力，对他更是心中不满。接到胡宗南“增援钟松”的电令以后，刘戡心里更是窝火，嘴上答应得利索，脚步却不比小脚老太太快。

19日下午，1纵和2纵由东西两面向沙家店之敌36师主力发起了进攻。挨了这重重的一棒之后，钟松才有所醒悟：原来“共军”主力并未渡河，就在自己的眼皮子底下。于是他急忙电令123旅星夜向自己靠拢。

国民党军整编36师123旅旅长刘子奇已经感到危险，见与刘戡的联系已被罗元发率领的3纵割断，知道情况不妙。如果回头向沙家店靠拢，必定是一脚踏进火坑，于是来了个按兵不动。尽管钟松三令五申，甚至以杀头相威胁，刘子奇却以天黑难走为借口，迟至第二天早晨才调头西进。但彭德怀指示新4旅当晚就布置在常高山一带，把他迎头挡住了。

20日，彭德怀下达了动员令，他指出："彻底消灭36师是我西北战场由战略防御转入战略反攻的开始、收复延安解放大西北的开始，为着人民解放事业，继续你们无限英勇精神。立即消灭36师，活捉钟松，黄昏以前解决36师！"

罗元发接到命令后，立即指挥教导旅即刻向沙家店方向前进。登上山顶，罗元发和旅里领导商议，决定从常高山以西的新4旅与2纵中间插过去，配合2纵消灭敌36师主力。罗元发向各团团长交代了具体的任务，部队迅速开始行动。

这时，国民党军的飞机在低空盘旋扫射，地面的炮火也开始猛烈轰击，企图阻拦我军前进。

为了向36师师部靠拢、占领常高山的制高点，国民党123旅集中兵力与火力攻打新4旅阵地上山顶的破庙。守卫破庙的新4旅771团1营的战士为了节约子弹，将附近能搬动的石头全都搬到山顶，用石头布置了三道防线。等到敌人密密麻麻地冲到半山腰，1营的战士呐喊一声，将第一道防线的石头向敌人狠狠地滚了下去。石头顺着山坡骨碌碌地往国民党123旅士兵中滚去，顿时就砸倒一片。手脚麻利的躲过了石头，一颗心却是"扑通"、"扑通"地跳个不停。

山头距2纵队的阵地很近，一旦丢失，就等于在2纵的侧背插了一把刀子。刀无论利钝，捅死人没问题。罗元发果断决定调第2团来加强常高山的守备力量。他亲自爬上常高山，对771团副团长说："死守阵地，2团很快就会赶到。"

新4旅的阵地形成了半圆形，敌123旅拼命地向里面钻。罗元发想：如果2纵、教导旅从新4旅的右翼插过去，两面一夹，就把123旅包成饺子馅。虽然这样一来，对36师的攻击力量会相对地减弱，2纵队的担子也加重了一点，但是只要我们坚决消灭了敌123旅，就保证了主力翼侧的安全。

于是，罗元发立即向彭德怀司令员和2纵王震司令员报告，同时命令1团改变原来计划，调头向东围歼敌123旅。

彭德怀立即批准了罗元发的计划。罗元发指示纵队政治部的同志立刻分头到各团去做政治动员工作，向战士们发出响亮的号召："坚决消灭123旅，活捉刘子奇！"罗元发给全体指战员下了死命令：不管敌人的炮火多么猛烈、敌机如何猖狂，都要坚决前进，坚决消灭敌人。

第2团投入战斗后，加强了常高山阵地的防御力量，敌人的进攻被迫减弱；1团也迅速向常高山右翼迂回过去。与此同时，新4旅也迅速向右翼猛插，包围圈越缩越小。至此，我军在沙家店、常高山一线将敌36师切成两块，分割包围起来。

刘戡的三个旅遭到许光达3纵的顽强阻击，想前进半步都不可能。许光达还命令部队实施阵前出击，一度打到了刘戡的军部，把刘戡的警卫部队都冲散了，吓得刘戡出了一身冷汗。刘戡从混乱中逐渐清醒过来后，才集中兵力向3纵发起轮番攻击。

面对优势敌军的疯狂冲锋，许光达沉着应战，采取"少摆多屯、不断添油"的灵活战法，保留强大的预备队，不断增强战斗的韧性和持续力，与敌人斗智斗勇，顽强地打退了敌人一次又一次的进攻，把敌人死死地缠在当川寺的阵地。刘戡的部队离36师的阵地只有30多里，却是鞭长莫及、爱莫能助。

刘戡被阻后，大大减轻了我军的压力，解除了后顾之忧。罗元发命令教导旅2团攻下常辛庄以后，乘胜拿下几个山头，1团协同2团迂回包围。这时，新4旅也从左翼节节逼近。两把钳子死死卡住，在黄昏以前，将敌123旅干干净净消灭了，俘虏了刘子奇。

黄昏时分，1纵和2纵围歼36师的总攻开始了。36师师长钟松见大势已去，和165旅旅长李日基换上便衣，丢下部队就跑。国民党36师士兵看到援兵迟迟不到，师长又来了个人间蒸发，打起仗来更是魂不守舍。在1、2纵队的猛烈攻击下，敌36师师部与165旅也被我军全部歼灭。

沙家店一仗是西北野战军一次漂亮的歼灭战。事后，毛泽东称赞沙家店一仗确实打得好。说："侧水侧敌本是兵家所忌，而我军却犯了这个忌，在短短一天的时间里就取得了前无古人的胜利。"

孟良崮战役：逼死国军一只"虎"

1947年4月初，蒋介石调集华东一线国民党军共13个整编师、34个旅，约25.5万人，分别由汤恩伯、王敬久、欧震组成3个机动兵团，沿临沂至泰安线，并肩向北进犯，企图歼灭华东野战军于沂蒙山区。

负责华东野战军作战指挥的粟裕指挥各纵队时东时西，时分时聚，大耍"龙灯"，让敌人难以判断我军的意图和动向，并将主力主动撤到莱芜、新泰、蒙阴以东地区等待机会。

华东野战军节节败退，根本不敢与国军交锋，蒋介石大乐："共军"真是不堪一击。大喜之下，老蒋命令各部"稳扎猛打"，让"共军"逃无可逃。

老蒋发话，国民党第一兵团司令汤恩伯底气大增，来不及和王敬久、欧震两个兵团统一行动，就指挥手下的八个整编师向沂水、坦埠攻击。汤恩伯是急性子，整编 74 师张灵甫脾气更躁，更是迫不及待地想与华东野战军交手，矛头直指华东野战军指挥部驻地坦埠。

整编 74 师是蒋介石嫡系中的精锐之师，全部美械装备，经过美国军官训练，战斗力较强，号称国民党军“五大主力”之首，被誉为“荣誉军”、“御林军”。师长张灵甫是蒋介石宠爱的“天之骄子”。自从内战全面展开后，整编 74 师就充当了打内战的急先锋，先后攻占华东解放区的重要城市淮阴、涟水，气焰嚣张，自吹“有十个 74 师就可以统一全中国”、“有 74 师就有国民党”。

整编 74 师落了单，机会终于来了，粟裕当即决定围歼张灵甫 74 师，并作了战役部署：第 9、第 4 纵队在坦埠以北地区向敌实施正面进攻；第 6 纵队由鲁南向敌侧背突击；第 1 纵队和第 8 纵队分别对敌人左右两翼实施穿插迂回；第 2 、第 3 、第 7 、第 10 四个纵队担任阻援任务。

1 纵司令叶飞命令华东野战军第 1 纵队独立师担任纵队前卫，沿敌 74 师和 25 师之间空隙地带向南穿插，勇猛楔入敌后纵深，拿下天马山、垛庄，分割两敌之间的联系，断敌 74 师退路。

第 1 纵队独立师的王诚汉第 1 团一夜强行军 90 多里，迅速攻占了国民党 74 师与 25 师之间的战术要点蛤蟆山、天马山 (又名马头岗)，歼敌 25 师一部，切断了两敌的联系。随后，王诚汉把已经占领的阵地交给第 2 团，率 1 团向垛庄猛插。

王诚汉率领部队穿插至垛庄附近时，发现垛庄以北有大批敌人以密集队形沿公路向南逃窜。一旦让敌军逃进垛庄，将会给进攻垛庄的友军带来大量的伤亡。王诚汉立即命令部队抢占公路西侧的高地，卡住敌军南逃的咽喉。

王诚汉果断地命令 1 连、9 连沿公路追击敌人，又急令 2 连跑步抢占西侧高地，7 连向丁王庄、曹仙桥方向警戒，保障团侧翼安全。1 营营长王金生带领 2 连冒着敌火力压制，用排子枪、手榴弹击退了已登上高地的敌先头警戒部队，切断了敌南逃退路。

国民党 74 师师长张灵甫听说公路西侧的高地被占领，顿时暴跳如雷，严令第 51 旅不惜一切代价夺回高地。飞机、大炮轮番轰炸、扫射后，74 师第 51 旅以密集队形向高地冲击。第 1 团 2 连连续打退敌 12 次冲锋。当敌发起第 13 次冲锋时，2 连只剩下 30 多人，子弹所剩无几，情况万分危急。亲临前沿指挥的王诚汉立即命令 3 连的一个班和 9 连的一个排携带弹药跑步增援 2 连，配合 2 连打退了敌人最后一次冲击，敌在阵地上陈尸 300 多具。南逃之敌见收复高地无望，即向孟良崮龟缩。

6 纵的战斗任务是攻占临蒙公路上的垛庄。垛庄是敌 74 师的设防要点，也是进攻沂蒙山区的交通孔道和后方补给点。这里有坚固的守备工事，两侧有强大的兵团保障，所以，敌人只留了一个辎重连守备。垛庄拿到手，就掐住了敌 74 师的咽喉，将其置于死地；垛庄拿不到手，敌 74 师就可能从这里溜走。

此时，我军第 1 纵队与第 8 纵队分别向敌 74 师两翼勇猛突击，插入敌人纵深，割裂了敌 74 师与左右两翼的联系；我第 4 纵队、第 9 纵队向敌 74 师当面迎头痛击，阻止了敌人前进，并从北、东、西三面将敌围住。6 纵 18 师师长张闯初、副政委张潮夫顾不上休息，在友邻第 1 纵队协助下，对垛庄发起了攻击。

这一天深夜，天空布满乌云，漆黑一团，正是夜袭的好天气。据守垛庄的蒋军以为垛庄是他们的可靠后方，全没料到在他们背后会杀出一支奇兵。战斗一打响，守军才慌慌张张地找衣服、摸枪。顽抗不到半小时，守军就被全部歼灭，垛庄被我占领。

至此，我军封闭了对 74 师的合围口，并阻挠第 25 、83 师对外联系。74 师已成“瓮中之鳖”！

整编74师陷入重围，蒋介石非常震惊，他一面命令张灵甫坚守待援，一面调动十个整编师的兵力对华野主力实行反包围，以解张灵甫之危，并借此机会与华野主力决战。

陈毅、粟裕早就部署了强大的阻援部队，华野的第2、第3、第7、第10纵队和鲁南地方武装，分别将敌第5军阻击于莱芜以南，将敌11师阻止于蒙阴以北，将敌第7军拦阻于孙祖、桃花山一线，将敌20师、64师牵制在青驼寺以南地区。我各主攻部队也以强大攻势割裂敌74师与援敌的联系，使援敌不但不能解救张灵甫覆灭的厄运，而且遭我严重杀伤，自身难保。

6纵奉命和友邻部队一起在敌侧后的两翼阻敌援军，一个是孟良崮西南方黄崖山、狼虎山一线，协同第1纵队阻击敌黄百韬的整编25师，另一个是在孟良崮的东南方牛头山、大朝山一线，协同第8纵队阻击李天霞的整编83师。

李天霞的整编83师曾多次遭6纵痛打，垛庄被我攻占后，他们非常恐慌，不进反退由驻地双候集向垛庄东南的青驼寺一带退缩。83师与74师矛盾重重，且战斗力比较薄弱，王必成判断83师增援被围的74师积极性不会太高，于是以一个团的兵力向南伸展，占领东、西果庄，控制大朝山、大望山等高地，阻止该师的可能增援，而派17师的49团和50团向北攻击，以防止敌74师夺路逃窜。

在蒋介石的督令下，国民党25师急行军来到离孟良崮只有一华里的黄崖山。一旦越过黄崖山，经过一片开阔地，就能与74师联成一片。要想歼灭张灵甫，6纵必须死守黄崖山。

王必成命令16师48团火速向黄崖山一线搜索前进，务必赶在敌人前面占领阵地，不惜一切代价拖住敌25师。救兵如救火，国民党25师一部意识到黄崖山的重要性，火烧屁股一般向黄崖山赶去。第二天凌晨，黄崖山上浓雾弥漫，两军同时赶到了山脚下。16师48团由西坡向山上冲去，25师一部从东坡向山上攀登。

制高点就是生命线，48 团 3 营 9 连连长翟祖先率领尖刀排无心恋战，手脚并用，终于赶在对手前面抢占了制高点。

国民党 25 师趁 48 团立足未稳，以两个营的兵力向黄崖山阵地发起了猛烈攻击。他们在“只准进不准退”的逼令之下，冒死向山上进行集团冲锋。担任阻击的 16 师以第 47 团接替 48 团的防务，控制、扼守黄崖山；48 团则隐蔽、集结在大洞口一线，待机反击。当敌 25 师的两个营向我攻击时，我预伏于阵地两侧的部队突然向敌侧翼出击，经过一番白刃格斗，敌人纷纷就歼，滚跌到悬崖之下。

这天下午，不甘失败的敌人再次发起集团冲锋。他们先对我 47 团扼守的阵地进行疯狂的炮击，摧毁了山上大部分防御工事，接着涌上来约一个团的兵力，分成三路，齐头猛攻。我阻击部队虽进行英勇抗击，但前沿阵地终于被敌人突破。

47 团团长黄祖煌眼见形势不对，跳出战壕，指挥 1 营和特务连挺着刺刀迎着敌人冲上去。经过一场浴血奋战，敌人伤亡惨重，败退下去，47 团重新收复了阵地。

狡猾的敌人见在黄崖山阵地捞不到便宜，立即改换战术，从望海楼北侧迂回，向左翼狼虎山、石屋山、老峪一线解放军阵地进攻，妄图夺路通过，但同样被击退。

15 日上午 8 时以后，6 纵担任主攻的部队陆续投入了战斗。17 师投入主攻方向的两个团，密切配合友邻第 8 纵队向孟良崮的侧翼发起进攻。我 18 师的 53 团、54 团不顾敌机扫射轰炸，在我军强大炮火支援下，向敌 74 师的外围阵地横山、官山、大山场一线猛打猛攻，与敌展开激烈的争夺战。

面对我军步步进逼，74 师拼死抵抗，双方形成对峙鏖兵的局面。

傍晚时分，王必成决定集中兵力和火力，利用夜暗，采取突袭的办法，对敌再度强攻，各部队调整攻击力量，重新配备火力。晚7时，我军先以猛烈的排炮轰击，炸得敌阵地上碎石乱飞，浓烟滚滚。随后，攻击部队在强大的炮火掩护下，勇猛冲击，一举突入了敌人阵地，将守敌大部歼灭，残敌遂往东540高地狼狈逃窜。接着，业家沟、杨家庄、大山场等阵地全部为我夺占，从而使敌人核心阵地孟良崮的侧背完全暴露在我军面前。

在6纵向敌人核心阵地步步推进时，华野其他纵队也在缩小包围圈，向孟良崮主峰挺进。74师则被迫全部退守到芦山、孟良崮、600高地及东西540高地一线，人马拥挤，指挥失调，水断粮缺，弹药困难。

15日深夜，华野司令部命令6纵与友邻部队一起在16日拂晓发起全线总攻击，务必在16日结束战斗，全歼74师。

16日凌晨4时，浓雾沉沉，芦山、540高地的敌人向东移动，企图突围。王必成获悉这一情况后，立即下令接敌部队提前实施全线出击。18师52团迅速由马家庄向西540高地攻击，直扑正在逃窜之敌。在我强大火力的打击下，敌人立刻陷入混乱，大量就歼、被俘。我54团同时向东540高地展开攻击，敌人不敢恋战，慌忙溃逃。我53团与17师的49团，沿着横山东侧协助第8纵队向芦山攻击。芦山之敌一个整团全部陷入我两面夹攻之中。敌人虽然进行了连续反冲击，但均被我军一一击退。经过反复争夺，孟良崮南面的屏障芦山，终于完全被华野占领。

到中午，在我华野各路大军的合力围攻之下，孟良崮周围的主要制高点全被我占领，残余的敌人以及大批的辎重、骡马都退缩到磨盘似的孟良崮顶和600高地等光秃秃的山头上。5月16日黎明，华野对74师残部和张灵甫占据的最后一个山峰发起最后的冲击。粟裕调动炮兵部队以猛烈炮火对张灵甫据守的山头自下而上地实施“地毯式”轰炸，直打得敌人血肉横飞。

敌空军投掷下来的弹药、熟食、饼干、罐头等物品绝大部分落在我军的阵地上。战士们望着飘落下来的降落伞，吃着敌人送来的食品，风趣地说：

“谢谢蒋介石运输大队长!”

16 日下午 2 时，总攻开始了。我军榴弹炮、山炮、野炮，从四面八方飞向敌人阵地，把山顶、山崖和 74 师残余人马全部淹没在硝烟烈火之中。嘹亮的冲锋号声在山谷里震荡，各路大军以排山倒海之势，从四面八方向孟良崮压去。

6 纵为报涟水一箭之仇，把养精蓄锐的预备队——6 纵队特务团投入到最后决战中。特务团的战士早就在一旁看得心痒痒的，接到命令，便箭一般直往孟良崮冲去。有的战士更是向天长啸，大喊：“活捉张灵甫!”

张灵甫不愧是虎将，虽然身处重围，却依旧命令退守峰顶的士兵和自己配有快慢机的卫队发起反冲锋。特务团冲到峰顶，轻重机枪一起开火，将张灵甫指挥所前的国军打得四处逃窜。

特务团 3 连迅速冲杀到指挥所的山洞口，一排手榴弹顺着洞口就扔了进去。张灵甫的卫队长带着人正好冲到洞口，看到浓烟冒起，想趴在地上都来不及，当时就炸伤 20 多人。

张灵甫在洞内听到洞口惨叫不断，知道已经无力回天，于是对着自己太阳穴就是一枪。

已经冲至洞门的 6 纵特务团听到枪响，集中火力就向洞内猛烈射击，震得山洞晃了又晃。74 师的电台发报员又急又气，高声哭喊：“不要打了，我们师长死了!” 6 纵特务团的战士才停止开枪。

在收拢部队、清点战果时，粟裕发现各纵队所报歼敌数与 74 师编制相差很大，于是立即命令各部队继续进行战场搜索。经过仔细搜索，发现约 7000 多名 74 师士兵躲在孟良崮与雕窝之间的山谷里。

各部队不顾疲劳，又投入战斗，到 5 时全部扫清残敌。至此，共歼敌 3.2 万余人，74 师全军覆没，我军首开全歼国民党“王牌”部队的纪录。

清风店：撵着敌人打伏击

僵局！

晋察冀野战军司令员杨得志预料中的围点打援竟然成了双方相持不下的僵局。

僵局已经可怕，更让人失望的是国民党驻石家庄的罗历戎第3军居然没有出动。该来的人不来，不该来的人却来了。布局出了差错。杨得志这一次煞费苦心的布局打援，目的只有一个：打掉罗历戎第3军。

1947年9月的华北，国民党军队无论是兵力，还是装备都优于晋察冀野战军，并且各部队均集结于保定以北铁路线东西两侧，相互支援。

敌人占尽优势，我军想进攻很难，只能将敌人调动起来，牵着敌人的鼻子走，才能在运动中寻找机会。

杨得志命令晋察冀野战军第2纵队司令陈正湘和政委李志民指挥第2纵队强攻徐水。徐水既是北平的南大门，又是平汉路的咽喉之地，敌人必定支援。只要石家庄的罗历戎第3军一出动，立马就敲掉他。第2纵负责攻城，杨得志把打援的任务交给郑维山的第3纵队和曾思玉的第4纵队。

北平行辕主任孙连仲接到驻徐水第94军第5师师长邱行湘急电当时就笑了。围城打援，“共军”太没创意，这招都已经用了好多年。援兵当然有，只怕你吃不下。孙连仲发出命令：第 94 军主力沿平汉线两侧向南开进，第 10 军第 94 师、第 109 师沿铁路东侧向南开进，共解徐水之围。

期待的国民党援兵终于来了，只是来得实在太多，3 纵、4 纵的全部兵力都已经投入到打援的激战中。一时间，双方各有伤亡，却依然是难分胜负的僵局。

打援不成，3 纵、4 纵不比国民党家大业大，打恶战伤不起。杨得志还真有些犯难。杨得志再次伏在作战地图上，目光在纵横交织的红蓝箭头间巡游。一会儿，他有了主意：向西挺进，迫敌分散，诱敌深入，创造出运动中歼敌的战机。于是，他命令 2 纵仍在徐水一带，围城任务不变，夺城攻势不减，迷惑敌人，掩护 3 纵、4 纵西进。

北平行辕主任孙连仲却是心情大好，敌我纠缠不休，杨得志手中的好牌打得差不多了。底牌既出，当然得看牌定生死。孙连仲命令罗历戎率第 3 军出石家庄北上，给晋察冀野战军来个南北夹击，一举歼灭“共军”华北主力。

杨得志领着部队刚走到一个小村庄旁，就接到一份野战军司令部的电报：罗历戎第 3 军已渡过滹沱河，向新乐开进。

看过电报，杨得志脑海中闪过的第一个念头是：罗历戎是冲自己来的。新乐县在石家庄东北，保定、徐水、容城西南，罗历戎北出石家庄的意图就是形成南北夹击。

罗历戎想夹，我就敢击。围城打援为的就是这主，现在送上门，不打太辜负人家一片美意。

杨得志和杨成武、耿飚商量，一致同意在清风店围歼罗历戎第 3 军。清风店以北是望都、保定，以南是定县、新乐。罗历戎距清风店有 90 多里，很有可能在新乐休息一晚再开往清风店。只要部队在清风店设下埋伏，绝对打他个措手不及。打伏击战让人热血沸腾，难度却也很大，离清风店最近的部队也有 150 余里，最远者达 250 里以上。

参谋长耿飚沉默了下，吐出一个烟圈，说：“罗立戎的军官眷属随军紧跟，从来不走夜路，只能白天行军；一路经过解放区，地方武装骚扰、阻击，速度也会放慢。我军连夜急行军，提前赶到清风店绝对没问题。”

杨得志立即向各部发出命令：2 纵 5 旅，3 纵 7 旅、8 旅和独 7 旅继续阻击敌人，其余部队限 24 小时内赶至方顺桥以南的清风店地区。

军令如山，各部队战士立即甩开脚丫向清风店赶去。干部战士个个汗流浃背，跑着吃干粮、喝水。

杨得志正看得心痛，却得到一个让人振奋的消息：罗立戎第 3 军在新乐县宿营了。从敌人号房子的“贴子”得知，罗立戎第 3 军仅军直属单位就有参谋处、副官处、军务处、军法处等十几个，甚至还有由十三四岁的娃娃们组成的魔术团。

10 月 18 日傍晚，罗历戎的先头部队接近定县。新乐到定县 50 多里，罗历戎走了不止一昼夜。

杨得志的 4 纵先头部队到达了方顺桥，这里距清风店还有 50 里。虽然部队已是十分疲劳了。杨得志仍然令部队继续急行军，务必于拂晓前赶到清风店，进入战斗。

战局的发展完全在杨得志他们的意料之中。19 日，野战军的六个旅全部到达清风店地区，将罗历戎的第 3 军全部包围在于各营、大瓦房、北支合、南合庄、高家佐等十几个村子中。

杨得志立即部署围歼第 3 军的计划，部队立即投入战斗，充分利用敌人没有料到的遭遇战，打他个措手不及。

杨得志对于部队的作战能力和顽强作风是了解的。此时他担心的倒是北面担任阻击保定地区大敌南下任务的我军的四个旅。一旦清风店战役打响，他们将面临兵力十分强大的敌人的攻击，四个旅要打十个旅，担子实在太重了。

杨得志用电台与他们联系。2 纵司令员陈正湘豪气冲天：“请司令部放心，决不让一个敌人南下一步！”

杨得志指挥的部队全部赶到方顺桥以南并全线展开后，罗历戎的部队被阻止在清风店周围的高家佐、东西南合、大小瓦房等地，而且被合围得越来越紧。罗历戎不但不能北进，东、西两面的活动余地也不大了，南面的渡河渡口也被封锁。

20日拂晓时分，杨得志命令部队开始发起进攻。罗历戎不相信“共军”一夜之间就能从保北赶到清风店，并认为即使主力部队赶到清风店，长途行军，既要消灭他的部队，又要打援，短时间内几乎不可能。

不相信归不相信，罗历戎还是极其谨慎的。他以西南合村为中心，将兵力收缩到周围几个村子，构成了所谓的梅花形防御阵形。同时向北平和保定发电求援。他觉得，只要自己坚持住，南北夹击的局面也许会出现。

接到罗历戎的求援电话，孙连仲劈头一顿臭骂：让你捡漏子、背后放火都推三推四，要你有什么用？“共军”主力都在徐水一带，清风店哪来的“共军”？一夜行军赶到清风店，你当我脑门被驴踢了？

罗历戎想捶死他的心都有，站着说话不腰疼，你让“共军”包围试试。心里怒火狂烧，口里还是一个劲地叫苦：您再不派人来，晚了就能替我收尸了。

话说到这份上，孙连仲有些将信将疑，是真是假，坐飞机看看就知。孙连仲亲自坐着飞机到保北上空一看，当时脸色就青了。

石家庄只有刘英的32师和一些杂牌部队，指望他们去救清风店的罗历戎根本不可能。杂牌部队抢老百姓的鸡鸭还行，要让他们和“共军”主力斗狠，打死他们都不敢。保北的部队有上百辆大汽车，如果能几个小时赶到清风店地区，“共军”吃不了也得兜着走。

保北的国民党想走，晋察冀野战军第2纵队司令陈正湘却是热情挽留：和我2纵打仗是打仗，到清风店也是打仗，在哪打还不是一样地打。咱哥俩再聊聊。陈正湘指挥2纵不停地与国民党保北的部队纠缠，反正不让他们轻易脱身。战士们提出口号：打下去，熬下去，决不让敌人南下一步！阻住敌人就是胜利！

罗历戎大摆梅花形阵，杨得志采取的则是分割战术，先把敌人分成若干块，集中兵力扫清西南合的外围，然后逐村逐街地争夺，和敌人展开白刃格斗。

这时，国民党的十几架飞机也飞到上空助阵。他们欺负解放军没有高射武器，有恃无恐地进行低空扫射、轰炸。

杨得志就命令部队用轻重机枪组成对空火力网，击伤敌机一架，打落一架。敌机不敢低飞，很多空投的药品、食品就落在了解放军的阵地上。就这样，罗历戎的“梅花形”防御体系没了。

为了加快战役的进程，杨得志集中了六个旅的优势兵力，从东西南北四个方向对罗历戎指挥所所在地西南合发起了总攻。

这一天，战斗进行得十分激烈。战斗发起后，解放军按预定计划，将罗历戎的第 3 军分割成数块，然后，开展逐村逐街的争夺战。许多部队同敌人展开了白刃格斗。

孙连仲派飞机来了，一时，天空中十几架敌机同时出现，有恃无恐地低空扫射、轰炸。10 旅旅长邱蔚正在指挥战斗，一颗子弹从他的大腿钻了进去。邱蔚一咬牙，掏出尖刀，挑刺一样把子弹挑了出来。

飞机嚣张，杨得志立即命令组织火力对空射击。

一架野马式敌机被击中了，像扫帚星似的摇摇晃晃掠横过天空，身后拖着一股浓浓的黑烟。其他飞机见势不妙，忽地一下升起来，把剩余的炸弹胡乱甩掉，仓皇而去。

盼了整整一天，却连个援兵的影子也没盼来，解放军的包围圈却越缩越小。罗历戎彻底绝望了。

“军座，这里不是久留之地，快转移吧？”副军长杨光任和副参谋长吴铁铮跌跌撞撞地走了进来。

“到处都是敌人，往哪儿转移？”罗历戎一脸苦笑。

22日上午10时，杨得志率部占领了罗历戎的最后一个据点西南合。

战役结束后，各部队捉到的俘虏就有1.14万人。清点俘虏时，独独不见罗历戎。冀中军区独立8旅旅长徐德操视察俘虏营，一个俘虏扔了一块石子，这块石子引起了徐德操的注意。他看见一个俘虏头低低的，脑袋上缠满了纱布，就多看了几眼，越看越觉得这个俘虏面熟，就问："你不认识我了吗？"俘虏连连说："啊，徐代表。"这个俘虏就是罗历戎。

罗历戎和徐德操是老熟人了。徐德操曾经在1946年国共谈判期间和罗历戎打过交道。

有一次，罗历戎请美国人和徐德操到剧场看戏，罗历戎问："今天演的什么戏？"随从答："战濮阳。"罗历戎把脸一沉："和平时期怎么老唱武戏呢？改一出文戏。"徐德操离开石家庄时，罗历戎带着胜利者的微笑说："你要在那边过不去，就到我这里来吧。"徐德操用肯定的语气说："不出三年，我到俘虏营里找你。"罗历戎一脸挑衅说："凭你们那点人马？……"

故人相见，徐德操一脸平静，围点打援百试不爽，结局早就注定。

宜瓦战役：改变西北形势的大捷

打电话求救，刘戡一口拒绝。

哭着打电话求救，刘戡还是拒绝。

守卫宜川城的国民党张汉初怒了：老子的眼泪都能感动龙王爷下几场雨

了，你奶奶的也太不仗义了。张汉初直接把棍子捅到胡宗南那里：“共军”攻得太猛，刘戡三番五次请不动，宜川城只怕守不住了。

宜川城是什么地方，别人可能不清楚，胡宗南自己却最清楚。宜川东依黄河，西连洛川、富县，既是关中的屏障，又是黄龙区同晋绥、太岳解放区之间联系的一个钉子。一旦“共军”占领宜川城，关中将赤裸裸地出现在“共军”的眼皮底下。赤裸裸的爱让人热血沸腾，赤裸裸的恨却让人凉到脚底。胡宗南亲自给国民党第29军军长刘戡打电话：“宜川城失守，我拿你的脑袋祭城!”

不增援，绝对死！增援，可能死。刘戡选择出兵，心不甘情不愿地率领第29军从洛川、黄陵地区出发，沿洛川、宜川公路经瓦子街轻装驰援。

虽然是迟到，刘戡还是如彭德怀所预想的那样赶来了。彭德怀和他的西北野战军已经等刘戡的第29军有些时间了。

1948年初，国民党军胡宗南集团在陕甘宁地区虽然还有17个旅，却已经处于机动防御姿态，确保延安，阻止解放军南下关中。

根据毛泽东的指示，彭德怀决定发起宜川—瓦子街战役，决意吞掉胡宗南的机动部队——刘戡的整编第29军。第29军远在洛川、黄陵，想把他引出来消灭，难度系数太大。

西北野战军第3纵司令许光达说了一句话：会哭的孩子有奶喝，引刘戡出洞，就得将他逼出来。机动部队是用来救急救火的，只要火势够急、地方够好，即使刘戡不想出来，烧了胡子的胡宗南也会逼他出来。

1948年2月22日，西北野战军第3、第6纵队开始向宜川攻击前进。

23日，肃清宜川城周围的国民党地方武装。

24日，担任主攻的3纵独立2旅和6纵教导旅在张开基、陈海涵两旅长指挥下，先后占领了宜川外围的老虎山、虎头山、外七郎山等阵地，将敌人压缩在城内。

宜川城内只有国民党的两个团，许光达却是围而急攻，攻而不下。逼急的孩子才会哭，有希望才会有动力，许光达深明此理。

朋友来了，有美酒；刘戡来了，有埋伏。第 3、第 6 纵队各留下一部继续围攻宜川城，诱使刘戡深入增援，其他九个旅的兵力立即进入瓦子街以东的南北阵地。第 1、第 4 纵队则隐蔽集结在洛宜公路两侧。

计划完美，却还是出现偏差。28 日，鹅毛大雪漫天飞舞。

第 1 纵队司令员贺炳炎和政委廖汉生率 1 纵独 1 旅为先头，尾追敌后，沿公路自西向东，向瓦子街方向突进。

29 日拂晓 6 时，担任前卫的独 1 旅 3 团全歼敌 90 师搜索连，攻占瓦子街，并迅速向南北两山攻击，切断了敌军退路，死死扎住了“袋口”。

“袋口”紧扎，战机却出现变化。因距离较远，加上雪路难行，从河东赶来参战的我军尚未占领瓦子街南面高地，而敌主力正在向该地集结，如不迅速占领南面的高地，整个扎“袋口”就会前功尽弃。

贺炳炎和廖汉生商量了一下，决定立即改变原定全纵全部在公路以北作战的部署，以公路为界，独 1 旅在北山，358 旅在南山，由西向东全力攻击。

贺炳炎同时命令 358 旅派一个团接替独 1 旅 1 团 3 营向瓦子街东南方攻击，堵住敌军南逃去路。358 旅旅长黄新廷提出：该旅三个团已有一个团向洛川警戒敌后续部队，一个团留作纵队的预备队，再拿一个团出去，自己手里就没兵了。

贺炳炎听了黄旅长解释后，说：“为了全局的利益，1 纵不要预备队了。出了问题我贺炳炎负责。”

黄新廷旅长和政委余秋里说：“我们坚决服从命令，请司令员和政委放心，哪怕 358 旅只剩下一个人也要坚守阵地！”黄新廷旅长和余秋里政委商量后，决定派 714 团配属 715 团一个营，执行夺取南山的任务；第 715 团两个营进至小寺庄一线，准备阻击洛川、旧县可能东援之敌；第 716 团为总预备队，相机使用。

余秋里在做战前动员时说：“夺取南山关系到整个战役的成败，要不惜任何代价堵死敌军可能逃跑的通道。如果让敌人从这里逃跑，提头来见。”714团团长任世鸿和政委徐文礼表示坚决完成任务。

南山横立在瓦子街的东南方，是一个自西向东绵延起伏串连着六个山头的长山梁。第三个山头在敌军手里，守则可以作为最高支撑点，退则可以成为侧翼的有力掩护。如被我军占领，则可居高临下，形成对敌军的弧形包围，堵死敌军的退路。

部队冒着激烈的炮火，同敌人争夺每一个山头和每一块阵地。战斗最激烈之处，敌我双方对一个山头的反复争夺竟达20多次。

6连2班在夺取南山最高峰的战斗中担任尖刀班。班长刘四虎率领全班一马当先，奋勇冲杀。当冲过一片开阔地，到达敌人阵地时，全班只剩下他一个人。这时，子弹和手榴弹打光了，他就用刺刀和敌人展开搏斗，接连刺死四个、刺伤三个敌人。其余的敌人纷纷后退。敌军官发现冲上来的只有一个人，就用枪逼着后退的十几名敌军折回来，包围了刘四虎。刘四虎平端着滴血的刺刀左旋右转，怒目圆睁，威风凛凛，围攻的敌军都不敢靠前。

突然，刘四虎听见右侧传来熟悉的与敌人搏斗的呐喊声，立即用刺刀向前一晃，敌人忙闪出一条路。刘四虎冲过去一看，1班长舒照明已被压在地上，一个敌人正举起铁锹朝他头上砍去。刘四虎猛扑过去，用尽全力朝敌人头上刺去，敌人的头一低，手一松，舒照明脱险了。刘四虎却因用力过猛，跌进交通壕里，翻不过身来。他从身下抽出枪，准备同敌人拼杀。刚抬起头，拥上来的四个敌人用刺刀朝他刺去，顿时鲜血染红了他的帽子。刘四虎还想和敌人搏斗，左手抓住了敌人的刺刀。敌人怕他起来，在沟沿上往下乱刺。刘四虎终因伤势过重，昏倒在堑壕里。

714团在任世鸿率领下连续夺取了南山数个阵地，堵住了敌军的南逃去路。该团夺下的阵地恰好是敌29军和90师指挥部所在地，是敌突围的主要突破口。去路被堵，敌军不惜血本，向714团占领的阵地发动了一次又一次冲锋。胡宗南的90师的确不是好惹的，一些亡命之徒敢于血战肉搏，身后更有指挥官督战的手枪。但强中更有强中手，狭路相逢勇者胜，358旅的刺刀更加寒光闪闪、咄咄逼人。6连打得十分英勇顽强，全连只剩下13位勇士，仍然坚守着阵地。

在南山的第三个山头，敌我双方进行了激烈的争夺战，在阵地上反复肉搏。第714团第2营指战员经奋勇冲杀，攻占了南山的最高峰。接着，又和赶来支援的第3营第8连一起，击退了敌军两个团的轮番反扑，杀伤敌军1000多人，紧紧锁住了敌军南逃的大门。

战斗进行得异常惨烈，714团团长任世鸿、参谋长武治安壮烈牺牲，政委徐文礼、副团长薛常义身负重伤。714团第2营只剩下120人，第6连（即后来闻名军内外的硬骨头6连）只剩下六七人，仍顽强坚守阵地，直到最后胜利。2营6连就像一块啃不动、砸不烂的硬骨头牢牢地守在阵地上。

29日下午，第2纵队赶到瓦子街南面投入战斗。我军各部队密切协作，把敌军压在瓦子街以东的山沟里。

30日拂晓，瓦子街战役的决战打响了。贺炳炎指挥1纵沿瓦子街公路和南北两山自西向东攻击，2纵由南向北，4纵由北向南，6纵、3纵各一部由东向西，全方位向敌发起猛攻。到下午5时，瓦子街战斗胜利结束，援敌全部被歼。敌军军长刘戡在绝望中用手榴弹自杀。敌90师师长严明在逃跑中被我军击毙。敌27师师长王应尊混在俘虏中趁机跑掉了。

瓦子街战斗结束以后，我军接着又收复宜川。张汉初想突围为时已晚，解放军已经完成围城部署。

部队带不出去，张汉初想独自逃脱。他让勤务兵用绳子把他从城头上放下来。天寒地冻，勤务兵的手冻麻木了，绳子放到中途脱手，张汉初一下跌到坚实地上，腰摔坏了。勤务兵跳下城墙后，搀扶着他继续逃离。然而，他最终还是没逃掉，成为解放军的俘虏。

张汉初被带到许光达面前，许光达见张浑身湿透，冻得直打哆嗦，让他坐到炭火前取暖。待他身子暖和过来，许光达才问：“你知不知道我们这种钓鱼式的打法?”

张汉初苦笑地回答：“我们明知这是你们布置的口袋，又不得不钻。”

许光达哈哈大笑：“你说了实话。你们胡长官也服从我们的调动!”

瓦子街—宜川战役共歼灭国民党军一个军部、两个师部、五个旅，共约三万人，实现了我军的预定作战计划，有力地策应了我军在中原战场的作战，改变了西北地区的形势，打开了我军向渭北、关中进军的门户。

3月7日，中央发表了毛泽东写的《评西北大捷兼论解放军的新式整军运动》。毛泽东从全局上分析了这次战役的伟大意义和取得胜利的原因。他指出：“这次胜利改变了西北的形势，并将影响中原的形势。这次胜利，证明人民解放军用诉苦和三查方法进行了新式整军运动，将使自己无敌于天下。”

襄樊战役：“刀劈三关”破襄阳

1948年7月2日，豫东第二次战役结束后，刘邓首长命令桐柏军区司令员王宏坤、刘志坚指挥第6纵队、桐柏和陕南军区部队发起襄（阳）樊（城）战役。

襄、樊地处湖北西北部、汉水中游，千里汉江穿城而过。这里，东连吴越，西接巴蜀，南通湘粤，北达宛洛，历来为兵家必争之地。古代军事家皆称襄阳乃“水陆要冲，御寇要地”。自汉唐以来，争天下者必争襄阳。

蒋介石对襄樊地区的防守十分重视，设第15绥靖区司令部于襄阳城内，并任命国民党中央常委、特务头子、中将康泽担任司令，郭勋祺中将为副司令。第15绥靖区辖有104、163、164三个旅及23旅的教导队、特务营和保安部队数千人，还有国防部炮兵14团7连。7连虽然只是一个连，装备的却是最新式的美制107口径迫击炮，能发射化学弹。

襄阳城内的国民党守军依托有利地形，在城南羊拓山、虎头山、十字架山这些制高点和各山头都构筑了大量碉楼、地堡、交通沟，并在交通要道、火力死角及开阔地带密布地雷，构成能相互支援的坚固防御体系，妄图凭险据争，与解放军周旋。蒋介石命令康泽“依山固守，耗其兵力，争取时间，等待援兵”。

6纵队司令员王近山麾下有“三剑客”：17旅旅长李德生、16旅旅长尤太忠和18旅旅长肖永银。王近山把主攻襄阳的任务，放心地交给了李德生和他率领的17旅。当时，李德生才31岁，任6纵队17旅旅长。虽然年轻，跟他在一起工作多年的参谋却说李德生是位敌人冲到门口也不会惊慌的指挥员。

王近山司令员制定的作战计划是：主力部队放弃攻击虎头山、十字架山、岘山等大山，只准备夺取这些大山脚下的襄阳城的西面屏障——琵琶山、真武山和西门外的铁佛寺。这三处是从西面攻城的三道关，必须要“刀劈三关”，夺取一条通路，然后从西门突破！

王近山战意冲天，这时的襄阳城内仍然是歌舞升平。康泽得知“共军”中原地区的主力都已集中到豫东会战，襄樊地区绝对平安无事，便放心大胆地在襄阳城内的官邸大摆宴席，欢庆自己的44岁生日。

寿宴正闹得热火朝天时，康泽突然接到“共军”袭击老河口的报告，笑脸顿时变成了青脸。襄樊战役打响了。7月2日，解放军6纵队自唐河地区出发，急行军150余里，于当晚12时解放了老河口。

7日，6纵展开了襄阳外围作战。由于敌人工事坚固，火力很强，攻击部队有伤亡，进展不大。

要想接近襄阳城西门，首先要打掉直接以火力控制西面走廊式通路的“拦路虎”——从西南大山上延伸下来的琵琶山、真武山。

李德生决定亲自率17旅主力团49团对敌人“猛虎掏心”，攻下琵琶山、真武山、铁佛寺，直捣西门。

7月9日黄昏，在我军炮火掩护下，49团3营开始攻打琵琶山。琵琶山很陡险，山头上的2座碉堡更是如毒蛇一般封锁了冲锋的路线。李德生从纵队调来4门山炮，一阵炮轰过后，碉堡轰然倒塌。49团3营的战士从隐蔽的地方一跃而起，端着刺刀就冲上山。15分钟后，占领了阵地。第二天，敌人的飞机、炮火齐鸣，溅起的尘土甚至将3营的战士全身埋住。3营的战士一动不动，静静地等着敌人的冲锋。一次，二次，……，六次，气势汹汹的国民党军发动了六次冲锋以后终于认命：泼出去的水，失守的琵琶山，不可能再收回来了。

襄阳有了缺口。李德生又率49团2营攻夺真武山。真武山在琵琶山以东，离襄阳城更近，是控制城关的最后一个高地，敌人称之为“襄阳城的一把锁”。康泽十分重视这里的设防，放了1个团防守真武山，在不到300平方米的山头上，竟构筑了30个永久、半永久的地堡，工事也很完备。

49团2营攻势如潮，康泽急忙命令炮兵14团7连向山头不断发射黄磷弹。黄磷弹虽然炸不死人，却是一着就燃，别说树木花草，就是石头都能烤得半熟。康泽用意很明显，解放军想趁着夜黑、树木攻城，我就烧你个无处藏身、全身焦炭。

49团2营营长也是“成精”的人，带着战士硬生生地向山顶冲去。炮火无情，不信黄磷弹就不会烧到国军的头上。49团2营离地堡越近，地堡里面的国军越心慌：再不阻止，地堡都得烤成火炉。国民党炮兵14团7连眼看大火就要烧了自己人，赶紧住手。49团2营6连指导员带领突击排，机动灵活地采用侧翼迂回的方式打下所有地堡，仅20分钟即占领真武山，摧毁了真武庙内敌人的团指挥所，敌团长李大海连爬带滚逃进了城里。

锁都丢了，"共军"进出襄阳城就会像进自家菜园子一样方便，白崇禧大怒，命令康泽亲自督阵，不惜一切代价夺回真武山。

康泽直接用枪顶住李大海：拿不下真武山，我拿你的脑袋做夜壶。李大海鸡啄米一样地点头，康泽却仍不放心，将手一招，唤过警卫连连长：他敢后退半步，就地枪决！

脑袋做夜壶，李大海也豁出去了：早晚是死，不如拼一把。李大海"嗷嗷"叫着带着国民党士兵往上冲，刺刀在夜里发出白光。拼命，49团2营还就好这口。6纵司令员王近山号称"王疯子"，常说："没有'熊'兵，只有'熊'将。部队能不能打，决定于指挥员。一人投命，足惧万夫。"上梁疯来下梁狂，6纵士兵个个都是敢把皇帝拉下马的主。

一番激战，李大海的部队没有一个活着回去。拼命都拼不过，康泽只好作罢，再也不敢进犯真武山了。

王近山却是越打越上瘾，命令李德生率17旅连夜拿下铁佛寺。铁佛寺在公路左边，离西关大石桥仅50米，和西门城上之敌成犄角之势，两处火力可以构成交叉火网，严密封锁着攻城的唯一通道。国军用1个营防守铁佛寺，寺庙的高墙上密密麻麻配置有各种口径的枪炮孔，外层则是铁丝网、鹿砦，外层几十米方圆的田野里埋有各式各样的地雷。

拼命不是送命，李德生极其冷静，命令各攻击部队首先加紧深挖交通沟。因为离城太近，部队必须全部在地下活动。作业进行紧张，日夜轮番不停。天一黑，就到地面上挖，天亮就下到沟里挖。壕沟挖得又宽又深，人在里面走，外面也看不到，抬着担架行走能顺畅通过。同时，还组织部队排雷。白天观察清楚敌人埋雷的新土堆，天黑后，就用十五六米长的竹竿，拴上三角钩扒取、引爆地雷；若是踏雷，则用手榴弹炸响。

经过接连三天的接敌准备，地雷已扫光，17旅战士已经将交通沟挖到了离铁佛寺四五十米的地方，双方讲话都能听见了。敌人急得调炮打，但炮弹落得远远的；扔手榴弹、用机枪扫射，找不到目标；又不敢端刺刀出来冲杀，只好提心吊胆等着挨打。

李德生率部在襄阳西关悄悄进行挖壕作业，王近山命令肖永银的 18 旅沿汉水隐蔽北进，突然袭取了东关护城堤。这样一来，城西、城东、城东南都是解放军，城北面是滔滔汉水，仅在南门外剩下一条与大山连接的道路。

康泽惊慌失措，完全搞不清我军到底将从何处攻城，急忙向白崇禧汇报军情。

7 月 12 日，白崇禧致电康泽："根据情况判断，共军向我西南方面攻击困难，将转用部队向我东面攻击。除饬空军轰炸浮桥外，希注意加强东南方面守备。"

6 纵军"声东击西"迷惑了敌人，康泽断定 6 纵不会从西门进攻了，于是将总预备队 6000 多人调往南门增强防御。

7 月 13 日晚，李德生 17 旅 50 团和 47 团攻击部队从交通沟内一跃而起，在炮火掩护下，迅速占领了铁佛寺及其近处的同济医院等地，全部控制了西关，并保护和控制住进攻西门的唯一通道大石桥。

西关一丢，白崇禧的援兵迟迟未到，康泽更加着慌。蒋介石看出康泽的惊慌，急忙发电报给他打气："共军连日猛攻，炮弹消耗殆尽，无力攻破襄阳坚固城防。加之空军助战，只要指挥若定，必能渡过难关，将来更能立名成业。"

康泽略微振作了一点精神，将山地部队转移城内，紧闭四面城门，固守待援。

敌人撤进城，南山不战而得，6 纵军形成了对襄阳城的包围。

第 6 纵队司令员王近山决定，攻城突破，由 17 旅旅长李德生负责统一指挥。

李德生接受任务后，加紧了战前准备。他当时虽然年轻气盛，但绝不是个莽撞的指挥员。敌人西门城楼上的火力和城墙上无数隐蔽射口组成了交叉火网，严密封锁着我军进攻的唯一通道大石桥，如不压制、消灭敌人这些火力点，攻城部队就无法通过，或造成重大伤亡，这是一个必须解决的问题。

怎样消灭这些火力点？用炮打，代价太大，轰击光滑的城墙，也难以起到作用；用手榴弹炸，又扔不上去；只有用火炮抵近射击大目标，用步枪、机枪封锁枪眼。李德生和副旅长宗风洲商定了一个方案：将城墙、城楼上的炮楼、地堡、火力点，绘成平面图，一一编上号码，再根据目标和我军武器性能，分工负责，瞄准好，待攻城时，突然一齐猛烈开火，就可以有效地摧毁敌人绝大多数火力。为了达到预期效果，火炮进入最近位置。李德生又命令从各部队抽调50名“特等射手”，摆在第一线，使用轻重机枪。

7月15日晚8时30分，纵队下达了对襄阳发起总攻的命令。一红一绿信号弹腾空升起，顿时，“嗵！嗵！嗵！”炮弹出口声和“嗞嗞”飞越头顶的声音响起。转瞬间，城楼、城门的上下左右炸开了花，一团团黑烟腾向空中，城楼被火光、硝烟、尘土笼罩得什么都看不见。

强大的炮火急袭摧毁了敌人的火力点，突击部队得以安全地通过大石桥。突击部队呼喊着冲过石桥到城门口，49团1营教导员谭笑林带着突击营攻到了城下。城门虽然没有炸开，城墙顶端已被我军炮火轰开了一个大缺口。突击营立即一边往缺口上扔手榴弹，让敌人不能存身，一边架梯子爬城。经过激烈的争夺战，1营突击排首先登上了城墙。

突击营一上城墙，李德生立即令部队紧跟上去，不怕牺牲，灵活作战，勇猛向前！突击营登上城楼后，敌人立即发起疯狂反扑。在此危急时刻，46团、50团的后续部队立即分多路登上了城墙。

襄阳城攻破！敌人全线崩溃了，17旅、16旅、18旅各部都从西门突破口涌进城内，继而展开了巷战追击。

部队刚一站住脚，李德生就带着几个参谋进了城，在距城楼百余米处建立了指挥所。李德生冒着敌人的火力射击，不时侧身隐蔽，还注意招呼着随他进城的纵队宣传部长，说:“你们看我的动作，跟着走!”兄弟部队也从城东南和城东北攻入城内。

经过彻夜激战，至7月16日上午10时，襄阳城内守敌大部分被歼灭。

康泽的命运危在旦夕，他寄最后希望于蒋介石、白崇禧。就在我军攻进他的司令部的前一刻，他收到了蒋、白分别发来的两封电报。蒋介石先来电，鼓励了他坚守核心工事的行为，然后说:“吾弟未经过大战，这次在襄期间同优势敌人作战，可磨炼胆识。”又照旧说援兵快到了。康泽听着司令部外面，解放军激烈的枪炮声越来越近，苦笑了两下，将电报烧了。

白崇禧的电报称:“兄等坚决忠贞，至深感佩，务盼督率坚守。务必在房院墙角多开枪眼，加厚其上面之掩盖，多设掩蔽部……以利坚守为要。”康泽看了白崇禧的来电，十分恼怒，人马全丢光了，还叫我在“房院墙角多开枪眼”，这简直是侮辱、讽刺！康泽越想越气，唰唰几下，将电报撕得粉碎，使劲扔了出去。

司令部门口响起激烈的枪声，士兵退进屋内。康泽早先曾命令将几箱金元券散发给士兵，要他们卖命“保卫司令部”，现在看来不灵了。随着“缴枪不杀！优待俘虏”的喊声，枪弹、手榴弹也飞进屋里，康泽一下子站起来，钻进了地下坑道。

突破襄阳的消息汇报到野司后，刘、邓首长传来具体指示:“康泽只能捉来，不能抬来，要活的!”

众多部队搜了一遍又一遍，翻腾了一个上午，就是看不到康泽的踪影。从各方面提供的情况证实，就在几个小时前，还有人亲眼见到康泽，他能飞了不成?

大家都不认识康泽，要是他混在俘虏群里跑了怎么办?54团教导员岳秉仁把被俘的康泽卫士傅起戎找来，叫他带路去找康泽。他们打着五节电池的大电筒，钻进底层坑道，将敌人死尸一个个翻开看，最后在死尸堆里抓住了活着的康泽。

康泽既没有“成功”也没有“成仁”，而是当了我军的俘虏。

消息传来，部队一片欢腾，这个国民党的中常委、特务头子终于成了我军的阶下囚。中央军委对活捉康泽非常重视，专电野司：将康泽送华北，并派可靠武装，加镣铐妥送。

襄阳战役一反历史上取襄阳必先夺南山之惯例，用“掏心”战术，集中主力从东、西攻城，全歼守军两万余，活捉国民党军十五绥靖区司令康泽。朱德称此役为“小型模范战役”，六纵队由此享“最善攻坚”之誉。

辽沈战役：全国军事形势出现新的转折点

狗日的，瞎眼啦！国民党第 93 军暂 20 师师长王世高一边痛骂仓皇飞走的国民党飞机，一边急吼吼地派敢死队出城抢弹药。

王世高一直认为解放军不会真心实意地围攻义县。义县是锦州北部的屏障，城墙高十米，碉堡群外是三米多深、三米多宽的壕沟，沟外布满了地雷、铁丝网、鹿砦等障碍物。城高，墙厚，锦州的援军拍马就到，解放军想攻下义县门都没有，顶多是打打增援的部队。锦州指挥所（驻锦州）司令范汉杰之所以派自己到这里，一是信任，二是保存实力。乱世年代，手中有枪比什么都强。

第 3 纵队司令韩先楚、政委罗舜初看到纷纷从天而降的弹药箱落在 3 纵的阵地上，心中直乐：攻城还攻出好事了，国民党居然硬往自己手里送大礼，王世高这一次可是大出血了。

第 3 纵队是奉东北野战军林彪、罗荣桓、刘亚楼组成的总前委命令攻打义县的。1948 年 8 月，人民解放军东北野战军已控制了东北 97%的土地和 86%的人口，国民党军队虽然还有 55 万人，但被分割、压缩在沈阳、长春、锦州三个互不相连的地区。中共中央军委于是作出决策：干掉国民党军队，吞下东北全境。总前委的作战计划部署是集中全力攻锦州，死围长春，最后攻下沈阳。义县是锦州北部的屏障，总前委把打破屏障的任务交给了第 3 纵队。

第 3 纵队司令韩先楚、政委罗舜初率领第 3 纵队将士来到义县，立即发出攻城部署：各师的炮兵一律推到距敌阵地二三百米处抵近射击，将城墙轰成斜坡；步兵分队挖掘坑道，利用坑道向城墙逼近。

将令如山，三军用命，几天功夫，四通八达的坑道就已经挖到义县墙下百来米的地方。

解放军逼到鼻子底下，城墙上的国民党士兵沉不住气，手中的机枪、冲锋枪一个劲地对着坑道乱射。3 纵的将士不着急，坑道很深也很安全，就让狗日的猖狂一下又如何。

浪费大堆子弹，还是阻挡不了前进的坑道，暂 20 师师长王世高心一横：舍不得孩子套不住狼，用迫击炮轰，不信轰不平坑道。

尘土飞扬，泥土四溅，坑道里面的 3 纵将士们一个个灰头土脑。炮声一停，将士们操起铁锹，接着向城墙下挖去。

坑道推进，迫击炮的炮弹却是越轰越少，王世高急忙请求空投炸弹。

28 日，三架国民党军的飞机刚在义县上空冒头，3 纵的大炮就开始发威，不停地向天空怒吼。飞行员又惊又慌，将飞机拉到高空投炸弹，手一发抖，空投的炸弹箱大部分落到解放军的阵地上。

王世高急吼吼地派敢死队出城抢弹药，躲在坑道里面的 3 纵将士集中火力向敢死队扫射出一阵火花。国民党的敢死队不少人被射中躺在地上一动不动，没被打中的人连爬带滚地进了义县，死活不肯再出城半步。

收人钱财，与人消灾，收了大礼的韩先楚命令各师的炮兵发挥助人为乐的精神，帮国民党军队把义县城墙、炮楼、据点轰平，省得国军进进出出不方便。

9 月 29 日，10 万发炮弹倾泻在义县城。东野 3 纵 8 师师长宁贤文命令 8 师的山炮、九二炮前出距敌前沿 400 米处，照准敌城墙轰炸了一个多小时，将城墙炸开 20 米宽的缺口。8 师的部队涌入城内，遇墙挖洞，遇房跳窗，遇雷标记，勇猛穿插，大胆分割，埋伏在城外西、南、东关的各部队如猛虎下山一般向城内发起猛攻。

国民党暂 20 师师长王世高还想组织部队人马杀出重围，但是已经晚了，几柄枪已经顶在他的脑门上。

屏障已经打破，东野"前指"书记林彪立即下令马不停蹄打锦州。第 3 纵队司令员韩先楚指挥北突击集团由城北向南突击，北突击集团由第 2 纵队（司令刘震，政委吴法宪，副司令员吴信泉）、第 3 纵队、第 6 纵队（司令黄永胜，副司令员杨国夫、李作鹏，政委赖传珠，参谋长黄一平）的第 17 师、炮兵纵队主力和坦克营组成；第 7 纵队司令员邓华、政委吴富善指挥南突击集团从城南向北突击，南突击集团由第 7 纵队、第 9 纵队（司令詹才芳，政委李中权）及一部分炮兵组成；第 8 纵队司令员段苏权、政委邱会作指挥东突击集团从城东向西突击，东突击集团由第 8 纵队及第 1 纵队（司令李天佑，政委梁必业）炮兵团组成。

有攻城，自然有援兵，林彪又作出指示：第 2 兵团司令员程子华指挥第 4 纵队（司令吴克华，政委莫文骅，副司令胡奇才）、第 11 纵队（司令贺晋年，政委陈仁麒）及两个独立师阻击葫芦岛和锦西方向的国民党援敌；万毅第 5 纵队（副司令吴瑞林，政委刘兴元）、黄永胜第 6 纵队、梁兴初第 10 纵队（附第 1 纵队第 3 师）堵击由沈阳出援的敌"西进兵团"；李天佑率第 1 纵队（欠第3师）在锦州和塔山之间的高桥驻扎，作为战役机动部队，既可北攻锦州，也可南援塔山。

要攻锦州，必须解决锦州外围的国民党部队。国民党军暂编第22师控制着锦州城外配水池82高地、大亮甲山等地。配水池守锦州北唯一的一个制高点，距离市内大约3000米，控制着进入锦州城内的公路。这里的工事原是日军修筑的，国民党军占领锦州后又进一步加固。暂编第22师派了一个加强营防守配水池，800余人，配有重机枪、战防炮，城内的援兵随时可以从阵地后面通往城内的暗沟增援。加强营嚣张得不行，在一座白楼上挂了一条醒目的大标语：第二个凡尔登。

嚣张归嚣张，凡尔登第二还真有几把刷子，3纵邓岳7师20团强突猛攻，机关枪枪管打得直烫手，还是没有攻上去。

配水池不好打，3纵8师24团也踢到了钢板上。距配水池700多米远的亮甲山壕沟环绕，暗堡林立。部队突了一天，硬是没有前进半步。

攻击受挫，韩先楚焦虑不安，亲自到火线实地观察。一番考察，韩先楚作出部署：切断配水池和亮甲山之间的联系，集中兵力打守军的薄弱地带。

20团按韩先楚的指示打，果然一攻即破。攻占了配水池，就等于控制了城北的制高点，韩先楚灵机一动：只要把亮甲山通向城内的交通壕截断、炸毁，断水、断粮、断弹药，亮甲山军心不稳，就撑不了几天。

配水池阵地一丢，亮甲山的国民党守军心中已是凉了半截：筷子成双才吃饭，坚固如配水池都是说丢就丢，亮甲山只怕也是凶多吉少。

3纵8师24团断了亮甲山的粮草不说，随后又派小股部队在夜里多次发起佯攻：往死里折腾守军，枪声不断，炮响不止，喊声不断。

亮甲山的国民党守军气得两眼直冒火：不理吧，谁知道解放军是真攻是佯攻；打起精神应战，连个鬼影都见不到，倒是搞得自己累得半死、哈欠连天。至于往下冲锋，想都不敢想。

折腾了几个晚上，8师24团团长一下令：主力全上，晚上死活要攻下亮甲山。亮甲山的国民党守军被折腾得不行，以为这次 8 师 24 团又是玩虚的，都爱理不理的。

8 师 24 团战士生龙活虎地往山上冲了上去，不到半个时辰，就将红旗插上了亮甲山的山头。

3 纵这边大功告成，2 纵、9 纵也拿下了锦州城外的国民党其他据点。锦州已是一座孤城。

锦州被围，蒋介石急得牙龈上火：锦州一旦失守，在东北的国民党军将面临灭顶之灾。蒋介石连继发出多道手令，令第 9 兵团司令廖耀湘率兵出辽西驰援锦州，又从华北和山东抽调了七个师海运到葫芦岛，会同锦西的四个师组成了东进兵团北上，企图解锦州之围。

在东总的号令下，1 纵 3 师在师长刘贤权和政委方国南率领下赶到黑山、大虎山地区，配合 10 纵阻击由沈阳西援锦州的国民党廖耀湘兵团。1 纵 3 师赶到指定地域后，一周内完成了 30 公里地域构筑纵深防御工事。接着，刘贤权和师政委方国南率领 3 师打起 1 纵的旗号，在大虎山、黑山、沟帮子、北镇一带大张旗鼓地搞宣传，号房子，写标语。

“东野”主力赫赫有名的 1 纵在大虎山一带活动，国民党驻守沈阳的司令廖耀湘心中不禁有些放不开手脚，和 1 纵干架，那绝对是一场不死不休的恶战，这种杀神，还是少惹为妙，于是一步三回头地向锦州进发。

第 4 纵队司令吴克华、政委莫文骅、副司令胡奇才带着第 4 纵队在塔山、白台山、高桥地区布下防线，静候国民党东进兵团的到来。国民党东进兵团要想增援锦州，除非飞过去，要不然塔山就是必经之路。

塔山离锦州 20 公里，像一个窝窝头严严实实地扣在锦州与葫芦岛之间最狭窄的一段路上。国民党东进兵团只要冲过塔山，进攻锦州城的东北野战军将会陷入前后挨打的境地。

4 纵的防线以塔山堡为中心，东至海边，西至白台山。防御正面有 12 公里半，第 11 纵队（司令贺晋年，政委陈仁麒）位于第 4 纵队西侧。

救兵如救火，国民党东进兵团心中清楚。

10月10日拂晓，在飞机、大炮和舰炮的掩护下，第54军军长阙汉骞率四个师气势汹汹地从正面向塔山杀了过来。国民党海军第3舰队炮击塔山，协同第54军行动。蒋军第62师利用海水退潮之际，袭占了4纵34团防守的打鱼山。

吴克华心中有些恼火，给12师江燮元师长打电话：立即夺回阵地，坚决将敌军的嚣张气焰打下去。

刚放下电话，尘土落了吴克华一身，敌人的炮弹居然打到纵队指挥所的屋顶上。国民党的飞机十分猖狂，不停地轰炸塔山地面，4纵和11纵阵地上的工事全部被摧毁，伤亡较大。国民党第54军的连、营、团长也玩了命，带头冲锋，成梯队形式往上冲。军长阙汉骞发了话：只要攻下塔山，我姓阙的吃肉，绝不让弟兄们只喝汤。想升官的，升官；要发财的，赏钱。

人为财死，鸟为食亡。第54军士气大振，打倒一波，后面的一波又涌了上来。

碰上要钱不要命的主，这事还真不好对付。疯狗咬人，人总不能和疯狗对咬吧。打狗得有打狗棒，吴克华当即命令炮兵：集中火力，往国军后续梯队人堆里轰。

第54军后续梯队被轰得七零八散，与人斗其乐无穷，可要和炮弹斗，不是疯子就是嫌命长。后继部队不给力，冲到阵前的第54军士兵被活生生地打了回去。

4纵和11纵的炮兵发威，国民党第54军军长阙汉骞也使出了炮轰战术。弹片把平地犁松了几尺深，随后第54军发起了一浪又一浪的冲击波。

4纵的战士迎头而上。不少人冲进国民党士兵人群，拉响了最后一颗手榴弹；有的战士腰折骨断、双目失明，仍在装子弹、投弹；有的战士身带数处刀伤仍在与敌人拼杀；有些阵地已经全是由伤员在防守，直至打到最后一人。

10月11日晨，国民党第54军再次出动四个师，集中力量从中央突破攻击塔山堡。

国民党第54军炮兵连续发射2000余发炮弹，把4纵的阵地炸成一片焦土。守在塔山村头的4纵34团1连伤亡过大，不得不退入村内，国民党军乘虚进入村子，情况万分危急。1营营长组织所有人员对敌实施反击，激战数十分钟，终于将敌人打出村子，恢复了阵地。

双方连续厮杀九个小时，4纵仍然牢牢地守住三个主阵地。

阙汉骞杀红了眼，命令部队在距4纵前沿阵地一二百米处构筑工事，两军形成对峙局面。阙汉骞命令成立督战队，敢退后斗步者杀无赦，并悬赏50万金元券组成敢死队。

10月13日，第54军再次向塔山扑来。敢死队一个个光着膀子，身背大刀，手提自动枪，狂叫着冲向塔山阵地。

4纵10师28团的营、连、排之间多被分割，许多连队伤亡百人以上。在白台山阵地，战斗也打得异常激烈，由12师指挥的31团多次投入反冲击，有力地支援了塔山堡战斗。

不容喘息的厮杀一直持续到黄昏方才缓下，一线的28团伤亡达800多人，当夜由30团替换。而国民党军的锐气，也在这一天被基本打光了。

塔山鏖战正紧，3纵司令韩先楚命令攻城部队全力挖掘交通壕，将交通壕挖到锦州城下。到总攻前，2、3纵挖了近两万米的交通壕。

10月14日10时整，东野无数门炮向锦州城垣猛烈轰击。7纵和9纵同时并进，向锦州城发起了冲锋。

10时28分，9纵左翼师尖刀连从南门侧面率先登上突破口，成千上万的后续部队随后呐喊着冲进了锦州城。

三小时后，我军包围了敌6兵团司令部。

敌人在大楼上的窗口喷射着恶毒的火焰，战士们绕到楼后，炸掉敌人的火舌。左翼师的尖刀连打垮了敌人的反击，立刻勇猛追击，迫使敌人一个连举手投降。右翼师一个团切断了春日街之敌，继续向北发展，切断了敌6兵团司令部的退路，包围了铁路局。

15日下午4时，9纵27师不但肃清了锦州东南部的残敌，而且占领了锦州西飞机场，生俘敌首范汉杰等。

听到锦州失守，阙汉骞顿时如泄了气的皮球，率领第54军就往回撤。至此，历时六昼夜的塔山阻击战宣告结束。

锦州失守后，蒋介石不甘失败，严令廖耀湘兵团迅速西进，会同其东进兵团夺回锦州。

廖耀湘兵团西进，林彪、罗荣桓立即命令组织发起辽西会战，命令1纵师长刘贤权、政委方国南配合梁兴初的10纵要敢打恶仗、不怕伤亡，将廖耀湘兵团死死地拖在黑山、大虎山一线，等到攻打锦州的友军部队赶到后发起围攻。

刘贤权组织部队在医巫闾山抢修了工事。入夜，“东总”电令1纵3师由四堡子一带攻击前进。25日，3师于凌晨拿下杨家窝棚西山，歼敌1个营。接着3师又奉命连夜经黑山城，北插烧户营子，堵截廖耀湘兵团东返沈阳。刘贤权率部急速从10纵阵地上插过，天亮时发现敌军已逃离烧户营子，兄弟部队正在追击。遂按“东总”命令，刘贤权率3师插向胡家窝棚阻敌，将华家窝棚之敌169师505团2营全歼。26日晚，3师前进至头道镜子、胡家窝棚、绕阳河边，连夜强渡绕阳河，抓住战机，在姚家窝棚、张荒地、西双岗子等地歼敌1400余人。27日，3师又在唐家窝棚、柴家窝棚、王家窝棚等地将敌新1军和新6军的指挥机关及其重炮部队各一部全歼。

10月28日5时，辽西会战胜利结束，全歼国民党廖耀湘兵团。部队还没来得及打扫战场，“东总”即令1纵立刻渡过辽河，向东北国民党军队的老巢沈阳急进。

3师作为纵队先头部队，在刘贤权、方国南带领下，以每小时七公里的急行军直扑沈阳。

10月31日下午18时，刘贤权、方国南率1纵3师赶到沈阳西郊李官屯、张士屯，与2纵4师、5师会合，准备进攻沈阳。

铁西区由两道防线构成，筑有水壕、鹿砦、铁丝网，地堡成群，由国民党青年军207师防守。针对守敌防御体系的特点，刘贤权选择了两个突破口，命令8团、9团各攻一个突破口。31日夜，战斗打响。8团连续炸掉敌3个地堡群，仅两个小时即突破敌第一道防线，解决了驻守于洪机场的敌人。9团发起攻击后，遭敌炮群和坦克阻拦，于是开展对敌攻心战，迫敌一个连放下武器，敌第一道防线崩溃。9团乘胜一鼓作气攻击臭水沟守敌，俘敌600余，突破敌第二道防线。9团进展顺利，刘贤权担心8团进攻不力会影响合成作战，便骑马赶往8团，指挥8团迅速向市内发展。

11月1日拂晓，3师8团冲进沈阳，在铁西区接受敌一个战车团投降后，继续向市中心攻击，迫使敌“东北剿总空军司令部”向8团投降。9团进入市区后又攻占了沈阳铁路南站，控制了交通枢纽。这时我各路大军相继勇猛插入市区。守敌整团、整营与我军接洽投降，刘贤权抓住这一难得的机遇，命令部队坐上刚刚缴获的吉普车、装甲车和小轿车，在市区内受降。8团三个战士在新华社随军记者带领下受降敌一个高炮团。9团5连一个班接受敌一个汽车团和一个坦克营的投降。

11月2日凌晨，沈阳全城解放。

济南战役：打到济南府，活捉王耀武

打到济南府，活捉王耀武！

好！这口号有气势。山东兵团司令许世友一拍华东野战军政治部主任唐亮的肩膀：老唐，你这口号振奋人心啊！

蒋介石没有听到口号，心跳却比平常无端得快了很多：王耀武到底能不能守住济南城。济南处于津浦、胶济铁路的连接点，北濒黄河，南倚泰山，济南万一失守，不但徐州不保，南京势必受到严重威胁。

王耀武是把打恶战的好手，士兵强悍，火力凶猛；济南城防工事坚固，防御地带纵深长，明碉暗堡林立。许世友不敢怠慢，和政委谭震林商量了几天，往桌上一拍：老子就用牛刀子战术。济南这头牛再强再壮，老子只用刀捅它的心脏，看他能蹦跶几天？

许世友、谭震林将“攻击兵团”分成两部分：

西线攻击集团由 3 纵、10 纵及部分地方部队组成，由 10 纵司令员宋时轮指挥攻城。3 纵：司令员孙继先，政委丁秋生，政治部主任刘春。10 纵：司令员宋时轮，政委刘培善，副政委肖望东。

东线攻击集团由 9 纵、华东野战军渤海纵队和渤海军区部队组成，9 纵司令员聂凤智指挥协助攻城。华东野战军渤海纵队：纵队司令员袁也烈，政委周贯五，政治部主任欧阳平。下辖两个师：新编第 7 师，师长曾旭清，政委黎同新；新编第 11 师，师长傅继泽，副政委秦化龙。

聂凤智不愿意助攻，在纵队给各师重新下达的命令中，把“助攻”改成了“主攻”。许世友听了聂凤智的报告后，高兴得两眼笑成一条缝:“改得好!就这样打! 西面一把刀子，东面一把刀子，两把刀子朝里戳，戳烂它的五脏六腑!”

1948 年 9 月 16 日，济南战役打响。

攻城各纵队炮火齐鸣，杀声震天。西线集团在开进途中歼敌一部后，直扑敌飞机场。王耀武发现济南西郊大军云集，判断“共军”主力在西，为保卫飞机场，他一面严令西守备区的国民党各部加强防守，一面连夜派预备队前往机场救援。

可是西援部队立足未稳，王耀武又得到确切报告：济南东郊门户的茂岭山、砚池山已经失守。王耀武大为惊恐，判断“共军”攻城主力在东，急调西援部队赶到东线作战。

19 日 20 时，在我东西攻城集团强大压力下，国民党 96 军军长吴化文被迫率所部第 84 师 3 旅约两万人举行战场起义。许世友命令周志坚率领 13 纵加入两集团战斗，迅速肃清外围，插入商埠。

预备队改为主攻部队，13 纵的战士极为兴奋。37 师第 111 团 1 营趁敌人换防，奇袭东白马山之敌。经 20 分钟战斗，歼敌 280 余人，将白马山占领。37 师第 111 团 3 营本来想奇袭丁家山，但战士的冲锋枪不小心走火，被敌人发觉。3 营营长当机立断，指挥部队发起强攻，俘敌 150 余人，占领了丁家山。

21 日，周志坚的 13 纵占领了商埠，攻下了王耀武的第一道防线，并威逼济南城外王耀武的第二线基本防御阵地。

当日 18 时，攻克外城的战斗打响了!

37 师第 109 团团长田世兴亲自指挥炮兵抵近射击，摧毁敌城墙高、中层火力点；2 营营长宫本江指挥迫击炮、60 炮和步兵火力，压制敌城墙低层火力点，掩护定点爆破。

半小时后，外壕爆破成功，接着城墙爆破告捷。2营教导员姚江率领4连登城突入。国民党军惊惶失措，立即施放大量毒剂。姚江等人不曾想到日军使用的招数王耀武也借来了，顿时个个被熏得双眼流泪，视线模糊。敌人趁机反扑，突破口战斗异常激烈。

战斗到紧急关头，4连5班班长带着一个战斗小组爬至墙顶，与敌人展开了短兵相接肉搏战，打退敌人进攻，并炸掉了两侧地堡，突破口得到巩固。团指挥所立即率1、3营进入了巷战。

同时，第112团7连在永绥南侧爆破成功。8班班长蔡锷率先登城，打退了敌人两次反扑。7连登城，继续北进，打通了与109团的联系。

接着，第111团3营9连在永绥门北侧扫清障碍，掩护8连攻入外城，并配合109团消灭了城门楼内的敌人，接应该团1、2营进城巷战。

23时，攻城部队占领剪子巷一带，逼近城内西南面的坤顺门。

至23日凌晨3时，周志坚部13纵全部进入外城，王耀武的第二道防线即告摧毁。

13纵司令部随即迁进外城，周志坚向全纵发出命令：稍加休整，准备向王耀武据守的内城，也是济南的最后一道防线进攻。

内城是济南守敌最后一道核心阵地。城墙高12米，厚10至12米。明碉暗堡密布，分设3层火力：城门楼和城墙上部设有高炮，城墙中部设有射击孔，城墙脚下筑有地堡。护城河宽五六米至二三十米不等，水深2至5米。

攻城总指挥许世友陷入了从未有过的犹豫之中。打，还是缓打？他有些犹豫。最后，他还是决定继续打下去。

23日18时，总攻内城开始！

"叭、叭、叭！"三弹红色的信号弹凌空而起。顿时，我方阵地群炮怒吼。几十门火炮喷射的热浪席卷起强劲的旋风，拖着一条条炫目的弧光，排空而去，呼啸着飞向敌阵。接着，便是“咣、咣、咣”的爆炸声，火舌舔着夜空，浓烟笼罩了城头。

敌人在猛烈的炮火打击下，一时间缩进了掩体。我突击队战士抓住时间，开始架桥、爆破、登城。这时，敌人在遭到一阵炮火袭击后，已清醒过来，组织成带集的火网，开始疯狂阻击。

前进受阻，伤亡巨大，炮兵阵地亦遭到了敌人袭击……进攻不得不暂停下来。

主攻的73团三次强攻，三次失利，被压在护城河下；79团一个连在东门附近率先登城，但在敌人优势兵力和强大火力的反击下，几乎全部牺牲。西线集团各部的反复攻击，也没能撕开济南内城的城防。我军伤亡较大，有的主攻连只剩一二十人。

攻取内城的战斗，全线受挫。攻城部队陷入不利局面。参战部队鏖战7天7夜，一直没有得到休整补充。继续攻下去很难奏效。如果僵持到天明，部队密集拥挤在外城四周，又无遮盖隐蔽，完全暴露于敌人的飞机轰炸和炮火压制之下，将会招致更大的伤亡。一些同志认为离中央指定的20天至2个月的攻城期限仍有较大空间，于是建议部队休整再攻城。

许世友再次询问聂凤智和周志坚对“攻”和“撤”是何意见?

聂凤智果断地回答:“我们正在组织力量，准备再次攻城，决心在天亮前突破内城。”

在战场上，有时候机会只有一次，稍纵即逝，永不再来。在节骨眼上，说话算数的人要沉着，要冷静，不要被无关大局的变化所左右，不要为一时的困难而动摇。仗已经打成了这样，攻城决心绝不能改变! 现在，需要的是咬紧牙关，哪怕是血流成河也绝不能退缩。

许世友说:“打! 我们头疼，王耀武比我们还头疼，眼下正是较劲的时候，要咬紧牙关打到底。”

聂凤智立即给73团团长张慕韩下达命令:“现在全线就看你们的了，今晚上一定想办法给我攻进内城!”

9月24日凌晨，攻城部队东、西集团万炮齐轰，惊天动地。内城城垣刹那间淹没在火海之中。王耀武再次大惊失色，在攻城部队连续突击七天七夜时，他盘算过：“共军”在攻最后一道城垣前，肯定要休整三到五天，没想到攻城部队一天也没休整，不死不休地全线发起对内城的攻击。“共军”对内城数次攻击受挫，王耀武又迅速作出判断：攻城“共军”很难坚持到天明。他正欲组织部队反击，“共军”连夜组织的再一次攻击开始了。

华东野战军13纵司令员周志坚、政委廖海光赶到前沿阵地37师指挥部，命令109团和11团重新组织力量，继续爆破。

我登城部队与几十倍于我的敌人在不到100米长的城头上反复冲杀，长达4小时，终因伤亡过大，寡不敌众，突破口被敌人占领！109团3连和9连被卡在城内。

周志坚电命37师师长高锐:“用炸药放在坤顺门下，将城楼炸塌!”

2连迅速行动，50斤炸药虽将城门炸开一个洞，但城楼没有塌下来，突击受阻。

周司令员再次接通高锐的电话，督促攻城:“110团用梯子从坤顺北侧登城，不得延误！如果这次攻不上去，困难就大了。再攻不上去，老子撤你的职!”

随后，8连在坤顺门右侧架梯成功。3营营长刘坤立即指挥9连冒着密集的炮火登城。刘坤负重伤，教导员王文继续指挥。10时左右，9连1排排长许宝石、1班副李来祥、战士李光兴首先登上城楼，迅速夺取了两个碉堡，接着7、8连突入城内。

109团3连和9连被敌人卡在城内后，并肩作战，在孤立被围的险恶环境中，坚持了7个多小时，占领了19座楼房，打退了数倍于我的敌人几十次冲锋，并俘敌 230 多人。他们从一个俘虏口中得知城墙突破口被封，于是以一部顶住敌人，另一部回师城墙策应主力争夺突破口。10 时 20 分，在我内外夹攻下，我军重新占领突破口，37 师后续部队随即入城，进入巷战。

消息传到纵队指挥部，周志坚随即命令二梯队从坤顺门进城，他在电话里指示 38 师："112 团直插省政府，活捉王耀武；113 团、114 团向东与 9 纵队会合全歼守敌!"

此时，37 师指挥所移至内城，指挥部队展开巷战。12 时前后，38 师 112 团攻入伪省政府大院内，歼敌宪兵营一部；该团 5 连乘胜追击，突入王耀武的地下指挥部，追敌缴械，计俘敌"第二绥靖区"少将参谋长罗辛理、四处少将处长张介人以下 200 余人。

经过两个多钟头沉寂后的战场，所有的轻重火器又都像发了疯似地吼叫起来。将近一小时后的 2 时 25 分，73 团 3 营 7 连的两个排，终于突进去了。那面"打开济南府，活捉王耀武"的旗帜，高高地插上了东南城角的气象台。

"突进去了!"指挥所里一片欢腾。

作战科科长刘岩抓起电话就要报告许司令，他知道此刻许世友的心情比谁都不安和焦急。

"慢!"聂凤智伸手一下子把电话卡下。

刘岩有些迷惑不解，聂司令为何不向上级报告呢?

聂凤智重新要通了 73 团的电话，命令 73 团抓紧时机往突破口内送部队。

刘岩愣了一下，很快明白了，聂司令有更深更细更冷静的考虑。他不要争功，他需要的是最后的胜利，百分之百的胜利。

一会儿，73 团又有两个营进去了。

聂凤智这才长舒一口气。他相信，王耀武再有本事，这下子也无法把 73

团赶出来了。济南府大堂的门槛已被稳稳地踩在9纵脚下了。

他吩咐刘岩："现在可以报了。"

许世友得知9纵的两个排早已突进，红旗早已插上气象台，现在又突进去两个营的消息，不由脱口大骂："混蛋!"

他气恼聂凤智不早点向自己报告。

聂凤智笑了。他知道，这骂是表扬，不是批评。许老头太高兴了。

作战科科长刘岩也笑了。他感到吃许世友的这种批评，比被表扬还舒坦。

9月24日，济南城获得解放。守敌11万人全部被歼。王耀武化装潜逃，仍被活捉。

淮海战役：蒋介石南线主力损失殆尽

晋冀鲁豫野战军3纵直扑宿县！

打狗就得关门，想歼灭徐州地区的国民党军，就得断了他们的退路。宿县正是徐州地区国民党部队的唯一退路。

1948年11月6日，淮海战役打响后，徐州守敌东、西、北三面出路都已被解放军各部截断，宿县成了徐州守敌的生命线。守，可以从国民党南京方面得到物资弹药等支援；败，可以从这安全退却。

事关徐州几十万部队的生死，蒋介石派津浦路护路司令部中将副司令兼宿县最高指挥官张绩武率部镇守。张绩武一到宿县，立即加高城墙，修地堡，将宿县县城整得坚固无比。信心满棚的张绩武拍着胸口向蒋介石保证："有我在，宿州万无一失。"

11月13日，3纵司令陈锡联、政委阎红彦率部攻下宿县外围据点，宿县已在眼前。宿县环城水壕宽约三丈余，水深没颈。南、北、西三面桥梁，均被炸毁，只有东门外的桥梁因为我军追击迅猛，没有被国民党军彻底破坏。

15日下午5时，阎红彦、刘昌毅决定攻城。

城墙坚固，当然得用重炮轰。阎红彦集中全军所有山炮、野炮、战防炮，在城东一字排开。炮声隆隆，宿县城头砖石乱飞，城头的守军急忙伏在城墙后面。7旅的工兵们早就等候多时，见城墙上尘土飞扬，箭步就冲到了城墙下，安炸药包、点火，四次巨响之后，城墙被炸开了一个一丈多宽，30多度的斜坡。

城墙上一片惊呼，有人尖叫："不好了，城墙塌了！"

3纵将士蜂拥着冲了进去。当晚10时，上至司令张绩武，下到炊事班做饭的，无一漏网，要么死在地上，要么进了俘虏营。

11月22日，困守碾庄的兵团司令黄伯韬看着司令部周围一片狼藉，国民党士兵的尸体横七竖八地陈于野外，顿时感到一片悲凉，他心灰意冷，缓缓地举起手枪，对准自己的太阳穴扣动了扳机。

攻占宿县的第二天傍晚，中共中央军委指示，由刘伯承、陈毅、邓小平、粟裕、谭震林组成总前委，邓小平为总书记，统筹淮海战役的一切。就在这一天，总前委发布命令：中原野战军1纵司令员叶飞率1纵沿涡河北岸布防；6纵队司令员王近山、政委杜义备率部进至蒙城、涡阳地区待机而动；第3纵队代司令员孙继先、政委丁秋生率3纵，协同陶勇、政委郭化若指挥的4纵开赴宿县西南，集结于浍河一线迎敌，静等黄维兵团上钩。

黄维的12兵团是蒋介石嫡系精锐部队，清一色的美械装备，作战顽强，辖 4 个军，共 12 万人。黄伯韬兵团陷入华东野战部队包围时，蒋介石急令黄维兵团从华中增援徐州。

11 月 23 日，黄维兵团沿宿蒙公路进至宿县西南双堆集地区时，钻进了中原野战军预伏的袋形阵地。

第 12 兵团被包围后，黄维感到情况十分严重，一面命令部队就地构筑工事，一面向蒋介石请求增援。蒋介石不惜血本，令其次子蒋纬国的装甲兵团和李延年、刘汝明两兵团从蚌埠向北增援，同时令黄维集中兵力突围，向南接应援军。

援军有望，黄维精神大振，准备集中飞机、大炮、坦克向中原野战军的阵地猛轰，第 18 军的第 11、118 师，第 10 军的第 18 师和第 85 军的第 110 师 4 个主力师则乘势向东南蚌埠方向突围。

留得青山在，不怕没柴烧，黄维知道该舍得时就舍得，只要主力还在，就能保住第 12 兵团的元气。

黄维想突然突围的计划很是出人意料，别说中原野战军的各级领导没想到，即使是接到突围任务的国民党第 85 军的 110 师师长廖运周也是倒吸一口凉气：集中四个主力师全力从一点突围，中原野战军还真有可能守不住。

廖运周心中暗惊，脸上却不露声色，并自告奋勇充当突围先锋。想睡觉天上掉枕头，想突围有人当枪使，黄维一个劲地夸廖运周。

廖运周心中欢喜，潜伏多年，终于等到这一天了。廖运周不是普通人，早在 1927 年 3 月他就加入了中国共产党。廖运周想方设法在 110 师里安插地下党员，控制要害职位，110 师逐渐被共产党掌握，只等时机成熟，立即反戈一击。

回到师部后，廖运周立即派人将情报和自己反戈一击的计划报告中野首长。中原野战军立即同意了起义计划。

27 日，炮火冲天，东南蚌埠方向的中原野战军阵地浓烟滚滚、尘土飞扬。廖运周的110师一马当先，锐不可挡，很快就杀出一个缺口。

黄维看得真切，喜在心里，廖运周果然是猛将！自己这条命算是捡了回来。黄维兵团的第11、第118、第18师的官兵看得欢喜，呐喊着向110师打出的缺口冲去。

“缺口”突然消失，迎面而来的是一片片火舌，缺口的地方居然冒出大批的解放军。廖运周110师反水了，气急败坏的黄维赶紧指挥突围部队撤退，阵地上却是已经留下一大片尸体。

28日，黄维再次组织大规模的突围，又以失败而告终。多次突围无望，黄维被迫调整部署，固守待援。我军见敌人调整部署，也及时改变了作战方法，采取掘壕前进、迫进作业的攻坚战术，稳扎稳打，逐点攻击，攻占一村、巩固一村，紧缩包围圈。至12月2日，黄维兵团被压缩在以双堆集为中心的纵横5公里的狭小地区内。

12月1日，杜聿明根据蒋介石的命令放弃徐州，率30万大军南下，从中原野战军的侧背杀来，接应黄维兵团。

强援眼看就到，黄维按捺不住突围的念头。

12月3日，国民党飞机一架接一架俯冲扫射中原野战军3纵守卫的杨大庄阵地。黄维兵团的大炮疯狂轰击，阵地上浓烟滚滚，黄沙蔽天，天崩地裂。坦克排成队横冲直撞，在阵地上反复碾轧，把几段战壕都碾成了平地。黄维兵团的国民党步兵跟在坦克后面，再一次发起大规模的向北突围。

中原野战军3纵官兵早就摸透了国民党的打法，让过坦克，堵击步兵。战壕里人人各自为战，和敌人撕拼，敌人从哪里进攻，就在哪里堵击，坦克在上面轰鸣，我军战士在坦克下、战壕中冲杀。

激战一直持续到午后，敌人猛烈的攻势，终于被我打退了。阵地上到处都是鲜血和尸体，以及在烟尘中摊放着炸毁了的坦克残骸。阎红彦和陈锡联到前沿阵地视察回来，浑身上下都是血，他一边换衣服一边说：“这可真是一场恶战，有生以来第一次！”

12 月 6 日 16 时，刘、陈、邓发出了总攻黄维兵团的命令。

3 纵受命歼灭东西马围子之敌。

阎红彦和刘昌毅把全纵队的一切炮火都集中起来，对准敌人的地堡群。有些山炮离敌阵地只有 150 米了，赵兰田旅长还让人再往前移，并幽默地说：“只要抓不走就行!”

炮声响处，3 纵的炮火把马围子的地堡、鹿砦炸得四散飞迸。在浓烟和火光中，战士们跳出战壕，直扑敌人阵地。敌人疯狂地使用火焰喷射器和燃烧弹，把阵地打成一片火海。战士们奋不顾身地在火海中冲锋，终于冲破了三层鹿砦和三层地堡群，攻克了东西马围子，歼灭敌美械主力 18 师两个团。

王近山指挥中野第 6 纵队和华野第 7 纵队、陕南军区第 12 旅协力攻歼双堆集以南被围之敌。首先围攻小周庄、李土楼之敌，尔后围歼大、小王庄及双堆集东南野战阵地之敌，最后协同友邻攻歼双堆集之敌及小马庄黄维兵团部。

17 时许，在王近山的直接指挥下，第 6 纵队第 18 旅第 52 团和陕南第 12 旅第 34 团，在炮火支援下，突然发起攻击，以猛打猛冲的动作迅速将敌分割，仅用一小时就歼灭李土楼之敌第 23 师第 69 团主力，并攻占了小周庄。总攻第一天，就剥下了敌人的第一层皮。

9 日，王近山指挥部队剥敌人第二层外壳时，他对尤太忠旅长说：“剥这层外壳是黄维的要害，是要黄维的命，这是一场恶仗、硬仗，这一仗一定要打好。攻占大、小王庄和李店子，黄维必定要拼命反扑，进行垂死挣扎，你们一定要以对战役高度负责的精神和压倒一切敌人的英勇气概同敌人血战到底，协同兄弟部队彻底歼灭黄维的王牌第 18 军。”

9 日晚，华野第 7 纵队一举攻占了距双堆集只有千余米的大王庄，直接威胁到敌防御核心。

10日拂晓，在飞机、坦克、炮火掩护下，黄维主力第11师疯狂进行反扑，拼命夺回了大王庄。在此紧要关头，王近山以拳击桌，果断下定决心说："这是最后的一击，看他强还是我们强！敌人这是最后的垂死挣扎。我们一定要夺下大王庄！"他及时以第46团增援第7纵队，粉碎敌人对大王庄的疯狂反扑。此战，双方争夺之激烈，伤亡之大，实属罕见。战至10日黄昏，杀得敌人尸横遍野，全歼敌第33团（所谓的"老虎团"）和从主力第11师抽来的反扑部队。这一场恶仗使小王庄之敌第23师大为震惊，当晚主动缴械投降。这第二层皮剥得干净、利索！

为迅速歼灭黄维兵团，根据总前委决定，华野第3、第13纵队加入南集团，突击敌核心阵地双堆集。

14日，王近山指挥部队攻歼双堆集东侧敌之野战核心据点。15日，黄维见势不妙，遂组织残兵败将和身边的警卫团施放毒气，向西南突围。王近山指挥部队，对敌连续、勇猛地突击和追击。当夜幕降临的时候，蒋介石的王牌部队第12兵团，像陈旧破烂的危房经暴风骤雨的突然袭击一样，倒塌在王近山指挥下的中野和华野战士的脚下，司令官黄维、副司令吴绍周等高级将领被生擒。

黄维兵团被歼后，王近山顾不上休息，密切配合兄弟部队协力围歼杜聿明军团。

冀鲁豫独立第1旅旅长况玉纯奉命率领部队到青龙集一带集结待命，部队走到肖县西南，与国民党的邱清泉兵团第5军打了个照面。邱清泉兵团第5军奉命去救援被困的黄维兵团。

冀鲁豫独立第1旅是一支地方武装，不足三个团，邱清泉兵团第5军却是国民党的王牌军。敌我悬殊太大，歼灭敌人那纯粹是说梦话，况玉纯心中一动：打不过你，我还缠不住你。

情急之下，况玉纯指挥部队快速拿下了青龙集和襄山庙，堵住了邱清泉兵团第5军的去路。

王牌果然是王牌，邱清泉兵团第5军反应很快，集中火力猛攻青龙集和襄山庙。

青龙集和襄山庙告急，况玉纯不派一兵一卒救援，而是派预备队直插敌兵团部，实行连续爆破，打乱了敌人的阵脚。最终，敌人一个师发现了况玉纯的旅部，况玉纯率领预备队的另一个营和特务连主动投入战斗，把敌人扭住。这时华野3纵8师、1纵和独3旅赶到。

1949年1月10日，历时66天的淮海战役胜利结束，歼灭国民党军队55.5万人，双堆集战役的胜利起了关键作用。

平津战役：华北地区基本获得解放

“啪”的一声响，电话碎了。

华北“剿总”傅作义怒不可遏：一群饭桶！林彪几十万大军进关，军统居然连一点风声都没有听到。

辽沈战役结束后，华北“剿总”傅作义部队时刻都面临着东北、华北两大野战军的联合打击，傅作义还是有一点安慰：没有三五个月，刚打过恶战的东北野战军回不过神来。三五个月时间虽然不长，战机却可能随时变化。傅作义于是在华北采取“暂时固守平津，确保塘沽海口，以观时局变化”的方针，将他所辖的60万部队集中在北平、天津、张家口、唐山、塘沽等地，组成长约1200公里的防线。

林彪几十万大军确实要进关。对于敌人的动态，毛泽东了如指掌，为了将傅作义集团扣留于平津，毛泽东果断决定：东野立即结束休整，提前行动!

11月23日，休整仅仅18天的东北野战军征取捷径，夜行晓宿，直奔华北。

华北“剿总”傅作义由怒转惊。从11月29日至12月20日，在不到一个月的时间里，东北野战军和华北野战军已将华北国民党60万军队分割包围于张家口、新保安、北平、天津、塘沽5地。傅作义集团由惊弓之鸟变为笼中之鸟。

一鸟在笼，不如一鸟在手，毛泽东掐掉手中的烟头，慢条斯理地说：“一字长蛇阵！掐头去尾，先拿下塘沽、新保安，后取中间，逐个歼灭。”

1949年1月中旬，中共中央和中央军委决定由林彪、罗荣桓、聂荣臻三人组成总前委，统一指挥东北野战军和华北所有参战部队。林彪担任总前委书记。平津前线司令部进驻通县宋庄的温家楼。

“掐头”好说，“去尾”却让林彪、罗荣桓、刘亚楼他们有些为难：塘沽地区为水网地带，大兵团很难展开，而且侯镜如把指挥部设在军舰上，很难全歼敌军；不打塘沽，那么又应该攻打哪里？

第44军军长邓华根据前方态势，提出以少数兵力监视塘沽、集中兵力先打天津的建议，被中共中央军委和中共总前委所采纳。

天津周围是广阔的沿海洼地，多为易守难攻的水网地带，对大兵团多兵种的战斗行动十分不利。1947年秋天开始，国民党天津警备司令陈长捷实行“大天津堡垒化”，挖了一条护城河。河长45公里，宽10米，深4.5米，水深经常保持3米左右。护城河内侧筑有土墙，墙高5米，墙上设有电网，每隔二三十米有一碉堡。护城河外则有碉堡群，除了铁丝网、鹿砦、梅花桩外，还埋了数以万计的地雷。蒋介石两过天津，对城防是赞不绝口。

三天拿下天津城！毛泽东豪气冲天，给总前委下了作战期限。打仗打的不仅是肉体，更是信心。蒋介石赞不绝口，我就打你个哑口无言。

三天太长，30 个小时就足够！东北野战军第一参谋长刘亚楼一语惊人。

针对天津地形、守敌兵力 (10 个师 13 万人) 和部署特点 (北部兵力强，中部工事强，南部较平常)，总指挥刘亚楼确定采取东西对进、拦腰斩断、先南后北、先分割后围歼的作战方针，具体部署如下：

38 军和 39 军自西向东攻击；第 39 军军长刘震，副军长吴信泉，参谋长王良太，下辖四个师：第 115 师，师长胡继成，政委李世安；第 116 师，师长吴国璋，政委石瑛；第 117 师，师长张竭诚，政委李少元；第 152 师，师长罗华生，政委邱子明。

44 军和 45 军自东向西攻击。第 44 军军长邓华，政委吴富善，副政委谭甫仁，下辖四个师：第 130 师，师长徐绍华，政委邓东哲；第 131 师，师长刘水源，政委罗友荣；第 132 师，师长李化民，政委朱民亲；第 157 师，师长曾敬烦，政委邢程。第 45 军军长黄永胜，政委邱会作，副军长张天云，下辖四个师：第 133 师，师长吴烈，政委谢明；第 134 师，师长钟明彪，政委谢家祥；第 135 师，师长丁盛，政委韦祖珍；第 158 师，师长李道之，政委王晓生。

46 军和 49 军一个师自南向北助攻。第 46 军军长詹才芳，政委李中权，副军长杨梅生，下辖四个师：第 136 师，师长曾雍雅，政委徐光华；第 137 师，师长肖全夫，政委李振声；第 138 师，师长任昌辉，政委王文；冀热第 159 师，师长陈宗坤。

从 1948 年 12 月 30 日至 1949 年 1 月 2 日，刘亚楼仅仅用了 4 天的时间就指挥 34 万大军对天津来了个重重包围。

虽然我军兵临城下，但中央军委仍希望能力争陈长捷放下武器，以使天津免遭炮火。林彪、罗荣桓 1 月 6 日亲笔签署了一封给陈长捷的信，劝他仿效长春郑洞国弃暗投明。但陈长捷复信拒绝。

面对城坚墙厚的天津城，刘亚楼打算把敌军的主力调到城北，造成中心地带兵力空虚，从东西方向把天津拦腰折断，解放天津城。

为此，刘亚楼设了一计。他先将大口径的火炮、坦克和装甲车全部调到城北，做出从城北强攻的架势。陈长捷生性多疑，看到这情景，于是命令手下组成“工商联合代表团”，以谈判的名义前往天津西郊的杨柳青，刺探东北野战军的主攻方向。

刘亚楼识破陈长捷的意图。他在接见陈长捷派出的谈判代表团时，有意将谈判地点选在城西北的北仓，佯示指挥所设在城北。入夜，又在北郊组织重炮试射，进行威力侦察。还派出部队在谈判代表经过之处构筑工事。这些措施给陈长捷造成了错觉，他确信解放军主攻方向就在城北，于是将防守主力置于津北地区。

1 月 14 日上午 10 时整，天津前线总指挥刘亚楼向部队发出了总攻击令。

随着 3 颗绿色信号弹腾空而起，顷刻间，500 多门大炮一齐怒吼，开始了“破坏射击”。

炮弹带着刺耳的呼啸声，准确地命中在预定的目标上，“轰轰轰”的爆炸声震撼着大地。顷刻，敌阵地上火光闪闪，烟柱四起，硝烟弥漫，鹿砦、铁丝网伴随着尘土腾空而起。敌人多年苦心构筑的防御工事土崩瓦解。

39 军 117 师 349 团、350 团在南运河南侧的第 9 号、10 号碉堡之间与和平门南侧并肩突破。同时，115 师 343 团在南运河北侧第 19 号与 20 号碉堡间突破。

没过多久，刘震看到城头上飘扬的红旗，顿时松了一口气，拿起电话与 115 师师长王良太通话：“进展怎么样？”

“很顺利！”王良太又粗又高的嗓门震得他耳朵嗡嗡直响。王师长接着说：“343 团已攻下华北炼油厂，现在协同 345 团向火车西站发展。团长王扶之腿部负伤，仍在指挥战斗。”

这时，117 师师长张竭诚来电话报告：349 团、350 团突破后正沿芥园大街向鼓楼方向发展。

14时许，刘震命令二梯队116师、152师投入战斗。早就憋足了打劲的指战员们如虎下山，猛冲向前。街道人多堵塞，就翻墙打洞，多路纵队一起向前，谁也不甘落后。

39军115师345团夺取三星纽扣厂后，向东猛插，在面粉公司大楼附近遭该据点守敌67师一个多团的顽抗，两次强攻均未奏效。

刘震立即命令152师456团协助345团拔除这颗钉子。345团组织火炮掩护2营强行爆破，4连9班年仅17岁的战士鞠海青带领两名战士扛着3包炸药冲抵5层高楼楼下，不顾个人生死，放好炸药包，毫不犹豫地点燃仅4寸长的导火索。“轰”的一声巨响，大楼四分之一顷刻倒塌。残敌惊恐万状，弃楼逃命，被我歼俘。

116师348团1营攻抵金汤桥时，桥头堡守敌的轻重机枪不停地疯狂射击，形成交叉火网。副连长见正面难以突破，就令5班班长谢永林带八名战士迂回到南侧桥头堡侧后，2排排长赵永发带九名战士迂回到北侧桥头堡侧后。副连长一声令下，两侧同时发起攻击，打得敌人措手不及，狼狈逃窜。5班班长带领战士乘胜猛追猛打，拿下了桥西端碉堡，并利用敌工事连续击退敌人两次反扑，牢牢控制住了金汤桥。44军突击部队抵达后，两军胜利会师，拦腰斩断天津守敌的任务至此完成。

115师345团和152师456团夺取酒精厂后，将国民党151师在寿丰面粉公司师部围了个水泄不通。国民党151师师长陈桓眼见被人“包饺子”，打出白旗，要求与345团团长颜文斌谈判，并承认他们起义。

颜文斌打电话请示刘震，刘震一口拒绝：谈判？起义？早干嘛去了？拳头打到鼻梁才想起这个，晚了！两条路：要么挨打，要么投降。

再打下去，流的就不只是鼻血，国民党151师师长陈桓只好乖乖地命令所属部队投降。

解放军第46军军长詹才芳指挥46军及配属的145师由南向北实施攻击，与两支友军会师聚歼南部守敌。肖全夫带领的137师担任主攻，与145

师并肩实施突破。

为实施近战指挥，肖全夫冒着敌人的猛烈炮火，指挥部队兵分三路，配合友邻部队直捣敌巢。肖全夫紧随先头部队行动，在他指挥下我军痛歼土城、爱德里、南楼一带守敌，接着又歼敌两个团。13时30分，肖全夫乘胜指挥137师主力歼灭了凭借工事顽抗的敌43师指挥部。

16时，全城战斗结束，天津解放，共歼守敌天津警备司令陈长捷以下官兵13万人。其中39军歼敌2万8千余名（俘敌师长李学玉等5名将级军官)，缴获各种炮277门、各种枪1万多支以及大批弹药器材。

天津解放之后，谭政担任天津市军管会副主任，与黄克诚等一起，负责接管这座华北第一大商业城市。他亲自到部队检查部队执行入城纪律的情况，督促部队严守城市纪律，搞好军政军民团结，维护部队的声誉。

天津易手，北平就陷入百万大军的重重包围之中。战争的进展向傅作义提出了同样一个问题：是战？还是和？ 天津是北平唯一的海上退路。现在天津已被攻克，北平的国民党军成了困在陆地上的旱龙。

傅作义面临抉择，聂荣臻等人也在思索战争的后果：北平是七朝古都，又有几百万和平居民，战火无情，整个北平城只会被打得稀巴烂。况且，党中央已决定定都北平，一座废墟一样的北平对建都毫无意义。傅作义虽然被围，实力却仍然不可小看。

聂荣臻向毛泽东发电，提出在打下天津之后，争取和平解放北平。回电终于来了，毛泽东表示完全同意聂荣臻的提议。

北平的地下党组织通过傅作义的女儿、我地下党员傅冬同志了解掌握傅作义将军的各方面动态，劝她父亲不要跟蒋介石走。

谈判很快取得进展，经过三轮谈判，双方签署了《北平和平解放初步协议》。

邓宝珊与苏静进入北平后，一切进展顺利，那封公开信也就没有交到傅作义手中。1月25日，国民党华北“剿总”总部率北平守军52万人马开出城外，接受人民解放军和平改编。

以人民解放军进入北平为标志，历时 64 天的平津战役宣告结束。这次战役，在以林彪为首的总前委领导下，我军以 3.9 万人的伤亡，歼灭和改编敌军 1 个总部、1 个警备司令部、13 个军部、50 个师 (内含两个骑兵旅) 共 52 万人。至此，除太原、大同、新乡、安阳以及有意暂时保存下来的归绥 (今呼和浩特) 外，华北地区全部解放。

太原战役：“山西王”从此成历史

毒药。棺材。

毒药给自己喝的，棺材给自己躺的。死以明志，出此下策，阎锡山是迫不得已。

1949 年的太原已是重兵压境。华北军区的第 18 兵团司令员兼政委徐向前、第 18 兵团、西北野战军 7 纵、东北野战军的炮兵 1 师和晋中军区部队已将太原城围成一个铁桶。

阎锡山对太原城的城防素来有信心。雄踞太原 30 多年，阎锡山不遗余力做的一件事就是大修碉堡。据不完全统计，太原及其附近共有碉堡 5000 多个。美国记者曾经这样描写：“任何人到了太原，都会为数不清的碉堡而吃惊，高的、低的、方的、圆的、三角形的，甚至藏在地下的，构成了不可思议的密集火网。”

重围之下还如此猖狂，毛泽东立即下令：要人给人，要枪给枪，坚决攻下太原城！

1949 年 3 月，攻城部队得到强援。华北军区第 19 兵团司令员杨得志、政委罗瑞卿、副司令员耿飚带着第 19 兵团赶到太原城下。华北军区第 20 兵团司令员杨成武，副司令员唐延杰、文年生率第 20 兵团参与围城。

阎锡山见大势已去，于 3 月 29 日借口所谓商讨“和谈”大事，孤身乘飞机逃往南京。他为了安抚人心，作出还要回来的姿态，将心爱之人“五姑娘”留下，命令梁化之、孙楚、王靖国等反动头目一起“誓死保卫太原”。

阎锡山坐飞机跑到南京去了。有位参谋便笑着说：“阎锡山这一跑，把棺材和毒药留给了他的部下。”

徐向前为总前委书记、太原前线司令员兼政委，罗瑞卿调任总前委副书记兼太原前线副政委，周士第为总前委副书记兼太原前线副司令。

按照作战意图，集中三天扫清太原外围，把那些阎锡山苦心经营的“乌龟壳”一个个打掉，使城墙以外不再存有障碍。

杨成武把包围、监视、夺取卧虎山的任务交给第 67 军第 199 师，要他们相机而动。

杨成武观察完敌情、地形，结合实地给各单位划分了任务，进行了攻城的作战部署。

4 月 21 日夜，67 军报告，该军第 199 师师长李水清已下令发起对卧虎山的攻击。杨成武接到报告后，颇感意外，立即叫通李水清的电话，问道：“你现在在哪里?”

“司令员，我现在到了卧虎山西区，正在跟着部队前进！”听筒里传来李水清兴高采烈的声音。

“现在战斗进展情况如何?”

“我们已占领卧虎山西区全部阵地，正在向中区发展。”李水清对卧虎山完成了外围包围，想趁机占领一两个小山头，以做进攻卧虎山的桥头堡。战斗中，他们俘虏了敌人的师长、副师长，搞掉了敌人一个师部的部分兵力，这等于打开了攻占卧虎山的突破口。李水清又详细汇报了拿下卧虎山的具体打算。

听完汇报，杨成武说："你们打得好，战机抓得好！"

杨成武拿着电话机，听到李水清向199师其他几个领导讲话的声音："杨司令员说我们打得好！"

显然，李水清极其兴奋。

杨成武当然知道，尽管上级有原则指示，但他还是担着很大的心呢！积极的相机而行可不是一件简单的事，这需要气魄，需要胆略，需要敢于承担责任的勇气。这种素质，是指挥员优秀品质的表现。在瞬息万变的战场上，有利战机稍纵即逝，不允许任何犹豫、拖延。放掉这样的机会，对个人不会带来什么不好，却会给革命带来很大损失。杨成武认为，李水清的这种精神，是应该鼓励、应该表彰的，作为兵团的主要领导，应该为他撑腰，为他承担责任，使他能够消除任何顾虑，放心大胆地去指挥作战。

于是，杨成武接着又说："你们两天两夜能不能把卧虎山打下来？"

"不用两天两夜，明天上午我们保证拿下卧虎山！"

"好！我叫第200师配合你们作战。"

卧虎山的攻势发展得异常顺利。敌人无论如何也没有想到，他们费尽心机筑起的地下坑道网，却成了埋葬他们自己的坟墓。李水清命令攻击部队化整为零，从三五人到二三十人一小股，钻进坑道网，像"土遁"似的突然出现在敌人面前，把敌人正面的强大火力网完全撇开了，小分队冲到哪里，战斗就胜利在哪里。

一支几个人组成的战斗小分队突然出现在敌人第19军指挥所里。战士们把手榴弹高高举起，对着敌军长曹国忠。曹国忠被这骤然而至的天兵天将给闹懵了，真不敢相信这就是解放军，竟然用莫名其妙的口吻问道："你们是哪一部分的？"

战士们很干脆地回答他："你别管！"

"你们多少人？"

"你别管！"

在解放军战士的威逼之下，曹国忠放下了武器，从文件包里拿出一份已经写好的投降书。可是，当他被押出碉堡后，见到解放军只有几个人，大生其气，喊道："你们只有几个人，为什么叫我投降？"

偏偏我们的李水清师长非得叫他服不可，问他："你是曹国忠吗？"

"是。"

"怎么，你还不大服气？"

他长叹一声道："根据你们过去的惯例，打太原外围得一个礼拜，打完外围休整，也得一个礼拜，没有想到你们一个晚上就插到里边来了，接着就打卧虎山。"

敌人的这个军长还是有点见识的，他懂得解放军一般的行动规律，但对我军进行分割、穿插，一举歼敌四个师于外围据点的战役行动完全没有料到，对于迅雷不及掩耳的打击毫无思想准备。

李水清向杨成武报告了歼敌经过和敌19军军长的心理状态，杨成武笑了起来，他笑敌人的这种不服气。这种情况杨成武经历过多次：你把他抓到了，他还不认输，说你没有按照本本上的规定打。毛泽东军事思想和战略战术，对于他们来说，永远是不可理解的。

4月20日17时，我军对太原守敌发起总攻击，18兵团承担了主攻方向的进攻。18时，60军180师（原24旅）和兄弟部队突破了敌前沿，经彻夜战斗，全部占领大东关，继又攻占黑土岗。

21日9时，敌装甲车十余辆向60军180师阵地冲来，炮兵发挥神威，沉着准确地将敌车逐一击毁。不久，敌又出动飞机五架，进入60军180师阵地上空俯冲扫射，我高射炮部队开炮射击，敌机望风逃去。当夜，179 师(原 23 旅，即临汾旅) 攻占黑土岗以西环城铁路上各火力点，控制了城东外壕至城垣阵地。

22 日，右集团 7 军 20 师配合友邻攻克北黄家坟，南线攻克双塔寺。我左右集团趁夜清除外壕内外碉堡、暗道。至此，太原城外均被我军占领。

为了减轻对太原市区的破坏和市民生命财产的损失，太原前线司令部于 4 月 22 日向守军发出劝降通牒。王靖国等收拾残兵三万余缩在城内布防，拒绝我军最后一次劝降。4 月 24 日凌晨 5 时 30 分，彭德怀下令发起总攻。

我 1300 余门火炮，从四面八方向太原城墙及城内重要军事目标猛烈射击。顷刻间，雷霆万钧，山摇地动，火光冲天，浓烟翻滚，五十步不见城头。这狂风暴雨般的炮兵火力，整整持续了一个半小时。

第 20 兵团司令杨成武率第 20 兵团的第 66、第 67、第 68 军在东门攻城。

第 66 军军长萧新槐、政委王紫峰一声令下，197 师第 589 团第 1、第 3 连的战士扛起云梯就往小北门冲锋，枪林弹雨中，他们把云梯往城墙上一放，奋不顾身地顺着云梯冲了上去。6 时 15 分，战士们登上城墙，把第一面红旗插在小北门城楼上。

华北军区 18 兵团第一副司令员兼副政委王新亭指挥右集团两个方向攻击，以突然猛烈火力，辅以爆破及云梯登城，十分钟内，各突击队登上城墙，占领大东门、小东门等制高点。此时城墙内侧有的地段尚未炸塌，为了赢得时间，指战员们从三丈多高的城墙上一跃而下，越过雷区和障碍物向城内插去。

王新亭命令二梯队开始行动，二梯队各部队按作战任务和战斗分界线，以迅雷不及掩耳之势向城区迅速发展，抢占城内核心阵地。179 师以小型爆破开辟通路，分路向府东街敌绥靖公署合围，在敌公署大院内全歼阎锡山“铁杆保镖”侍卫队，又配合兄弟部队攻占了敌绥靖公署和伪省政府，活捉战犯王靖国、孙楚和日本战犯岩田、金村等。战犯戴炳南逃匿数日后，也被捕获。

杨得志、耿飚仍任副司令员兼参谋长，指挥部随即移到双塔寺。双塔寺离首义门不远。首义门上的守军是阎锡山的所谓决死队。他们仗着有自己的兵工厂，把枪弹、炮弹像水泻般地往下打。我军几次攻击，均未得手。耿飚等兵团领导在计算了城墙高度后，确定火焰喷射器可以喷射到城楼上，就下令把在张家口缴获的四具日本火焰喷射器抬来。

四具火焰喷射器很快被抬到攻城位置，各尖刀队一个齐射，压住了城墙上的敌军火力，操作手奋勇向前，四条火龙飞上首义门。顷刻间，猖獗的敌人呼爹喊娘，死的死，逃的逃。接着，188 师指战员迅速登上城墙，攻占了首义门。

这时，西面的我军也发起了进攻。64 军军长曾思玉、副军长兼参谋长唐子安亲临西门，指挥部队攻城。

64 军的 574 团在水西门和旱西门之间奋勇登上城墙，然后打开水西门，主力部队如怒潮般冲入城内。

华北军区第 19 兵团第 65 军军长邱蔚、政委王道邦、副军长肖应棠坐镇南门，指挥部队轰城。数十门手榴弹炮抵近射击，炮口摇平，对着城墙集中火力射击。那可真是一炮一个洞，一炮一层砖。一排排炮弹从上到下，一层一层地把城墙炸开、掀走，城墙上硬是开出一个可进四路纵队的大口子。硝烟未散，65 军的战士们已经呐喊着冲进去了。

各路指挥员纷纷报告得手，请示攻击方向，耿飚和兵团领导作出指示：64 军沿街向东，接应 18 兵团和第7军，其余部队冲向市中心“绥靖公署”——阎锡山的老巢。

进攻“绥靖公署”的主力很快就攻到了位置。这时 65 军军部接到电话报告，在“绥靖公署”大门口发现九辆坦克。双方刚展开巷战，65 军战士已经杀到“绥靖公署”大门口，国民党坦克兵还没有来得及发动发动机就已经做了俘虏。

24 日早晨，华北军区三个兵团的主力汇集太原市中心，包围了“绥靖公署”和“省政府”，仅用不到半个小时就占领了太原守敌的指挥中心，击毙了代理阎锡山行政职务的特务头子梁化之，活捉了敌15兵团司令孙楚和10兵团司令王靖国。

总攻历时4个半小时，至上午10时，全歼太原守敌阎、胡军8万余人。整个太原战役，全歼阎、胡军16.48万人，击落敌机8架，缴获汽车500辆、火炮3771门、轻重机枪5712挺、长短枪4.09万支。

太原解放后，大同国民党守军万余人见大势已去，也于4月29日接受改编，大同和平解放。至此山西全省解放，结束了阎锡山对山西人民长达38年的统治。

渡江战役：百万雄师过长江

东突击集团准备渡江！

中突击集团准备渡江！

西突击集团准备渡江！

渡江总前委指挥部队内，第二野战军司令员刘伯承、政委邓小平和第三野战军司令员兼政委陈毅、副司令员粟裕、副政委谭震林听着前渡江各部打来的电话，神情肃穆：长江对岸是南京！攻下南京，就相当于攻下蒋介石的老巢！

自古长江天下险，百万军队过江，壮观却又艰难！虽然身经百战，渡江总前委却是慎重又慎重，最后终于做出决定：东、中、西三个突击集团，采取宽正面、有重点的多路突击。

粟裕、第三野战军参谋长张震总揽东突击集团，第三野战军第 8 兵团司令陈士榘、政委袁仲贤现场指挥第 20、第 26、第 34、第 35 军，第 10 兵团司令叶飞、政委韦国清、参谋长陈庆先指挥第 23、第 28、第 29、第 31 军和苏北军区 3 个独立旅；谭震林总揽中突击集团，第三野战军第 7 兵团司令王建安、政委谭启龙前线指挥第 21、第 22、第 24 军，第 9 兵团司令宋时轮、政委郭化若指挥第 25、第 27、第 30、第 33 军；刘伯承、第二野战军副政委张际春、参谋长李达总揽西突击集团，第二野战军第 3 兵团司令员陈锡联、政委谢富治副指挥第 10、第 11、第 12 军，第 4 兵团司令员兼政委陈赓、副司令员郭天民、副政委兼政治部主任刘志坚指挥第 13、第 14、第 15 军，第 5 兵团司令员杨勇、政委苏振华、政治部主任甘渭汉指挥第 16、第 17、第 18 军及中原军区部队一部，共 35 万人组成西突击集团，由枞阳至望江段实施渡江。

渡江！渡江！渡江！

1949 年 4 月 21 日夜，长江北岸，群情激奋。

安徽太湖、望江沿江以北的滩头阵地，第 2 野战军 4 兵团秦基伟第 15 军作为 4 兵团的先遣军率先发难。

突击团 130 团的勇士们扛着大红旗，按作战序列登上渡船。一时间，大小船只升起船帆，只见江风紧吹，江水滔滔，船桅如林，群帆如画，连绵数里，十分壮观。

23 时，渡江开始。数百条战船利箭般射向南岸。各级指挥员的联络灯红红绿绿在船尾前闪烁。船队冲入江心，南岸的国民党军阵地上飞起几颗照明弹，把江面照得通亮，炮兵也立即开炮，江面上掀起冲天的水柱，震得江心中的小木船晃了又晃。

第 15 军的炮兵立即回以热烈的炮火，巨响之后，南岸冒起阵阵浓烟。

炮火连天，木船摇晃，130团的勇士们却是激情不断：

“真英雄真好汉，长江南岸见!”

“到达对岸就是胜利!”

军长秦基伟焦灼地注视着江面，一旁的参谋身背电台不断与江中部队联系。

突击船队离南岸越近，防守的国民党心中越恐慌，他们歇斯底里地射出一条条火龙，想将突击船队拦在江中。

子弹如雨，不停地向突击船队泼来。130团的团长李钟玄站在船头，一颗流弹子从他耳际飞过，顿时鲜血直流。身旁的战士赖日新惊呼：卫生员！李钟玄用袖子往脸上一擦，依然纹丝不动地站在船头。

3连2排的先锋船高挂“打过长江去”的大旗，登陆前被炮火击中，在江面上直打转。眼看着别的船就要超过自己，连指导员周福祺急了，大呼一声：“同志们，帮忙划啊!”战士们操起铁锹，摘下钢盔，奋力划水，船又冲到最前面去了。

6连的船刚至江心，一颗炮弹就落在船的左侧，几个战士当时就晕了过去。连长罗金印见状亲自掌舵，对全船战士喊道：“加油！靠岸揍死这帮兔崽子!”话音刚落，一颗子弹将他的头划开了一道二指长的大口子，血流到脸上、颈上，袄领子被鲜血浸湿了一大片，但是他仍紧握着船舵，向对岸的灯塔划去。

当船在灯塔右侧靠岸时，正对着敌人的火力点，只见六七处敌堡冒着火舌。2班副班长高玉生第一个跳上岸，朝着一个地堡投去一颗手榴弹，其他战士趁着烟雾冲到其他地堡前，接连从枪眼里塞进两个炸药包，吓得剩余的敌人逃出了地堡。罗金印率领他的战士们，把胜利的旗帜插到了灯塔上。

15军的先锋团30分钟渡过长江，1小时占领滩头阵地。至22日凌晨3时，“打过长江去”、“解放全中国”的两面大旗胜利地插上了香山与黄山的主峰。

15 军打过长江后，随即疾进浙赣线，直指武夷山麓，创造了昼夜连续追击逃敌 1500 里的战绩，解放了大片城镇。用秦基伟的话说，除了长征，就数打过长江后走的路最远了。

长江正面，中突击集团万炮齐鸣，一排排猛烈的炮火在南岸开花震撼着江南的土地。在强大炮火的掩护下，江面上万船齐发，乘风破浪，直驶南岸。

在 7 兵团的进攻正面上，21 军一个连与敌舰遭遇，我军勇士跃登敌舰，将敌全部俘虏。21 时 15 分，7 兵团左翼的 24 军第 1 梯队两个师，一举攻占了新洲、紫沙洲，接着强渡夹江，在友邻 27 军的配合下，突破长江防线，击退敌人多次反扑，占领了滩头阵地。

21 军主力迅猛向青阳方向进攻。这样，敌沿江布防的一条死蛇阵，经我各路大军平行冲击，全线崩溃。敌兵团司令刘汝明指挥的三个军放弃了铜陵、贯池、青阳一带的江防，匆匆向江西方向撤退。

第 9 兵团第 27 军第 79 师第 235 团一马当先。战士们先是积极协助船工静悄悄地将船向江心划去，接着便在敌人的炮火下用身体护卫着船工奋力将船划向对岸。

船工倒下了，战士们立刻接上去划；前面的船被打沉了，后面的船迅速冲上去；登岸时遇到陡壁，就架起梯子、搭上人梯往上爬；遇到铁丝网挡道，立即冲上去剪开它；敌依托地堡对我阻击，就送上炸药包将它炸掉。

指战员们一边奋勇冲击，一边还击敌人，不断向前推进。至 21 时 15 分，第 235 团已全部登上长江南岸，为第 9 兵团争得了首批渡江成功的荣誉。

1949 年 4 月 22 日晨，第 9 兵团参战部队全部渡过长江，第一梯队军占领了繁昌等地。宋时轮立即向部队通报：“长江天堑已被我征服!”并指示部队：目前任务是断敌退路，配合兄弟兵团歼灭逃敌。

当天下午，国民党军开始由南京等江防一线向浙赣路及杭州、上海撤退。

17时，第3野战军代司令员粟裕、参谋长张震命令：宋、郭即率第25、第27两军全部以急行军经青弋江、宣城向郎溪、溧阳之线挺进，与东突击集团第10兵团第28军打通联系，完成截断敌向南之退路。

接电后，宋时轮、郭化若立即命令第27军由繁昌出发，不分昼夜，不顾疲劳，不为小股敌人所牵制，疾速东进。第27军受命后行动坚决，指战员们不顾连日作战的劳累，克服阴雨连绵、道路泥泞带来的困难，昼夜兼程，向东进击，先后占领了南陵城、宣城、广德城和界牌镇，并歼敌一部。第25军也于23日在湾沚歼灭国民党军第20军主力1.3万余人，而后继续向东急进。

4月27日1时40分，宋时轮命令第20、第25、第33和第24军由现地分别向长兴合击，并与第27军取得联系。同日，第27军与第10兵团之第28军在吴兴会师，将由芜湖、南京、镇江地区南撤之敌第4、第28、第45、第51、第66等五个军包围于郎溪、广德地区。

为速歼被我包围于郎溪、广德地区的国民党军这部分主力，粟裕代司令员和张震参谋长电告宋时轮、郭化若统一指挥第9、第10兵团七个军作战，完成此一任务。这时，国民党军已成兵败如山倒之势，被围敌军更是军心涣散，不堪一击。

宋时轮洞察形势，立即与郭化若命令部队：不要片刻休息，迅速发起攻击，发扬勇猛战斗作风，注意保持相互协同，迅速歼灭被围之敌。部队接到命令后，指战员们个个无比兴奋，不顾疲劳，连续作战，猛打猛冲，经两日激战，至29日，便全部歼灭了敌五个军，共八万余人。至此，第9兵团圆满完成了上级赋予的渡江作战任务。

百万雄师过江后，立即按照战前部署，对国民党发动毁灭性的攻击，很快就直逼上海。

上海不仅是国民党重兵防守和坚固设防的城市，而且是我国当时的工商业中心，同时还驻有许多国家的领事馆和侨民。夺取上海是一场十分艰巨、极为特殊的战斗。党中央和中央军委对此作了明确指示：既要打一场城市攻坚战，又不能把上海打烂，要将上海完整地接管过来，以利今后的建设。

1949 年 5 月 9 日，第 9 兵团接到解放上海的作战命令。战役发起前，中央军委还决定上海解放后由第 9 兵团负责全市的警备工作，宋时轮兼任淞沪警备区司令员，郭化若兼任淞沪警备区政委。

宋时轮和郭化若接到这些命令、决定后，立即主持召开兵团党委会，经过充分讨论，作出了“一定要打好、进好、管好上海”的决定。“打好”，就是要既歼灭敌人，又不打烂上海；“进好”，就是要讲政策，守纪律，爱人民；“管好”，就是要肃清匪特，打击敌人的破坏活动，保护上海人民和顺利完成对上海的军管。决定作出后，立即在浙江南浔驻地召开兵团团以上干部会议传达了党委通过的解放上海的作战决定与部署。

针对上海敌军的防御部署，第 3 野战军决定夺占上海的总体计划是：以第 9、第 10 两兵团首先采取钳形攻势，从浦东、浦西两翼迂回，进逼吴淞口，先断敌海上退路，尔后围攻市区，分割歼敌。

具体部署是：以第 10 兵团首长指挥之第 26、第 28、第 29、第 33 军附特种兵纵队炮兵一部，由常熟、苏州地区向昆山、太仓、嘉定地区攻击前进，歼灭该区之敌，直插吴淞、宝山，封锁黄浦江口，截断敌之海上运输及退路，然后由西北向市区进攻；以第 9 兵团首长指挥之第 20、第 27、第 30、第 31 军附特种兵纵队炮兵一部，首先以第 30、第 31 军由南浔、吴江等地迂回浦东，向奉贤、南汇、川沙攻击前进，进逼高桥，协同第 10 兵团确实封锁吴淞口，以第 20、第 27 军由松江以南和嘉兴及其以东地区向松江、青浦攻击前进，尔后该兵团由东、南、西三面与第 10 兵团会攻上海市区之敌。

根据以上部署和兵团党委的作战决心，宋时轮在南浔会议上指出：兵团在战役前期的关键是浦东作战。他命令第30军必须于5月16日24时前攻占川沙、白龙港地区，进逼高桥，与第10兵团形成夹击吴淞口之势，断敌海上逃跑的道路；第31军以主力担任第30军的第二梯队，尾随第30军之后，随时准备加入浦东作战，第20、第27军从驻地出发，迅速向松江、青浦攻击前进；尔后，全兵团由东、南、西三面与第10兵团会攻上海市区，歼灭守敌。

各部队受领任务后，立即再次展开了紧张的战前准备：进一步检查、完善作战计划，落实武器、弹药及物资准备；深入学习城市政策、纪律，做到“人人受教育，一个都不漏”；继续开展挑战、应战活动，掀起新的杀敌立功竞赛热潮。

5月12日，我军向上海外围之敌发起进攻。第9兵团部队按照宋时轮的命令，发扬勇猛战斗作风，猛打猛冲，一往直前，至14日，先后攻占了平湖、奉贤、南汇和松江、青浦等地，进逼川沙，威胁上海守敌侧背。敌被迫从市区增调第51军至白龙港、林家码头加强防御。

第10兵团也相继攻占了昆山、太仓、嘉定、浏河等地，继续向月浦、杨行、刘行之敌发起猛攻。此时，国民党汤恩伯守军，利用钢筋水泥碉堡群，在海、空军支援下，拼死顽抗，并在坦克、装甲车掩护下连续实施反击，我军进攻暂时受阻。

海南战役：木船渡海战天涯

天涯，海角。

天涯、海角尽头是什么？大海、蓝天少不了，更多的是眼泪、鼻涕和头晕，当然还有“伯陵防线”。

第15兵团司令员邓华、政委赖传珠统一指挥第40、第43军等部共十万人，组成渡海作战兵团，执行解放海南岛的任务。许多人在木船上一见大海，眼泪和鼻涕成双成对直流，感觉整个世界都是转的——晕船。

“伯陵防线”是薛岳薛伯陵的。海南防卫总司令薛岳将国民党军余汉谋残部和海南岛上原有的第64军等部整编为第62、第63、第64、第4、第32军，共19个师，对海南岛实行环岛防御，另以海军舰艇50艘、飞机45架组成所谓海陆空立体防御。海峡天险，海陆空联防，薛岳将这个防线命名为“伯陵防线”。晕船的旱鸭子、破木船，薛岳实在想不出海峡对面的“共军”凭什么渡海、攻海南岛？凭冯白驹琼崖纵队？琼崖纵队人数虽然不多，却的确是个心腹大患。

渡海作战兵团的任务极其艰难。绝大多数北方战士晕船不说，指战员指挥海战都是大姑娘上轿头一回。有的连队不懂海上气象贸然出海，结果遇到风暴，桅断船翻。战士们担心出海翻船，担心木帆船难以对付国民党军的军舰和空中轰炸，有的同志甚至埋怨：“这回是九死一生，革命到底（海底）了。”这样的作战素质，别说没有空军海军支援，就算有，不想全军覆灭都难。

渡海作战兵团奉第四野战军前委的命令成立。1949 年 12 月，第四野战军组建第 15 兵团，司令员邓华、政委赖传珠统一指挥第 40、第 43 军等部组成渡海作战兵团，执行解放海南岛的任务。

在广州海南战役会议上，叶剑英和邓华及兵团领导人决定采取“积极偷渡、分批小渡与最后登陆相结合的战役指导方针”。即在大规模登陆前，首先以小部队分批偷渡，到达海南后与琼崖纵队会合，逐步改变岛上形势，加强岛上我军接应的力量，创造大举登陆的有利条件，尔后主力在琼崖纵队及先期登陆部队接应下登陆。

在准备渡海作战的过程中，邓华鼓励全军：“遇上敌舰，要横下一条心：打！木船即使被打坏，抱着木头我们也要游到海南岛登陆!”

中央军委对于渡海作战极为关切，多次发出指示：在渡海作战中必须掌握潮水和风向；必须一次运载足够的兵力和给养；必须建立稳固的滩头阵地，不依靠后援。

第 12 兵团副司令员兼第 40 军军长韩先楚和第 40 军政委袁升平、副军长解方等人带领机关人员深入部队，同战士们一起训练，一起研究解决各种难题，部队掀起了训练高潮。很快，利用汽车引擎改制出的“土炮艇”，也出现在训练场。

许多战士学会了游泳，大部分人学会了划船和摇橹，由“陆地雄狮”变成了“水里蛟龙”。

韩先楚把军指挥部移至海边，一边指导部队训练，一边进行实地调查。他走访有经验的老渔民、老船工，请他们当“顾问”，向他们了解风向、风速、潮汐、水流等情况。他派人在旧书摊买回《航海手册》《潮汐表》等资料，认真学习、研究，终于摸清了季风和水流的一般规律，对大海有了进一步的认识。

各级领导纷纷加强海上作战技能的训练。第43军第382团副排长鲁湘云率7名战士乘木帆船进行海练时，突然遇到国民党军军舰。他们既沉着冷静，又英勇顽强。当军舰靠近，舰上大炮已成射击死角时，鲁湘云急令全船战士一齐开火，猛烈射击，并将军舰击伤，迫使军舰狼狈逃窜。第43军党委对木船打军舰的典型事例进行了广泛宣传，增强了部队渡海作战的勇气和信心。

信心增强，技能提高，韩先楚还是眉头紧锁：渡海没有船只。正在犯愁，侦察部门送来一份情报：盘踞在涠洲岛的“广东反共自卫军”劫持400多只民船，全是多篷、多桅的大船，可以用来渡海作战。

韩先楚大喜，派119师一个加强团夺取了这批船只。加上多方收集到的大小帆船1000多只，渡船这一难题基本得到解决。

薛岳觉察到了解放军渡海攻打海南岛的意图，他在加强海岸设防的同时，增调兵力“围剿”五指山革命根据地，企图在解放军大部队渡海前消灭冯白驹领导的琼崖纵队。这一来，琼崖纵队处境更加困难。

韩先楚了解海南敌情变化后，考虑如何增援琼崖纵队，觉得派小部队偷渡是个好办法。3月5日，他亲自到灯楼角起渡点为第一支偷渡部队送行。他把一面写有“渡海先锋营”字样的红旗授予首批渡海的800名勇士，鼓励他们克服困难，偷渡成功。

偷渡部队出发后一直比较顺利。可是行至半夜，风停了，航行速度减慢。战士们奋力摇橹、划桨前进。6日拂晓，当船队行驶到预定登陆海域时，前面突然出现十几只敌帆船和四架敌机。指挥员立即用敌人的旗语、信号迷惑敌人，顺利登岸，与前来接应的琼崖纵队胜利会师，进入了五指山。

不久，43军也以一个营的兵力偷渡成功。加强营利用夜暗、北风的有利条件和敌人海岸线兵力分散的弱点，实行首批偷渡，在琼崖纵队接应下，偷渡获得成功。

3月26日和31日，第40、第43军先后各以一个加强团共6600余人，分别在118师、127师领导刘振华、王东保、宋维栻率领下，乘船169只，实行第二批偷渡。在岛上守军发现后，偷渡部队以大无畏的英雄气概，有进无退，顽强战斗。除少数船只被击沉，少数人员伤亡外，偷渡亦获得成功。

薛岳得知解放军偷渡，慌忙调整兵力堵缺口，把“围剿”五指山的部队抽回来加强东西两侧阵地。

1950年3月，渡海作战部队先后两批四次偷渡成功，使岛上我军增加了近一个师的兵力，大大加强了岛上的接应力量，坚定了广大指战员用木船战胜敌舰、胜利跨越天险的勇气和决心。

4月10日，邓华和两军首长研究后，下定了以主力实施大举渡海登陆作战的决心。决定在琼州海峡实施宽大正面强行登陆，与敌决战以求迅速解放海南岛。

4月16日，40军和43军共8个团2万人分乘350只木帆船和机帆船，从雷州半岛南端并肩起航。

16日19时30分，韩先楚和副军长解方亲自登上了指挥船，率领40军主力启渡南进。

顿时，几百只载满全副武装解放军指战员的大木船，乘风破浪，直指海南岛。

当船队接近海南岛海岸时，空中突然亮起了照明弹，敌军舰“海狗”号由东向西驶来，不断向我船队开炮，敌人飞机也来轮番扫射轰炸。

我军自制的“土炮艇”发挥出了威力，击沉敌舰一艘，击伤两艘。次日晨2时30分左右，第一梯队接近了海滩。敌人发现后，岸上、空中、舰上各种武器一齐开了火。韩先楚十分冷静，命令船队加速前进，做好登陆准备。

在船离岸还有五六十米处，韩先楚命令部队奋力抢滩。他身先士卒，跳入齐腰深的海水中，指挥部队冲锋。

敌人发现解放军已登岸，所有火力一齐向滩头倾泻。登上岸的战士们倒下去了，海水中泛起一片殷红。后面部队发起集团冲锋上了岸，消灭了敌人一个个火力点，紧接着向纵深发展。

17 日晨，韩先楚指挥的渡海作战兵团第一梯队数万名官兵在琼崖纵队和先期偷渡登岛部队的策应下，将敌 64 军 131 师 391 团大部歼灭，击溃了敌 392 团，全部于临高角至花场港之间登上了岛，占领和巩固了这一带的登陆点。

薛岳的“伯陵防线”，被韩先楚指挥部队撕开了一个大缺口。

韩先楚亲自带领与指挥的第一梯队八个团登陆后，薛岳仍在“做梦”，说什么“共军”仍是小规模登陆。他想只要集中一点兵力，就会很快将登上岛的解放军赶下海。于是，急调其暂编 13 师到福山，企图配合 151 师，趁我登陆部队立足未稳夺回失掉的滩头阵地。

43 军登陆后，43 军副军长龙书金就发现情况不妙，一个连占领了老鹰嘴。如果海水涨潮，老鹰嘴就会与海南岛隔断。龙书金当即命令这个连撤下来，并嘱通讯员鸣枪驱赶。

连队刚刚撤退，汹涌的怒潮就奔腾而至，老鹰嘴与海南岛隔断。国民党敌两架野马式飞机出现在空中，一时间炮弹横飞，老鹰嘴的地面被轰出一个又一个巨大的深坑。

龙书金命令译电员给军部发报登陆成功，而译电员掉队了。龙书金让电台利用海边的电线杆子架起天线，用联络信号直接发出“登陆了”的报告。

龙书金带领先后登陆的三个团和琼崖纵队一部，在美亭附近包围敌 252 师一个团。这时，薛岳才意识到此次解放军登陆与前几次不一样，来势很猛，是要同他决战的。于是，他又急调其 62 军等部四万余人，对 128 师实施反包围，企图一口吃掉 128 师。

21 日天刚拂晓，敌 62 军等部在飞机、重炮支援下，向 128 师发起疯狂的围攻。128 师以少数兵力利用有利地形抗击外线围攻之敌，集中主力将被包围的敌 252 师歼灭。128 师进行内外作战，战斗打得异常残酷、激烈，连 128 师师长也亲自端起枪反击敌人。

正在危急时候，韩先楚的 40 军部队及时赶到。40 军部队由外往里打，龙书金率 43 军部队反守为攻往外冲。龙书金正在指挥作战，一架国民党敌机飞掠而下，一颗炮弹呼啸着掉了下来。龙书金眼明反应快，赶紧卧倒在地，这才躲过一劫。

战至 22 日清晨，解放军同时在内线和外线向敌人发起猛攻，一举歼灭了敌 32 军 252 师，重创敌 62 军、暂编 10 师和教导师等部，薛岳“伯陵防线”的核心阵地琼北守备区被攻克。

薛岳这时才意识到厄运来临，他对身边人说：“老头子几百万军队，在大陆都抵挡不住，我这点人马怎么能挡住他们呢？”于是下令全线总撤退。

22 日黄昏后，薛岳率他的海防司令部要员从三亚机场登上飞机，匆匆逃往台湾。

23 日，韩先楚指挥的 40 军 118 师与 43 军 127 师先遣团，向海口发起攻击。守敌主力已于 22 日晚逃走，市内只剩下一部分残敌。短暂战斗后，俘敌 600 余人，海口解放。

这时，东路 40 军主力和 43 军 128 师，在琼崖纵队三总队、五总队和独立团的配合下，分别从海口、文昌等地经万宁、陵水直扑榆林、三亚地区。

从 1949 年 12 月底开始战役准备，仅历时四个月，邓华和海南岛战役的其他指挥员一道，指挥人民解放军木制船队，战胜拥有海空军优势的